小说卷 I

萧红全集

全五卷

萧红 著 章海宁 主编

北京燕山出版社

一九三〇年秋，萧红摄于北平

　　萧红到北平后，租住在二龙坑西巷的民房，入北平女子师范大学附属女子中学读书。

萧红祖父张维祯

（1849—1929）

他读过私塾,虽不善农商,但极为善良。

萧红祖母范氏

（1848—1917）

在所有张家亲戚的记忆中,她都是一个神神道道的人。

萧红父亲张廷举

（1888—1959）

他是个兼容新旧的小知识分子,经历四个政治时期,安然活到古稀之年。

萧红母亲姜玉兰

（1886—1919）

她手一分,嘴一分,能说能做,深得范氏的欢心。

萧红继母梁亚兰

（1898—1972）

她是满族,性格活泼。

萧红弟弟张秀珂

（1916—1956）

在萧红弟弟、妹妹中,萧红与他关系最好,也非常疼爱他。

日本投降之后,萧红的胞弟张秀珂回呼兰同家人团聚的时候,张廷举在自家大门上贴过这样一副对联：惜小女宣传革命粤南殁去,幸长男抗战胜利苏北归来。横批写了"革命家庭"四个大字。

呼兰西岗公园旧照
萧红童年常去公园游玩，少年时曾在此参加过募义演。

福昌号屯村头碑石
一九三一年萧红曾在此村中张家腰院遭软禁。

呼兰龙王庙小学旧址
一九二〇年秋龙王庙小学设立女生部，萧红当年入此校学习。

北平女子师范大学附属女子中学旧址
一九三〇年萧红入读北平女子师范大学附属女子中学高一。

哈尔滨"东特女一中"旧址
一九二七年秋萧红考入该校学习。她用笔名"悄吟"在校刊上发表作品。

福昌号屯的张家腰院虽然由萧红的二伯父张廷选当家，大伯父张廷赏不太参与家政，但长兄如父，大伯父的威信颇高。一向脾气暴躁的张廷赏面对萧红的种种"忤逆"之举，十分愤怒。在这种情况下，七婶和姑姑担心她的命运，就悄悄地安排她藏在往阿城送白菜的大车里逃出。由此，萧红彻底断绝了与家族的联系。

哈尔滨道里公园大门

哈尔滨道里公园拱桥

一九三三年夏

萧红、萧军在哈尔滨道里公园

一九三二年秋

萧红、萧军在哈尔滨道里公园

一九三三年冬

萧红、萧军在哈尔滨道里公园

　　一九三三年，萧红在萧军的鼓励下，正式开始文学创作。这一年，二人的小说、诗歌、散文合集《跋涉》自费在哈尔滨五画印刷社出版，引起满洲文坛的注意，二人被誉为"黑暗现实中两颗闪闪发亮的明星"。

一九三三年，萧红与友人摄于哈尔滨
左起：白朗、关大为、萧红

一九三三年夏，萧红与友人在哈尔滨道里公园
左起：萧红、萧军、金人、舒群、黄之明、老斐、樵夫

一九三三年冬，萧红与友人摄于哈尔滨
左起：梁山丁、罗烽、萧军、萧红

白朗忆萧红

红是一个神经质的聪明人，她有着超人的才气，我尤其敬爱她那种既温柔又爽朗的性格，和那颗忠于事业、忠于爱情的心；但我却不大喜欢她那太能忍让的"美德"，这也许正是她的弱点。红是很少把她的隐痛向我诉说的，慢慢地我体验出来了，她的真挚的、爱人的热情没有得到真挚的答报，相反的，正常常遇到无情的挫伤；她的温柔和忍让没有换来体贴和恩爱，在强暴者面前只显得无能和怯懦。

《国际协报》报头

《朦胧的期待》
初刊书影

萧红为《朦胧的期待》题写的篇名

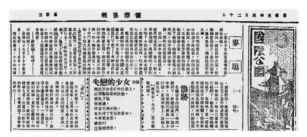
《麦场》初刊书影

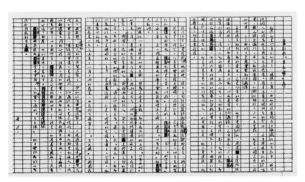
鲁迅《〈生死场〉序》手稿

　　《生死场》的原稿是用薄绵纸复写的，字迹又小又密，所以鲁迅看时非常吃力。许广平曾对萧军说：你们的原稿确是曾使鲁迅先生吃过苦头。鲁迅还主动提出看小样。萧红将清样给鲁迅送去，自己满有把握，经过几次反复校对，不可能再有错字，结果经鲁迅校读，又为校样改正了几处错字，使萧红十分惊讶和敬佩。

《桥》
上海文化生活出版社
一九三六年十一月初版

《牛车上》
上海文化生活出版社
一九三七年五月初版

《生死场》
上海容光书局
一九三五年十二月初版

《生死场》
上海容光书局
一九四五年十一月第十版

《生死场》
哈尔滨鲁迅文化出版社
一九四七年初版

《生死场》
上海生活书店
一九四七年二月初版

凡　例

一、本全集收入目前所发现的作者生前全部创作和书信。其中，散文《小事》是最新收入的一篇。此外，作者生前口述、后由骆宾基整理的《红玻璃的故事》，亦作为短篇小说收入。是迄今已出版《萧红全集》中，收入作品最全的一套。

二、本全集所收作品按小说、散文、诗歌、戏剧、书信等文体编排。小说部分：将短篇小说以发表时间先后分为三组，分别与中篇小说、长篇小说搭配编排；散文部分：以公开发表时间的先后编排；诗歌部分：公开发表的，以发表的先后顺序编排，未公开发表的，以作者生前编定的《自集诗稿》先后顺序编排；书信部分：按收信人姓名分别编排，同一收信人书信，按书写日期依次编排。

三、本全集的校勘：作者生前公开发表和出版的部分，以初刊本和初版本为底本校勘；作者生前发表且有修订的，以修订本校勘；作者生前未公开发表的作品和书信，以作者手稿和书信影印件校勘；无手稿和影印件的作品和书信，以公开刊发的初刊、初版资料进行校勘。校勘作品和书信时,亦参考权威版本,务求准确。

四、为保存作品的原貌,作品中的部分字词、数字、计量单位、标点符号以及篇末写作时间等,虽与现代汉语规范不尽一致,一般保留原文原貌,不作修改。如"幽美""年青""粮栈""检""那""靡""底""像""尔""大卯星"等,没有修改为"优美""年轻""粮站""拣""哪""没""的""象""而""大昴星"等。

五、本全集篇首题注、首刊日期、报刊名称、作者署名等,系编者所加;作者标注时间有误时,编者不作改动,在题注中另作说明。为方便阅读,对全集中的方言、外来词、人名、地名、作品、重要事件等作简要注释。

六、为便于阅读和了解全集内容,各分卷后收录了部分文字作为附录。附录文字分为三个部分:一为作者生前出版文集时,文集中原有的"序"或"跋";二为与分卷内容相对应的作品解读或评论;三为部分作家、学者撰写的关于萧红的文字。本全集末卷还收录了《萧红谈话录》以及新修订的《萧红年谱》《萧红创作年表》《萧红作品版本简目》《萧红作品篇目索引》等资料。

编　者

二〇二三年十月

分卷提要

卷首说明

本卷收入萧红短篇小说二十六篇和中篇小说一篇。

短篇小说中,《看风筝》《夜风》《王阿嫂的死》三篇选自文集《跋涉》;《离去》《手》《桥》三篇选自文集《桥》;《红的果园》《王四的故事》《牛车上》《家族以外的人》四篇选自文集《牛车上》;《朦胧的期待》《逃难》《黄河》三篇选自文集《旷野的呼喊》;《腿上的绷带》《太太与西瓜》《两个青蛙》《哑老人》《叶子》《清晨的马路上》《渺茫中》《患难中》《出嫁》《马房之夜》《亚丽》《两朋友》《汾河的圆月》十三篇来自集外的散篇。

中篇小说《生死场》,一九三四年九月九日完稿,一九三五年十二月,作为"奴隶丛书"之三,以上海容光书局之名自费印刷,署名萧红。全书十七章,前两章《麦场》《菜圃》曾连载丁一九二四年四月二十九日至五月十七日哈尔滨《国际协报》副刊"国际公园",刊发于《国际协报》的部分文字与该书的前两章略有不同。

本卷"附录"收录了鲁迅的《〈生死场〉序言》、胡风的《〈生死场〉读后记》、萧军的《〈生死场〉重版前记》、陈思和的《〈生死场〉的文本解读》和梁鸿的《挣脱泥淖后的萧红》五篇辅助阅读文章。

目录

短篇小说

中篇小说

附　录

短篇小说

看风筝①

一

拖着鞋,头上没有帽子,鼻涕在胡须上结起纲罗似的冰条来,纵横的纲罗着胡须。在夜间,在冰雪闪着光芒的时候,老人依着街头电线杆,他的黑色影子缠住电杆。他在想着这样的事:

"穷人活着没有用,不如死了!"

老人的女儿三天前死了,死在工厂里。

老人希望得几个赡养费,他奔波了三天了!拖着鞋奔波,夜间也是奔波,他到工厂,从工厂又要到工厂主家去。他三天没有吃饭,实在不能再走了!他不觉得冷,因为他整个的灵魂在缠住他的女儿,已死了的女儿。

① 该篇创作于一九三三年六月九日,首刊于一九三三年六月三十日《哈尔滨公报》副刊"公田",署名悄吟。一九三三年十月,收入哈尔滨五画印刷社初版小说、散文集《跋涉》(与三郎合著),署名悄吟。

半夜了！老人才一步一挨的把自己运到家门，这是一件多么不容易的事：胡须颤抖，他走起路来谁看着都要联想起被大风吹摇就要坍塌的土墙，或是房屋。眼望砖瓦四下分离的游动起来。老人在冰天雪地里，在夜间没人走的道路上筛着他的胡须，筛着全身在游离的筋肉。他走着，他的灵魂也像解了体的房屋一样，一面在走，一面摊落。

老人自己把身子再运到炕上，然后他喘着牛马似的呼吸，他全身的肉体摊落尽了，为了他的女儿而摊落尽的，因为在他女儿的背后埋着这样的事：

"女儿死了！自己不能作工，赡养费没有，儿子出外三年不见回来。"

老人哭了！他想着他的女儿哭，但哭的却不是他的女儿，是哭着他女儿死了以后的事。

屋子里没有灯火，黑暗是一个大轮廓，没有线条，也没有颜色的大轮廓。老人的眼泪在他有皱纹的脸上爬，横顺的在黑暗里爬，他的眼泪变成了无数的爬虫了，个个从老人的内心出发。

外面的风在嚎叫夹着冬天枯树的声音。风卷起地上的积雪，扑向窗纸打来，唰唰的响。

二

刘成在他父亲给人做雇农的时候，他在中学里读过书，不到毕业他就混进某个团体了！他到农村去过。不知他潜伏着什么作用，他也曾进过工厂。后来他没有踪影了！三年没有踪影。关于他妹妹的死，他不知道，关于他父亲的流浪，他不知道，同时他父亲也不知道他的流浪。

刘成下狱的第三个年头被释放出来，他依然是一个没有感情的人,他的脸色还是和从前一样,冷静、沉着。他内心从没有念及他父亲一次过。不是没念及,因为他有无数的父亲,一切受难者的父亲他都当作他的父亲,他一想到这些父亲,只有走向一条路,一条根本的路。

他明白他自己的感情,他有一个定义:热情一到用得着的时候,就非冷静不可,所以冷静是有用的热情。

这是他被释放的第三天了!看起来只是额际的皱纹算是入狱的痕迹,别的没有两样。当他在农村和农民们谈话的时候,比从前似乎更有力,更坚决,他的手高举起来又落下去,这大概是表示压榨的意思,也有时把手从低处用着猛力抬到高处,这大概是表示不受压迫的意思。

每个字从他的嘴里跳出来,就和石子一样坚实并且钢硬,这石子也一个一个投进农民的脑袋里,也是永久不化的石子。

坐在马棚旁边开着衣钮的老农妇,她发起从没有这样愉快的笑,她触了他的男人李福一下,用着例外的声音边说边笑:

"我做了一辈子牛马,哈哈!那时候可该做人了!我做牛马做够了!"

老农妇在说末尾这句话时,也许她是想起了生在农村最痛苦的事。她顿时脸色都跟着不笑了!冷落下去。

别的人都大笑一阵,带着奚落的意思大笑,妇人们借着机会似的向老农妇奚落去:

"老婆婆从来是规矩的,笑话我们年青多嘴,老婆婆这是为了什么呢?"

过了一个时间安静下去。刘成还是把手一举一落的说下去,马在马棚里吃草的声音,夹杂着鼻子声在响,其余都在安静里浸沉着。只是刘成的谈话沉重的字眼连绵的从他齿间往外挤。不知什么话把农民们击打着了!男人们在抹眼睛,女人们却响着鼻子。和在马棚里吃草的马一样。

人们散去了,院子里的蚊虫四下的飞,结团的飞,天空有圆圆的月,这是一个夏天的夜,这是刘成出狱三天在乡村的第一夜。

<h1 style="text-align:center">三</h1>

刘成当夜是住在农妇王大婶的家里,王大婶的男人和刘成谈着话,桌上的油灯暗得昏黄,坐在炕沿他们说着,不绝的在说,直到最后才停止,直到王大婶的男人说出这样的话来:

"啊!刘成这个名字。东村住着孤独的老人常提到这个名字,你可认识吗?"

刘成他不回答,也不问下去,只是眼光和不会转弯的箭一样,对准什么东西似的在放射,在一分钟内他的脸色转变了又转!

王大婶抱着孩子,在考察刘成的脸色,她在下断语:

"一定是他爹爹,我听老人坐在树荫常提到这个名字,并且每当他提到的时候,他是伤着心。"

王大婶男人的袖子在摇振,院心蚊虫的群给他冲散了!圆月在天空随着他跑。他跑向一家脊背弯曲的草房去,在没有纸的窗棂上鼓打,急剧的鼓打。睡在月光里整个东村的夜被他惊醒了!睡在篱笆下的狗,和鸡雀吵叫。

老人睡在土炕的一端,把自己的帽子包着破鞋当作枕头,身下铺着的是一条麻袋。满炕是干稻草,这就是老人的财产,其余什么是不属于他的。他照顾自己,保护自己。月光映满了窗棂,人的枕头上,胡须上。……

睡在土炕的另一端也是一个老人,他俩是同一阶级,因为他也是枕着破鞋睡,他们在朦胧的月影中,直和两捆干草或是两个粪堆一样,他们睡着,在梦中他们的灵魂是彼此看守着。窗棂上残破的窗纸在作响。

其中的一个老人的神经被鼓打醒了!他坐起来,抖擞着他满身的月光,抖擞着满身的窗棂,他不睁眼睛,把胡须抬得高高的盲目的问:

"什么够当?"

"刘成不是你的儿吗?他今夜住在我家。"老人听了这话,他的胡须在蹀躞。三年前离家的儿子,在眼前飞转。他心里生了无数的蝴蝶,白色的空中翻着金色闪着光的翅膀在空中飘着飞。此刻凡是在他耳边的空气,都变成大的小的音波,他能看见这音波,又能听见这音波。平日不会动的村庄和草堆现在都在活动,沿着旁边的大树,他在梦中走着。向着王大婶的家里,向着他儿子方向走。老人像一个要会见妈妈的小孩子一样,被一种感情追逐在大路上跑,但他不是孩子,他蹀躞着胡须,他的腿笨重,他有满脸的皱纹。

老人又联想到女儿死的事情,工厂怎样的不给恤金,他怎样的飘流到乡间,乡间更艰苦,他想到饿和冻的滋味。他需要躺在他妈妈怀里哭诉。可是他去会见儿子。

老人像拾得意外的东西,珍珠似的东西,一种极度的欣欢使他恐惧。他体验着惊险,走在去会见儿子的路上。

王大婶的男人在老人旁边走,看着自家的短墙处有个人的影像,模糊不清,走近一点只见那里有人在摆手。再走近点;知道是王大婶在那里摆手。

老人追着他希望的梦,抬举他兴奋的腿,一心要去会见儿子,其余的什么,他不能觉察。王大婶的男人跑了几步,王大婶对他皱竖眼眉低声慌张的说:

"那个人走了!抢着走了!"

老人还是追着他的梦向前走,向王大婶的篱笆走,老人带着一颗充血的心来会见他的儿子。

四

刘成抢着走了！还不待他父亲走来他先跑了！他父亲充了血的心给他摔碎了！他是一个野兽，是一条狼，一条没有心肠的狼。

刘成不管他父亲，他怕他父亲，为的是把整个的心，整个的身体献给众人。他没有家，什么也没有，他为着农人，工人，为着这样的阶级而下过狱。

五

半年过后，大领袖被捕的消息传来了！也就是刘成被捕的消息传来了！乡间也传来了！那是一个初春正月的早晨，乡村里的土场上，小孩子们群集着，天空里飘起颜色鲜明的风筝来，三个五个，近处飘着大的风筝远处飘着小的风筝，孩子们在拍手，在笑。老人——刘成的父亲也在土场上依着拐杖同孩子们看风筝。就是这个时候消息传来了！

刘成被捕的消息传到老人的耳边了！

一九三三，六，九

腿上的绷带①

一

　　老齐站在操场腿上扎着绷带，这是个天空长起彩霞的傍晚，墙头的枫树动荡得恋恋爱人。老齐自己沉思着这次到河南去的失败，在河南工作的失败，他恼闷着。但最使他恼闷的是逸影方才对他谈话的表情，和她身体的渐瘦。她谈话的声音和面色都有些异样，虽是每句话照常的热情。老齐怀疑着，他不能决定逸影现在的热情是没有几分假造或是有别的背景，当逸影把大眼睛转送给他，身子却躲着他的时候，但他想到逸影的憔悴。他高兴了，他觉得这是一笔收入，他当作逸影为了思念他而悴憔的，在爱情上是一笔巨大的收入。可是仍然恼闷，他想为什么这次她不给我接吻就去了。

---

① 该篇创作日期不详，首刊于一九三三年七月十八日、十九日、二十日、二十一日长春《大同报》副刊"大同俱乐部"，署名悄吟。

墙头的枫树悲哀的动荡，老齐望着地面，他沉思过一切。

校门口两个披绒巾子的女同学走来，披绿色绒巾的向老齐说：

"许多日不见了，到什么地方去来？"

别的披着青蓝色绒巾的跳跃着跟老齐握手并且问：

"受了伤么，腿上的绷带？"

捧不住自己的心，老齐以为这个带着青春的姑娘，是在向他输送青春，他愉快的在笑。可是老齐一想到逸影，他又急忙的转变了，他又伤心的在笑。

女同学向着操场那边的树荫走去，影子给树荫淹没了，不见了。

老齐坐在墙角的小凳上，仍是沉思着方才沉思过的一切。墙头的枫树勉强摆着叶柯，因为是天晚了，空中挂起苍白的月亮，在月下枫树和老齐一样没有颜色，也像丢失了爱人似的，失意的徘徊着，在墙头上倦怠，幽怨徘徊着。

宿舍是临靠校园，荷池上面有柳枝从天空倒垂下来，长长短短的像麻丝相互牵联，若倒垂下来，荷叶到水面上……小的圆荷叶，风来了柳条在风中摇动，荷叶在池头浮走。

围住荷池的同学们，男人们抽缩着肩头笑，女人们拍着手笑。有的在池畔读小说，有的在吃青枣，也有的男人坐在女人的阳伞下，说着小声的话。宿舍的窗子都打开着，坐在窗沿的也有。

但，老齐的窗帘子没有掀起，深长的垂着，带有阴郁气息的垂着。

达生听说老齐回来，去看他，顺便买了几个苹果。达生抱着苹果，窗下绕起圈子来。他不敢打老齐的窗子，因为他们是老友，老齐的一切他都知道，他怕是逸影又在房里。因为逸影若在老齐房里，窗帘什么时候都是放下的。达生的记忆使他不能打门，他坐在池畔自己吃苹果。别的同学来和达生说话，亲热说话，其实是他的苹果把同学引来的。结果每人一个，在倒垂的柳枝下，他们谈起关于女人的话，关于自己的话,最后他们说到老齐了。有的在叹气,有的表示自己说话的身份,似乎说一个字停两停。

就是……这样……事为……什么不,不苦恼呢?哼!

苹果吃完了,别的同学走开了,达生猜想着别的同学所说关于老齐的话,他以为老齐这次出去是受了什么打击了么?他站起来走到老齐的窗前去,他的手触到玻璃了,但没作响。他的记忆使他的手指没有作响。

二

达生向后院女生宿舍走去。每次都是这样,一看到老齐放下窗帘,他就走向女生宿舍去看一次,他觉得这是一条聪明的计划。他走着,他听着后院的蝉吵,女生宿舍摆在眼前了。

逸影的窗帘深深的垂下,和老齐一样,完全使达生不能明白,因为他从不遇见过这事。他心想:"若是逸影在老齐的房里,为什么她的窗帘也放下?"

达生把持住自己的疑惑,又走回男生宿舍去,他的手指在玻璃窗上作响。里面没有回声,响声来得大些,也是没有回声。再去拉门,门闭得紧紧的,他用沉重而急躁的声音喊:

"老齐——老齐,老齐——"

宿舍里的伙计,拖拉着鞋,身上的背心被汗水湿透了,费力的半张开他的眼睛,显然是没听懂的神情,站在达生的面前说:

"齐先生吗?病了,大概还没起来。"

老齐没有睡,他醒着,他晓得是达生来了。他不回答友人的呼喊,同时一种爱人的情绪压倒友人的情绪,所以一直迟延着,不去开门。

腿上扎着绷带,脊背曲作弓形,头发蓬着,脸色真像一张秋天晒成的干菜,纠皱,面带绿色,衬衫的领子没有扣,并且在领子上扯一个大的裂口。最使达生奇怪的,看见老齐的眼睛红肿过。不管怎样难解决的事,老齐从没哭过,任凭那一个同学也没看过他哭,虽是他坐过囚受过刑。

日光透过窗帘针般的刺在床的一角和半壁墙,墙上的照片少了几张。达生认识逸影的照片一张也没有了,凡是女人的照片一张都不见了。

蝉在树梢上吵闹,人们在树下坐着,荷池上的一切声音,送进老齐的窗间来,都是穿着忧悒不可思议的外套。老齐烦扰着。

老齐眼睛看住墙上的日光在玩弄自己的手。达生问了他几句关于这次到河南去的情况。老齐只很简单的回答了几句:

"很不好。"

"失败,大失败!"

达生几次不愿意这样默默的坐着,想问一问关于照片的事,就像有什么不可触的悲哀似的,每句话老齐都是躲着这个,躲着这个要爆发的悲哀的炸弹。

全屋的空气,是个不可抵抗的梦境,在恼闷人。老齐把床头的一封信抛给达生,也坐在椅子上看:

"我处处给你做累,我是一个不中用的女子,我自己知道,大概我和你所走的道路不一样,所以对你是不中用的。过去的一切,叫它过去,希望你以后更努力,找你所最心爱的人去,我在向你庆祝……"

达生他不晓得逸影的这封信为何如此浅淡,同时老齐眼睛红着,只是不流眼泪。他在玩弄着头发,他无意识,他痴呆,为了逸影,为了人众,他倦息了。

三

达生方才读过的信是一早逸影遣人给老齐送来的，在读这封信的时候，老齐是用着希望和失望的感情，现在完全失望了。他把墙上女人的照片都撕掉了，他以为女人是生着有刺的玫瑰，或者不是终生被迷醉，而不能转醒过来，就是被毒刺刺伤了，早年死去。总之，现在女人在老齐心里，都是些不可推测的恶物，蓬头散发的一些妖魔。老齐把所有逸影的照片和旧信都撕掉了丢掉垃圾箱去。

当逸影给他的信一封比一封有趣味，有感情，他在逸影的信里找到了他所希望的安慰。那时候他觉得一个美丽的想像快成事实了，美丽的事是近着他了。但这是一个短的梦，夭亡的梦，在梦中他的玫瑰落了，残落了。

老齐一个人倒在床上。北平的秋天，蝉吵得利害，他尽量的听蝉吵，腿上的绷带时时有淡红色的血沁出来，也正和他的心一样，他的心也正在流着血。

老齐的腿是受了枪伤。老齐的心是受了逸影的伤，不可分辨。

现在老齐是回来了，腿是受了枪伤了。可是逸影并没到车站去接他，在老齐这较比是颗有力的子弹，暗中投到他的怀里了。

当老齐在河南受了伤的那夜，草地上旷野的气味迷茫着他，远近还是枪声在响。老齐就在这个时候，他还拿出逸影的照片看。

现在老齐是回来了，他一人倒在床上看着自己腿上的绷带。

逸影的窗帘，一天，两天永久的下垂，她和新识爱人整天在窗帘里边。

老齐他以为自然自己的爱人分明是和自己走了分路，丢开不是非常有得价值吗？他在检查条箱，把所有逸影的痕迹都要扫除似的。小手帕撕碎了,他从前以为生命似的事物撕碎了。可是他一看到床上的被子,他未敢动手去撕,他感到寒冷。因为回忆,他的眼睛晕花了,这都是一些快意的事,在北海夜游,西山看枫叶。最后一件宏大的事业使他兴奋了,就是那次在城外他和逸影被密探捕获的事,因为没有证据,第二天释放了。

床上这张被子就是那天逸影送给他的,做一个共同遇难的标记。老齐想到这里,他觉得逸影的伟大、可爱,她是一个时代的女性,她是一个时代最前线的女性。老齐摇着头骄傲的微笑着,这是一道烟雾,他的回想飘散着去。他还是在检查条箱。

地板上满落了日影,在日影的斜线里有细尘飞扬,屋里苦闷的蒸热。逸影的笑声在窗外震着过去了。

缓长的昼迟长的拖走,在午睡中,逸影变做了一只蝴蝶,重新落在老齐的心上。他梦着同逸影又到城外去,但处处都使他危险有密探和警察环绕着他们。逸影和从前也不一样,不像从前并着肩头走,只有疏远着。总之,他在梦中是将要窒息了。

荷池上柳树刮起清风在摆荡,蝉在满院的枣树上吵。达生穿过蝉的吵声,而向老齐的宿舍走去,别的同学们向他喊道:

"不要去打搅他呀!"

"老齐这次回来,不管谁去看他,他都是带着烦厌的心思向你讲话。"

他们说话的声音使老齐在梦中醒转来。达生坐在床沿,老齐的手在摸弄腿上的绷带。老齐的眼睛模糊,不明亮,神经质的,他的眉紧皱在一起和两条牵连的锁链一样。达生知道他是给悲哀在毁坏着。

他伴老齐去北海,坐在树荫里,老齐说着把腿上的绷带举给达生看:

"我受的伤很轻,连胫骨都没有穿折。"他有点骄傲的气概,"别的人，头颅粉碎的也有，折了臂的也有，什么样的都有，伤重的都是在草地上滚转，后来自己死了。"

老齐的脸为了愤恨的热情，遮上一层赤红的纱幕。他继续地说下去："这算不了什么，我计算着，我的头颅也献给他的，不然我们的血也是慢慢给对方吸吮了去。"

逸影从石桥边走过来，现在她是换上了红花纱衫，和一个男人。男人是老齐的同班，他们打了个招呼走过去了。

老齐勉强地把持住自己，他想接着方才的话说下去，但这是不可能。他忘了方才说的是什么，他把持不住自己了，他脸红着。后来还是达生提起方才的话来，老齐又接着说下去，所说的却是没有气力和错的句法。

他们开始在树荫里踱荡。达生说了一些这样那样的话，可是老齐一句不曾理会。他像一个发疟疾的人似的，血管觉得火热一阵，接着又寒冷下去，血液凝结似的寒冷下去。

一直到天色暗黑下去，老齐才回到宿舍。现在他全然明白了。他知道逸影就是为了纱衫才去恋爱那个同学。谁都知道那个同学的父亲是一个工厂的厂主。

老齐愿意把床上的被子撕掉，他觉得保存这些是没有意义。同时他一想到逸影给人做过丫环，他的眼泪流下来了。同时他又想到，被子是象征着两个受难者，老齐狂吻着被子哭，他又想到送被子的那天夜里，逸影的眼睛是有多么生动而悦人。

老齐狂吻着被子，哭着，腿上的绷带有血沁了出来。

太太与西瓜[①]

　　五小姐在街上转了三个圈子,想走进电影院去,可是这是最末的一张免票了,从手包中取出来看了又看,仍然是放进手包中。

　　现在她是回到家里,坐在门前的软椅上,幻想着她新制的那件衣服。

　　门栏处有个人影,还不真切,四小姐坐在一边的长椅上咕哝着:

　　"没有脸的,总来有什么事?"

　　一个大西瓜,淡绿色的,听差的抱着来到眼前了。四小姐假装不笑,其实早已笑了:

　　"为什么要买,这个,很贵呢!"

　　心里是想,为什么不买两个。

　　四小姐把瓜接过来,吩咐使女小红道:

---

① 该篇创作日期不详,首刊于一九三三年八月四日长春《大同报》副刊"大同俱乐部",署名悄吟。

"刀在厨房里磨一磨。"

淡绿色的西瓜抱进屋去,四小姐是照样的像抱着别人给送来的礼物那样笑着,满屋是烟火味。妈妈从一个小灯旁边支起身来摇了摇手,四小姐当然用不着想,把西瓜抱出房来。她像患着什么慢性病似的,身子瘦小得不能再瘦,被个大西瓜累得可怜,脸儿发红,嘴唇却白。她又坐在门前的长椅上。

五小姐暂先把新制的衣裳停止了幻想,把那个同玩的男人送给的电影免票忘下,红宝石的戒指在西瓜上闪光:

"小红,把刀拿来呀!"

小红在那里喂猫,喂那个天生就是性情冷酷黑色的猫,她没有听见谁在呼喊她。

"你,你耳聋死……"

"不是呀,刘行长的三太太,男人被银行辞了职,那次来抽着烟就不起来,妈妈怕她吃了西瓜又要抽烟。"

四小姐忙说着,小红这次勉强算是没有挨骂。

西瓜想放在身后,四小姐为了慌张没有躲藏方便,那个女客人走出来看着西瓜了。妈妈说着:

"不要吃西瓜再走吗?"

小姐们也站起来,笑着把客人送走。

她们这回该集拢到厅堂分食西瓜来,第一声五小姐便嚷着:

"我不吃这样的东西,黄瓜也不如。"

抛到地板上,小红去拾。

太太下着命令叫小红去到冰箱里取那个更大的田科员送来的那个。

她们的架子是送来的礼物摆起来的!她们借着别人来养自己的脾气。做小姐非常容易,做太太也没有难处。

小红去取那个更大的去,已经拾到手的西瓜被叱呵,舍不得的又丢在地板上。

站在门栏处送来礼物的人也在苦恼着。

"为我找了十元一月薪金厨夫的职业,上手就消费了三元。"

但是他还没听见五小姐说的"黄瓜也不如"呢!

两个青蛙①

一

　　楼上的声音从窗洞飘落下来了。

　　"让我们都来看吧,秦铮又回来了,又是同平野一道……"

　　秋雨过后,天色变做深蓝,静悄的那边就是校园的林丛。校园像幅画似的,绘着小堆小堆的黄花;地平线以上,是些散散乱乱的枝柯,在晚风里取暖;拥挤着的树叶上,跳跃着金光。

　　秦铮提篮里的青蛙,跳到地面。平野在阳光里笑着,惊惧的肩头缩动着,把青蛙装进篮里。

　　裙襟被折卷一下。秦铮坐在水池旁愉快着,她的眼睛向平野羞涩的笑,别离使她羞涩了。

---

① 该篇创作于一九三三年八月六日,首刊于一九三三年八月六日长春《大同报》周刊"夜哨"创刊号,署名悄吟。

平野和她的肩头相依，但只是坐着，他躲避着热情似的坐着。一种初会的喜悦常常是变做悲哀的箭，连贯的穿了两个心颗，水珠在树叶上闪起金光滚动着，风来了，水珠落了。也和水珠一样，秦铮的眼泪落了，落到平野的衣襟上，手上，唇上，这情人的泪，水银似的在平野的灵魂里滚转。

平野觉得自己的生命这算是第一次有意义。

"不要哭啊，小妹妹……"

楼上的声音响震着玻璃窗时，秦铮扭动她的肩头，但不看上去，她知道这又是她的妹妹秦华在作怪。

提篮里的青蛙要去寻水，粗糙的呼吸着。

秦铮从来爱玩小孩子的事，从乡间回来特地带回两个青蛙，现在青蛙是放在水池里了。

晚天染着紫色红色的颜料，各自划分着，划分得不清晰了，越加模糊下去。

"这次我到乡下去，受罪极了，猩红热、虎列拉，……各样的传染病都有。只有传染病，没有医生，患病者只有死。——在这样的世界上，我也真希望死了。因为你，我死的希望破碎了。你不是常说吗？想要死的人，那是自私，或是各人主义的变态。"

平野吻了她手一下，并且问：

"那里工作怎样？"

平野又像恢复了自己似的，人像又涌上他的心来，他不再觉得自己是在喊口号了。

他们的声音低下来，暗下来，和苍茫的暮色一样，苍茫下去。

南楼宿舍睡在夜里了，北楼也睡在夜里，久别的情绪苍白着，不可顿挫的强硬起来，纠缠起来。

踱荡着他们的热情似的，穿着林丛踱荡，踏着月光踱荡，秦铮是愉快着,讲了一些流水似的话,别离不再压紧她了,她轻松在跳着武步。可是平野的心情正相反,他徘徊着,他作窘,平野为了她的青春所激动。

关于这个秦铮是忽略了,她永不知道她的青春可能激动了别人,在一个少女这是一件平常的事。

平野引她到树丛的深处去,他颤栗的走着,激动的走着,同时秦铮也不会觉察这个。

两个影子,深藏在树丛里了。

南楼的影子倒在水池里,太空镶着无数的星座,秋夜静得和水晶似的透明。

从树丛颤巍着那里走出来了。秦铮的头发毛散了,衣裙不整齐了,怕羞的背影走上楼梯去。

平野站在月光中的池旁,目送她。每次他送秦铮回宿舍时,她都是倒踏着梯级向他微笑着,缓缓的走进去。现在秦铮没有回头,她为了新的体验淹没了。

平野的心思平静下来,满足同时而倦怠的转向北楼去。

青蛙叫了,要吵破这个秘密似的叫了。

二

这是一个回忆,完全是一个梦中的回忆。

平野醒转了来,铁窗外石壁的顶端,模糊着苍白的星座。深邃的院宇,永恒的刮着阴惨的风,住在这里的人,有的是单身房,有的是群居,有的在等候宣告死刑,也有些在挨混刑期。

等候大刑的人,他们终夜不能睡着,他们吼叫出不是人的声音来,但是他们腿上的铁锁和手上的木枷并不因为吼号而脱落,依然严紧的在枷锁着。五个人中的两个人是瘫落在墙角里,不喊叫也不挣脱。使你看到,你可以联想起那是两个年老的胡匪被死恐吓住了?但,他们不是,那两张面孔,并不苍白;手足安然的,并不颤索。

提着枪打着裹腿的人,整夜是在看守着这五个人,这是为了某种事体。提枪的人,总是不间断的在袖口间探望自己的手表,就像希望着天快亮起来似的。但,天亮起来又有什么事体要发生呢?这个事件,看守人和被看守人都像明白似的。被看守人嚎叫着,他们不能滚转,提枪的人在那里踱来踱过。

其中的一个向着那两个永不知嚎叫的人说:

"怎么你们的不是行抢,只为了几张碎纸在身上就……"

说话的那个人,被提着枪的绞断了话声,但是他现在一点都不知惧怕什么叫枪,他大骂了一阵,没有法治他。提枪的那个人仍然是走来走去,一面看他袖口间的表。

平野,他是个永久要住在这里的一个犯人,因为法律判断他是这样。

因为三年前的那天晚间,他同秦铮在校园里谈一些关于乡间和工作的事,第二天,秦铮的父亲处死刑了,第三天,秦铮被捕了。接着就是平野。

现在秦铮和平野是住在同一个铁包的院里,现在已三年了。放在水池里两个青蛙变了一群小青蛙,在校园里仍是叫着。

在三年之中,他们总是追随三年前的旧梦,平野醒转来了。醒来他寻觅不见秦铮,他又闭起眼睛,窗子铁栏外,有不转动的白色的月轮,外面嚷着这样的声音,平野听到了:"又是五个:两政治犯,三个强盗犯,提出去。"过了一刻,车轮的声音轧过了,渐远了。

一九三三,八,六

哑老人 [①]

　　孙女——小岚大概是回来了吧,门响了下。秋晨的风洁静得有些空凉,老人没有在意,他的烟管燃着,可是烟纹不再作环形了,他知道这又是风刮开了门。他面向外转,从门口看到了荒凉的街道。

　　他睡在地板的草帘上,也许麻袋就是他的被褥吧,堆在他的左近,他是前月才患着半身肢体不能运动的病,他更可怜了。满窗碎纸都在鸣叫,老人好像睡在坟墓里似的,任意野甸上是春光也好,秋光也好,但他并不在意,抽着他的烟管。

　　秋凉毁灭着一切,老人的烟管转走出来的烟纹也被秋凉毁灭着。

　　这就是小岚吧,她沿着破落的街走,一边扭着她的肩头,走到门口,她想为什么门开着,——可是她进来了,没有惊疑。

　　老人的烟管没烟纹走出,也像老人一样的睡了。小岚站在老人的背后,沉思了一刻,好像在打主意——唤醒祖父呢——还是让他睡着。

---

① 　该篇创作时间不详,篇尾标注时间有误,首刊于一九三三年八月二十七日、九月三日长春《大同报》周刊"夜哨"第三、四期,署名悄吟女士。

地上两张草帘是别的两个老乞丐的铺位,可是空闲着。小岚在空虚的地板上绕走,她想着工厂的事吧。

非常沉重的老人的鼾声停住了,他衰老的灵魂震动了一下。那是门声,门又被风刮开了,老人真的以为是孙女回来给他送饭。他歪起头来望一望,孙女跟着他的眼睛走过来了。

小岚看着爷爷震颤的胡须,她美丽,凄凉的眼笑了,说:

"好了些吧?右半身活动得更自由了些吗?"

这话是用眼睛问的,并没有声音。只有她的祖父,别人不会明白或懂得这无声的话,因为哑老人的耳朵也随着他的喉咙有些哑了,小岚把手递过去,抬动老人的右臂。

老人哑着——卡……卡……哇……

老人的右臂仍是不大自由,有些痛,他开始寻望小岚的周身。小岚自愧的火热般的心跳了,她只为思索工厂要裁她的事,从街上带回来的包子被忘弃着,冰凉了。

包子交给爷爷:"爷爷,饿了吧!"

其实,她的心一看到包子早已惭愧着,恼恨着,可是不会意想到的,老人就拿着这冰冷的包子已经在笑了。

可爱的包子倒惹他生气,老人关于他自己吃包子,感觉十分有些不必需。他开始作手势:扁扁的,长圆的,大树叶样的;他头摇着,他的手不意的,困难而费力的在比作。

小岚在习惯上她是明白。这是一定要她给买大饼子(玉米饼)。小岚也作手势,她的手向着天,比作月亮大小的圆环,又把手指张开作一个西瓜形,送到嘴边去假吃。她说:

"爷爷,今天是过八月节啦,所以爷爷要吃包子的。"

这时老人的胡须荡动着,包子已经是吞掉了两个。

也许是为着过节,小岚要到街上去倒壶开水来。他知道自家是没有水壶,老人有病,罐子也摆在窗沿,好像是休息,小岚提着罐子去倒水。

窗纸在自然的鸣叫,老人点起他的烟管了。

这是十分难能的事,五个包子却留下一个。小岚把水罐放在老人的身边,老人用烟管指给她,……卡……哇……

小岚看着白白的小小的包子,用她凄怆的眼睛,快乐的笑了,又惘然的哭了,她为这个包子伟大的爱,唤起了她内心脆弱得差不多彻底的悲哀。

小岚的哭惊慌的停止。这时老人哑着的嗓子更哑了,头伏在枕上摇摇,或者他的眼泪没有流下来,胡须震荡着,窗纸鸣得更响了。

"岚姐,我来找你。"

一个女孩子,小岚工厂的同伴,进门来,她接着说:

"你不知道工厂要裁你吗?我抢着跑来找你。"

小岚回转头向门口作手势,怕祖父听了这话,平常她知道祖父是听不清的,可是现在她神经质了,她过于神经质了。

可是那个女孩子还在说:

"岚姐,女工头说你夜工做得不好,并且每天要回家两次。女工头说,小岚不是没有父母吗?她到工厂来,不说她是个孤儿么?所以才留下了她。——也许不会裁了你!你快走吧。"

老人的眼睛看着什么似的那样自揣着,他只当又是邻家姑娘来同小岚上工去。

使老人生疑的是小岚临行时对他的摇手,为什么她今天不作手势,也不说一句话呢?老人又在自解——也许是工厂太忙。

老人的烟管是点起来的,幽闲的他望着烟纹,也望着空虚的天花板。凉澹的秋的气味像侵袭似的,老人把麻袋盖了盖,他一天的工作只有等孙女。孙女走了,再就是他的烟管。现在他又像是睡了,又像等候他孙女晚上回来似的睡了。

当别的两个老乞丐在草帘上吃着饭类东西的时候,不管他们的铁罐搬得怎样响,老人仍是睡着,直到别的老乞丐去取那个盛热水的罐时,他算是醒了。可是打了个招呼,他又睡了。

"他是有福气的,他有孙女来养活他,假若是我患着半身不遂的病,老早就该死在阴沟了。"

"我也是一样。"

两个老乞丐说着,也要点着他们的烟管,可是没烟了,要去取哑老人的。

忽然一个包子被发现了,拿过来,说给另一个听:

"三哥,给你吃吧,这一定是他剩下来的。"

回答着:"我不要,你吃吧。"

可是另一个在说:"我不要"这三个字以前,包子已经落进他的嘴里,好像他让三哥吃的话是含着包子说的。

他们谈着关于哑老人的话:

"在一月以前,那时你还不是没住在这里吗,他讨要过活,和我们一样。那时孙女缝穷,后来孙女入了工厂,工厂为了做夜工是不许女工回家的,记得老人一夜没有回来。第二天早晨,我到街头看他,已睡在墙根,差不多和死尸一样了。我把他拖回房里,可是他已经不省人事了。后来他的孙女每天回来看护他,从那时起,他是患着病了。"

"他没有家人么?"

"他的儿子死啦,媳妇嫁了人。"

两个老乞丐也睡在草帘上,止住了他们的讲话,直到哑老人睡得够了,他们凑到一起讲说着,哑老人虽然不能说话,但也笑着。

这是怎么样呢? 天快黑了,小岚该到回来的时候了。老人觉到饿,可是只得等着。那两个又出去寻食,他们临出去的时候,罐子撞到门框发响,可是哑老人只得等着。

一夜在思量,第二个早晨,哑老人的烟管不间断的燃着,望望门口,听听风声,都好像他孙女回来的声音。秋风竟忍心欺骗哑老人,不把孙女带给他。

　　又燃着了烟管,望着天花板,他咳嗽着。这咳嗽声经过空冷的地板,就像一块铜掷到冰山上一样,响出透亮而凌寒的声来。当老人一想到孙女为了工厂忙,虽然他是怎样的饿,也就耐心的望着烟纹在等。

　　窗纸也像同情老人似的,耐心的鸣着。

　　小岚死了,遭了女工厂头的毒打而死,老人却不知道他的希望已经断了路。他后来自己扶着自己颤颤的身子,把经日讨饭的家伙,从窗沿取来,挂了满身,那些会活动的罐子,配着他直挺的身体,在作出痛心的可笑的模样。他又向门口走了两步,架了长杖,他年老而蹀躞的身子上有几只罐子在凑趣般的摇动着,那更可笑了,可笑得会更痛心。

　　蓦然地,他的两个老伙伴开门了,这是一个奇异的表情,似一朵鲜红的花突然飞到落了叶的枯枝上去。走进来的两个老乞丐正是这样,他们悲惨而酸心的脸上,突然作笑。他们说:

　　"老哥,不要到街上去,小岚是为了工厂忙,你的病还没好,你是七十多岁的人了,这里有我们三个人的饭呢,坐下来先吃吧,小岚会回来的。"

　　讲这些话的声音,有些特别。并且嘴唇是不自然的起落,哑老人听不清他们究竟说的是什么,就坐下来吃。

　　哑老人算是吃饱了,其余的两个,是假装着吃,知道饭是不够的。他不能走路,他颤颤着腿,像爬似的走回他的铺位。

　　"女工头太狠了。"

　　"那样的被打死,太可怜,太惨。"

　　哑老人还没睡着的时候,他们的议论好像在提醒他。他支住腰身坐起来,皱着眉想——死……谁死了呢?

　　哑老人的动作呆得笑人,仿佛是个笨拙的侦探,在侦查一个难解的案件。眉皱着，眼瞪着，心却糊涂着。

那两个老乞丐，蹀着脚，拿着烟管想走。

依旧是破落的家屋，地板有洞，三张草帘仍在地板上，可是都空着，窗户用麻袋或是破衣塞堵着，有阴风在屋里飘走。终年没有阳光，终年黑灰着，哑老人就在这洞中过他残老的生活。

现在冬天，孙女死了，冬天比较更寒冷起来。

门开处，老人幽灵般的出现在门口了。他是爬着，手脚一起落地的在爬着，正像个大爬虫一样。他的手插进雪地去，而且大雪仍然是飘飘落着，这是怎样一个悲惨的夜呀，天空挂着寒月。

并没有什么吃的，他的罐子空着，什么也没讨到。

别的两个老乞丐，同样是这洞里爬虫的一分子，回来了说："不要出去呀，我们讨回来的东西只管吃，这么大的年纪。"

哑老人没有回答，用呵气来温暖他的手，自己肿得萝卜似的手。饭是给哑老人吃了，别人只得又出去。

屋子和从前一样破落，阴沉的老人也和从前一样吸着他的烟管。可是老人他只剩烟管了，他更孤独了。

从草帘下取出一张照片来，不敢看似的他哭了，他绝望的哭，把躯体偎作个绝望的一团。

当窗纸不作鸣的时候，他又在抽烟。

只要抡动一次胳臂，在他全像搬转一支铁钟似的，要费几分钟。

在他漠忽中，烟火坠到草帘上，火烧到胡须时，他还没有觉查。

他的孙女死了，伙伴没在身边，他又哑，又聋，又患病，无处不是充备给火烧死的条件。就这样子，窗纸不作鸣声，老人滚着，他的胡须在烟里飞着，白白的。

一九三三，八，二七

夜　风^①

一

　　老祖母几夜没有安睡，现在又是抖着她的小棉袄了。小棉袄一拿在祖母的手里，就怪形的在作恐吓相。仿佛小棉袄会说出祖母所不敢说出的话似的，外面风声又起了！——唰——唰……

　　祖母变得那样可怜，小棉袄在手里终那样拿着。窗纸也响了！没有什么，是远村的狗吠，身影在壁间摇摇，祖母，灭下烛，睡了！她的小棉袄又放在被边，可是这也没有什么，祖母几夜都是这样睡的。

　　屋中并不黑沉，虽是祖母熄了烛。披着衣裳的五婶娘，从里间走出来，这时阴惨的月光照在五婶娘的脸上，她站在地心用微而颤的声音说：

───────────────

①　该篇创作于一九三三年八月二十七日，首刊于一九三三年九月二十四日、十月一日、十月八日长春《大同报》周刊"夜哨"第六、七、八期，署名悄吟。一九三三年十月，收入哈尔滨五画印刷社初版小说、散文集《跋涉》（与三郎合著），署名悄吟。

"妈妈！远处许是来了马队，听！有马蹄响呢！"

老祖母还没忘掉做婆婆特有的口语向五婶娘说：

"可恶的×××又在寻死。不碍事，睡觉吧。"

五婶娘回到自己的房里，想唤醒她的丈夫，可是又不敢。因为她的丈夫从来英勇在村中著名的，而不怕过什么人。枪放得好，马骑得好。前夜五婶娘吵着×××是挨了丈夫的骂。

不碍事，这话正是碍事，祖母的小棉袄又在手中颠倒了！她把袖子当作领来穿。没有燃烛，斜歪着站起来。可是又坐下了。这时，已经把壁间落满着灰尘的铅弹枪取下来，在装子弹。她想走出去上炮台望一下，其实她的腿早已不中用了，她并不敢放枪。

远村的狗吠得更甚了，像人马一般的风声也上来了。院中的几个炮手，还有老婆婆的七个儿子通起来了。她最小的儿子还没上炮台，在他自己的房中抱着他新生的小宝宝。

老祖母骂着：

"呵！太不懂事务了！这是什么时候？还没有急性呀！"

这个儿子，平常从没挨过骂，现在也骂了。接着小宝宝哭叫起来。别的房中，别的宝宝，也哭叫起来。

可不是吗？马蹄响近了，风声更恶，站在炮台上的男人们持着枪杆，伏在地下的女人们抱着孩子。不管那一个房中都不敢点灯，听说×××是找光明的。

大院子里的马棚和牛棚，安静着，像等候恶运似的。可是不然了！鸡，狗，和鸭鹅们，都闹起，就连放羊的童子也在院中乱跑。

马，认清是马形了！人，却分不清是什么人。天空是月，满山白雪，风在回旋着，白色的山无止境的牵连着。在浩荡的天空下，南山坡口，游动着马队，蛇般的爬来了。二叔叔在炮台里看见这个，他想灾难算是临头了！一定是来攻村子的。他跑向下房去，每个雇农给一只

枪,雇农们欢喜着,他们想:

"地主多么好呵!张二叔叔多么仁慈!老早就把我们当作家人看待的。现在我们共同来御敌吧!"

往日地主苛待他们,就连他们最反对的减工资,现在也不恨了!只有御敌是当前要做的。不管厨夫,也不管是别的役人,都喜欢着提起枪跑进炮台去。因为枪是主人从不放松给他们拿在手里。尤其欢喜的是牧羊的那个童子——长青,他想,我有一只枪了!我也和地主的儿子们一样的拿着枪了!长青的衣裳太破,裤子上的一个小孔,在抢着上炮台时裂了个大洞。

人马近了!大道上飘着白烟,白色的山和远天相结,天空的月澈底的照着,马像跑在空中似的。这也许是开了火吧!——砰!砰……。炮手们看得清是几个探兵作的枪声。

长青在炮台的一角,把住他的枪,也许是不会放,站起来,把枪嘴伸出去,朝着前边的马队。这马队就是地主的敌人。他想这是机会了!二叔叔在后面止住他:

"不要!——等近些放!"

绕路去了!数不尽的马的尾巴渐渐消失在月夜中了!墙外的马响着鼻子,马棚里的马听了也在响鼻子。这时老祖母欢喜的喊着孙儿们:

"不要尽在冷风里,你们要进屋来暖暖,喝杯热茶。"

她的孙儿们强健的回答:

"奶奶!我们全穿皮袄,我们在看守着,怕贼东西们再转回来。"

炮台里的人稀疏了!是凡地主和他们的儿子都转回屋去,可是长青仍蹲在那里,作一个小炮手的模样,枪嘴向前伸着,但棉裤后身作了个大洞,他冷得几乎是不能耐,要想回房去睡。没有当真那么作,因为想起了张二叔叔——地主平常对他的训话了:"为人要忠。你没看古来有忠臣孝子吗？忍饿受寒，生死不怕，真是可佩服的。"

长青觉得这正是尽忠也是尽孝的时候，恐怕错了机会似的，他在捧着枪，也在作一个可佩服的模样。裤子在屁股间一个大洞裂着。

二

这人是谁呢？头发蓬着，脸没有轮廓，下垂的头遮盖住，暗色的房间破乱得正像地主们的马棚。那人在啼着，好像失丈夫的乌鸦一般。屋里的灯灭了！窗上的影子飘忽失去。

两棵立在门前的大树，光着身子在嚎叫已失去的它的生命。风止了！篱笆也不响了！整个的村庄，默得不能再默。儿子，长青。回来了。

在屋里啼哭着，穷困的妈妈听得外面有踏雪声，她想这是她的儿子吧！可是她又想，儿子十五天才可以回一次家，现在才十天，并且脚步也不对，她想这是一个过路人。

柴门开了！柴门又关了！篱笆上的积雪，被振动落下来，发响。

妈妈出去像往日一样，把儿子接进来，长青腿软得支不住自己的身子，他是斜歪着走回来，所以脚步差错使妈妈不能听出。现在是躺在炕上，脸儿青青的流着鼻涕；妈妈不晓得是发生了什么事？

心痛的妈妈急问：

"儿呀！你又牧失了羊吗？主人打了你吗？"

长青闭着眼睛摇头，妈妈又问：

"那是发生了什么事？来对妈妈说吧！"

长青是前夜看守炮台冻病了的，他说：

"妈妈！前夜你没听着马队走过吗？张二叔叔说×××是万恶之极的，又说专来杀小户人家。我举着枪在炮台里站了半夜。"

"站了半夜又怎么样呢？张二叔叔打了你吗？"

"妈妈，没有，人家都称我们是小户人家，我怕马队要来杀妈妈，所以我在等候着打他们。"

"我的孩子，你说吧！你怎么会弄得这样呢？"

"我的裤子不知怎么弄破了！于是我病了！"

妈妈的心好像是碎了！她想丈夫死去三年，家里从没买过一尺布，和一斤棉。于是她把儿子的棉袄脱了下来，面着灯照了照，一块很厚的，另一块是透着亮。

长青抽着鼻子哭，也许想起了爸爸。妈妈放下了棉袄，把儿子抱过来。

豆油灯像在打寒颤似的火苗哆嗦着，唉，穷妈妈抱着病孩子。

三

张老太太又在抖着她的小棉袄了！因为她的儿子们不知辛苦了多少年，才做了个地主；几次没把财产破坏在土匪，叛兵的手里，现在又闹×军，她当然要抖她的小棉袄罗！

张二叔叔走过来，看着妈妈抖得怪可怜的，他安慰着：

"妈妈！这算不了什么，您想，我们的炮手都很能干呢！并且恶霸们有天理来昭张，妈妈您睡下吧！不要起来，没有什么事！"

"可是我不能呢？我不放心。"

张老太太说着外面枪响了！全家的人，像上次一样，男的提着枪，女的抱着孩子。风声似乎更紧，树林在啸。

这是一次虚惊，前村捉着个小偷。一阵风云又过了！在乡间这样的风云是常常闹的。老祖母的惊慌似乎成了癖。全家的人，管谁都在暗笑她的小棉袄。结果就是什么事没发生，但，她的小棉袄仍是不留意的拿在手里,虽是她只穿着件睡觉的单衫。

张二叔叔同他所有的弟兄们坐在老太太的炕沿,老六开始说:

"长青那个孩子,怕不行,可以给他结账的,有病不能干活计的孩子,活着又有什么用?"

说着把烟卷放在嘴里,抱起他三年前就患着瘫病的儿子走回自己的房子去了。

张老太说:

"长青那是我叫他来的,多做活少做活的不说,就算我们行善,给他碗饭吃,他那样贫寒。"

大媳妇含着烟袋,她是四十多岁的婆子。二媳妇是个独腿人,坐在她自己的房里。三媳妇也含着烟袋在喊,三叔叔回房去睡觉。老四,老五,以至于老七这许多儿媳妇都向老太太问了晚安才退去。老太太也觉得困了似的,合起眼睛抽她的长烟袋。

长青的妈妈,——洗衣裳的婆子来打门,温声的说:

"老太太,上次给我吃的咳嗽药再给我点吃吧!"

张老太太也是温和着说:

"给你这片吃了!今夜不会咳嗽的,可是再给你一片吧!"

洗衣裳的婆子暗自非常感谢张老太太,退回那间靠近草棚的黑屋子去睡了!

第二天是个天将黑的时候,在大院里的绳子上,挂满了黑色的白色的,地主的小孩的衣裳,以及女人的裤子。就是这个时候吧!晒在绳子上的衣服有浓霜透出来,冻得挺硬,风刮得有铿锵声。洗衣裳的婆子咳嗽着,她实不能再洗了!于是走到张老太的房里:

"张老太真是废物呢!穷人又生病。"

一面说一面咳嗽:

"过几天我一定来把所有余下的衣服洗完。"

她到地心那个桌子下,取她的包袱,里面是张老太给她的破毡鞋;二婶子,和别的婶子给她的一些碎棉花,和裤子之类。这时张老太在炕里,含着她的长烟袋。

洗衣裳的婆子有个破落而无光的家屋,穿的是张老太穿剩的破毡鞋。可是张老太有着明亮的镶着玻璃的温暖的家,穿的是从城市里新买回来的毡鞋。这两个老婆婆比在一起,是非常有趣的。很巧,牧羊的长青走进来,张二叔叔也走进来。老婆婆是这样两个不同形的,生出来的儿子也当然两样,一个是掷着鞭子的牧人,一个是把着算盘的地主。

张老太扭着她不是心思的嘴角问:

"我说,老李,你一定要回去吗?明天不能再洗一天吗?"

用她努力的眼睛望着老李,老李:

"老太太,不要怪我,我实在做不下去了!"

"穷人的骨头想不到这样值钱,我想你的儿子,不知是谁的力量才在这里呆得住。也好。那么,昨夜给你那药片,为着今夜你咳嗽来吃它。现在你可以回家去养着去了!把药片给我,那是很贵呢!不要白废了!"

老李把深藏在包袱里那片预备今夜回家吃的药拿出来。

老李每月要来给张地主洗五次衣服,每次都是给她一些萝卜,或土豆,这次都没给。

老婆子夹着几件地主的媳妇们给她的一些破衣服。这也就是她的工银。

老李走在有月光的大道上,冰雪闪着寂寂的光,她寡妇的脚踏在雪地上,就像一只单身雁在哽咽着她孤飞的寞寞。这树为着空的枝干,没有鸟雀。什么人全睡了!尽树儿的那端有她的家屋出现。

打开了柴门,连个狗儿也没有,谁出来迎接她呢?!

四

两天过后风声又紧了！真的×军要杀小户人家吗？怎么都潜进破落村户去？李婆子家也曾住过那样的人。

长青真的结了账了！背着自己的小行李走在风雪的路上。好像一个流浪的，丧失了家的小狗，一进家屋他就哭着。他觉得绝望。吃饭妈妈是没有米的，他不用妈妈问他就自己诉说怎样结了账，怎样赶他出来，他越想越没路可走，哭到委曲的时候，脚在炕上跳，用哀惨的声音呼着他的妈妈：

"妈妈：我们吊死在爹爹坟前的树上吧！"

可是这次，出乎意料的，妈妈没有哭，没有同情他，只是说：

"孩子，不要胡说了，我们有办法的。"

长青拉着妈妈的手，奇怪的，怎么妈妈会变了呢？怎么变得和男人一样有主意呢？

五

前村的消息传来的时候，张二叔叔的家里还没吃早饭。

整个的前村和×军混成一团了！有的说是在宣传，有的说是在焚房屋，屠杀贫农。

张二叔叔放探出去，两个炮手背上大枪，小枪，用鞭子打着马，刺面的严冬的风夺面而过，可是他们没有走到地点，就回来了；报告是这样：

"不可知这是什么埋伏？村民安静着，鸡犬不惊的不知在作些什么？"

张二叔叔问:"那末你们看见些什么呢?"

"我们是站在山坡往下看的,没有马槽,把草摊在院心,马匹在急吃着草,那些恶棍们和家人一样在院心搭着炉,自己做饭。"

全家的人,挤在老祖母子的门里门外,眼睛瞪着。全家好像窒息了似的。张二叔叔点着他的头:"唔! ——你们去吧!"

这话除了他自己别人似乎没有听见。关闭的大门外面有重车轮轴轧轧经过的声音。

可不是吗? 敌人来了! 方才吓得像木雕一般的张老太也扭走起来。

张二叔叔和一群小地主们捧着枪不放,希望着马队可以绕道过去。马队是过去了一半,这次比上次的马匹更多。使张二叔叔纳闷的是后半部的马队也夹杂着爬犁小车! 并且车上也像有妇女们坐着? 更近了! 二叔叔是千真万真看见了一些雇农,李三,刘福,小秃……一些熟识的佃农。二叔叔气得仍要动起他地主的怒来大骂。

兵们从东墙回转来,把张二叔叔的房舍包围了! 开了枪。

这不是夜,没有风,这是光明的朝阳下,张二叔叔是第一个倒地。在他一秒钟清明的时候,他看见了长青和他的妈妈——李婆子也坐在爬犁上,在挥动着拳头……

一九三三,八,二七

王阿嫂的死[①]

一

　　草叶和菜叶都蒙盖上灰白色霜。山上黄了叶子的树,在等候太阳。太阳出来了,又走进朝霞去。野甸上的花花草草,在飘送着秋天零落凄迷的香气。

　　雾气像云烟一样蒙蔽了野花,小河,草屋,蒙蔽了一切声息,蒙蔽了远近的山岗。

　　王阿嫂拉着小环每天在太阳将出来的时候,到前村广场上给地主们流着汗;小环虽是七岁,她也学着给地主们流着小孩子的汗。现在春天过了,夏天过了……王阿嫂什么活计都做过,拔苗插秧。秋天一来到,王阿嫂和别的村妇们都坐在茅檐下用麻绳把茄子穿成长串长串

① 　该篇创作完成于一九三三年五月二十一日,首刊何处不详。一九三三年十月,收入哈尔滨五画印刷社初版小说、散文集《跋涉》(与三郎合著),署名悄吟。

的，一直穿着。不管蚊虫把脸和手搔得怎样红肿，也不管孩子们在屋里喊叫妈妈吵断了喉咙。她只是穿啊，穿啊，两只手像纺纱车一样，在旋转着穿。

第二天早晨，茄子就和紫色成串的铃铛一样，挂满了王阿嫂的前檐；就连用柳条编成的短墙上也挂满着紫色的铃铛。别的村妇也和王阿嫂一样，檐前尽是茄子。

可是过不了几天茄子晒成干菜了！家家都从房檐把茄子解下来，送到地主的收藏室去。王阿嫂到冬天只吃着地主用以喂猪的乱土豆，连一片干菜也不曾进过王阿嫂的嘴。

太阳在东边放射着劳工的眼睛。满山的雾气退去，男人和女人，在田庄上忙碌着。羊群和牛群在野甸子间，在山坡间，践踏并且寻食着秋天半憔悴的野花。

田庄上只是没有王阿嫂的影子，这却不知为了甚么？竹三爷每天到广场上替张地主支配工人。现在竹三爷派一个正在拾土豆的小姑娘去找王阿嫂。

工人的头目，愣三抢着说：

"不如我去的好，我是男人走得快。"

得到竹三爷的允许，不到两分钟的工夫，愣三跑到王阿嫂的窗前了：

"王阿嫂，为什么不去做工呢？"

里面接着就是回答声：

"叔叔来得正好，求你到前村把王妹子叫来，我头痛，今天不去做工。"

小环坐在王阿嫂的身边，她哭着，响着鼻子说："不是呀！我妈妈扯谎，她的肚子太大了！不能做工，昨夜又是整夜的哭，不知是肚子痛还是想我的爸爸。"

王阿嫂的伤心处被小环击打着，猛烈的击打着，眼泪都从眼眶转到嗓子方面去。她只是用手拍打着小环，她急性的，意思是不叫小环再说下去。

李愣三是王阿嫂男人的表弟。听了小环的话，像动了亲属情感似的，跑到前村去了。

小环爬上窗台，用她不会梳头的小手，在给自己梳着毛蓬蓬的小辫。邻家的小猫跳上窗台，蹲踞在小环的腿上，猫像取暖似的迟缓的把眼睛睁开，又合拢来。

远处的山反映着种种样的朝霞的彩色。山坡上的羊群，牛群，就像小黑点似的，在云霞里爬走。

小环不管这些，只是在梳自己毛蓬蓬的小辫。

二

在村里，王妹子，愣三，竹三爷，这都是公共的名称。是凡佣工阶级都是这样简单，而不变化的名字。这就是工人阶级一个天然的标识。

王妹子坐在王阿嫂的身边，炕里蹲着小环，三个人寂寞着在。后山上不知是什么虫子，一到中午，就吵叫出一种不可忍耐的幽默和凄怨的情绪来。

小环虽是七岁，但是就和一个少女般的会忧愁，会思量。她听着秋虫吵叫的声音，只是用她的小嘴在学着大人叹气。这个孩子也许因为母亲死得太早的缘故？

小环的父亲是一个雇工，在她还不生下来的时候，她的父亲就死了！在她五岁的时候她的母亲又死了。她的母亲是被张地主的大儿子张胡琦强奸而后气愤死了的。

五岁的小环,开始做个小流浪者了!从她贫苦的姑家,又转到更贫苦的姨家。结果为了贫苦,不能养育她,最后她在张地主家过了一年煎熬的生活。竹三爷看不惯小环被虐待的苦处。当一天王阿嫂到张家去取米,小环正被张家的孩子们将鼻子打破,满脸是血,王阿嫂把米袋子丢落在院心,她走近小环,给她擦着眼泪和血。小环哭着,王阿嫂也哭了!

　　有竹三爷作主,小环从那天起,就叫王阿嫂做妈妈了!那天小环是扯着王阿嫂的衣襟来到王阿嫂的家里。

　　后山的虫子,不间断的,不曾间断的在叫。王阿嫂拧着鼻涕,两腮抽动,若不是肚子突出,她简直瘦得像一条龙。她的手也正和爪子一样,为了拔苗割草而骨节突出。她的悲哀像沉淀了的淀粉似的,浓重并且不可分解。她在说着她自己的话:

　　"王妹子,你想我还能再活下去吗?昨天在田庄上张地主是踢了我一脚。那个野兽,踢得我简直发昏了,你猜他为什么踢我呢?早晨太阳一出就做工,好身子倒没妨碍,我只是再也带不动我的肚子了!又是个正午时候,我坐在地梢的一端喘两口气,他就来踢了我一脚。"

　　拧一拧鼻涕又说下去:

　　"眼看着他爸爸死了三个月了!那是刚过了五月节的时候,那时仅四个月,现在这个孩子快生下来了!咳!什么孩子,就是冤家,他爸爸的性命是丧在张地主的手里,我也非死在他们的手里不可,我想谁也逃不出地主们的手去。"

　　王妹子扶她一下,把身子翻动一下:

　　"哟!可难为你了!肚子这样你可怎么在田庄上爬走啊?"

　　王阿嫂的肩头抽动得加速起来。王妹子的心跳着,她在悔恨的跳着,她开始在悔恨:

　　"自己太不会说话,在人家最悲哀的时节,怎能用得着十分体贴的话语来激动人家悲哀的感情呢?"

王妹子又转过话头来:

"人一辈子就是这样,都是你忙我忙,结果谁也不是一个死吗?早死晚死不是一样吗?"

说着她用手巾给王阿嫂擦着眼泪,揩着她一生流不尽的眼泪:

"嫂子你别太想不开呀!身子这种样,一劲忧愁,并且你看着小环也该宽心。那个孩子太知好歹了!你忧愁,你哭,孩子也跟着忧愁,跟着哭。倒是让我做点饭给你吃,看外边的日影快晌午了!"

王妹子心里这样相信着:

"她的肚子被踢得胎儿活动了!危险……死……"

她打开米桶,米桶是空着。

王妹子打算到张地主家去取米,从桶盖上拿下个小盆。王阿嫂叹息着说:

"不要去呀!我不愿看他家那种脸色,叫小环到后山竹三爷家去借点吧!"

小环捧着瓦盆爬上坡,小辫在脖子上摔搭摔搭的走向山后去了!山上的虫子在憔悴的野花间,叫着憔悴的声音啊!

三

王大哥在三个月前给张地主赶着起粪的车,因为马腿给石头折断,张地主扣留他一年的工钱。王大哥气愤之极,整天醉酒,夜里不回家,睡在人家的草堆。后来他简直是疯了!看着小孩也打,狗也打,并且在田庄上乱跑,乱骂。张地主趁他睡在草堆的时候,遣人偷着把草堆点着了!王大哥在火焰里翻滚,在张地主的火焰里翻滚;他的舌头伸在嘴唇以外,他嚎叫出不是人的声音来。

有谁来救他呢？穷人连妻子都不是自己的。王阿嫂只是在前村田庄上拾土豆，她的男人却在后村给人家烧死了。

当王阿嫂奔到火堆旁边，王大哥的骨头已经烧断了！四肢脱落，脑壳直和半个破葫芦一样，火虽息灭，但王大哥的气味却在全村漂漾。

四围看热闹的人群们，有的擦着眼睛说：

"死得太可怜！"

也有的说：

"死了倒好，不然我们的孩子要被这个疯子打死呢！"

王阿嫂拾起王大哥的骨头来，裹在衣襟里，她紧紧的抱着，她发出嗬天的哭声来。她这凄惨泌血的声音，遮过草原，穿过树林的老树，直到远处的山间，发出回响来。

每个看热闹的女人，都被这个滴着血的声音诱惑得哭了！每个在哭的妇人都在生着错觉，就像自己的男人被烧死一样。

别的女人把王阿嫂的怀里紧抱着的骨头，强迫的丢开，并且劝说着：

"王阿嫂你不要这样啊！你抱着骨头又有什么用呢？要想后事。"

王阿嫂不听别人，她看不见别人，她只有自己。把骨头又抢着疯狂的包在衣襟下，她不知道这骨头没灵魂，也没有肉体，一切她都不能辨明。她在王大哥死尸被烧的气味里打滚，她向不可解脱的悲痛里用尽了她的全力的攒呵！

满是眼泪小环的脸转向王阿嫂说：

"妈妈，你不要哭疯了啊！爸爸不是因为疯才被人烧死的吗？"

王阿嫂，她不听到小环的话，鼓着肚子，涨开肺叶般的哭。她的手撕着衣裳，她的牙齿在咬嘴唇。她和一匹吼叫的狮子一样。

后来张地主手提着苍蝇拂，和一只阴毒的老鹰一样，振动着翅膀，

眼睛突出,鼻子向里勾曲调着他那有尺寸的阶级的步调从前村走来,用他压迫的口腔来劝说王阿嫂:

"天快黑了!还一劲哭什么!一个疯子死就死了吧!他的骨头有什么值钱。你回家做你以后的打算好了!现在我遣人把他埋到西岗子去。"

说着他向四周的男人们下个口令:

"这种气味……越快越好!"

妇人们的集团在低语:

"总是张老爷子,有多么慈心,什么事情,张老爷子都是帮忙的。"

王大哥是张老爷子烧死的,这事情妇人们不知道,一点不知道。田庄上的麦草打起流水样的波纹,烟筒里吐出来的炊烟,在人家的房顶上旋卷。

苍蝇拂子摆动着吸人血的姿式,张地主走回前村去。

穷汉们,和王大哥同类的穷汉们,摇煽着阔大的肩膀,王大哥的骨头被运到西岗上了!

四

三天过了!五天过了!田庄上不见王阿嫂的影子,拾土豆和割草的妇人们嘴里念道这样的话:

"她太艰苦了!肚子那么大,真是不能做工了!"

"那天张地主踢了她一脚,五天没到田庄上来。大概是孩子生了,我晚上去看看。"

"王大哥被烧死以后,我看干阿嫂就没心思过日子了! 天东哭一场,西哭一场的,最近更利害了!那天不是一面拾土豆,一面流着眼泪?"

又一个妇人皱起眉毛来说：

"真的，她流的眼泪比土豆还多。"

另一个又接着说：

"可不是吗？王阿嫂拾得的土豆，是用眼泪换得的。"

在激动着热情，一个抱着孩子拾土豆的妇人说：

"今天晚上我们都该到王阿嫂家去看看，她是我们的同类呀！"

田庄上十几个妇人用响亮的嗓子在表示赞同。

张地主走来了！她们都低下头去工作着。张地主走开，她们又都抬起头来；就像被风刮倒的麦草一样，风一过去，草梢又都伸立起来；她们说着方才的话：

"她怎能不伤心呢？王大哥死时，什么也没给她留下。眼看又来到冬天，我们虽是有男人，怕是棉衣也预备不齐。她又怎么办呢？小孩子若生下来她可怎么养活呢？我算知道，有钱人的儿女是儿女，穷人的儿女，分明就是孽障。"

"谁不说呢？听说王阿嫂有过三个孩子都死了！"

其中有两个死去男人，一个是年青的，一个是老太婆。她们在想起自己的事，老太婆想着自己男人被车轧死的事，年青的妇人想着自己的男人吐血而死的事，只有这俩妇人什么也不说。

张地主来了！她们的头就和向日葵般在田庄上弯弯的垂下去。

小环的叫喊声在田庄上，在妇人们的头上，响起来：

"快……快来呀！我妈妈不……不能，不会说话了！"

小环是一个被大风吹着的蝴蝶，不知方向，她惊恐的翅膀痉挛在振动。她的眼泪在眼眶里急得和水银似的不定形的滚转。手在捉住自己的小辫，跺着脚破着声音喊：

"我妈……妈怎么了？……她不说话呀……不会呀！"

五

等到村妇挤进王阿嫂屋门的时候，王阿嫂自己在炕上发出她最后沉重的嚎声，她的身子是被自己的血浸染着，同时在血泊里也有一个小的、新的动物在挣扎。

王阿嫂的眼睛像一个大块的亮珠，虽然闪光而不能活动。她的嘴张得怕人，像猿猴一样，牙齿拼命的向外突出。

村妇们有的哭着，也有的躲到窗外去，屋子里散散乱乱，扫帚水壶，破鞋，满地乱摆。邻家的小猫蹲缩在窗台上。小环低垂着头在墙角间站着，她哭，她是没有声音的在哭。

王阿嫂就这样的死了！新生下来的小孩，不到五分钟也死了！

六

月亮穿透树林的时节，棺材带着哭声向西岗子移动。村妇们都来相送，拖拖落落，穿着种种样样擦满油泥的衣服，这正表示和王阿嫂同一个阶级。

竹三爷手携着小环，走在前面。村狗在远处受惊的在叫。小环并不哭，她依别特人，她的悲哀似乎分给大家担负似的，她只是随了竹三爷踏着贴在地上的树影走。

王阿嫂的棺材被抬到西岗子树林里。男人们在地面上掘坑。

小环，这个小幽灵，坐在树根下睡了！林间的月光细碎的飘落在小环的脸上。她两手扣在藤盖间，头搭在手上，小辫在脖了上给风吹动着，她是个天然的小流浪者。

棺材合着月光埋到土里了！像完成一件工作似的，人们扰攘着。

竹三爷走到树根下摸动小环的头发：

"醒醒吧！孩子！回家了。"

小环闭着眼睛说：

"妈妈,我冷呀!"

竹三爷说：

"回家吧！你那里还有妈妈？可怜的孩子别说梦话!"

醒过来了！小环才明白妈妈今天是不再搂着她睡了！她在树林里,月光下,妈妈的坟前,打着滚哭啊!……

"妈妈!……你不要……我了!让我跟跟跟谁睡……睡觉呀?"

"我……还要回到……张……张张地主家去挨打吗?"——她咬住嘴唇哭。

"妈妈!跟……跟我回……回家吧!……"

远近处颤动这小姑娘的哭声,树叶和小环的哭声一样交接的在响,竹三爷同别的人一样在擦揉眼睛。

林中睡着王大哥和王阿嫂的坟墓。

村狗在远近的人家吠叫着断续的声音……

一九三三,五,二一

叶 子[①]

园中开着艳艳的花,有蝴蝶儿飞,也有鸟儿叫。小姑娘——叶子,唱着歌,在打旋风舞。为了捕蝴蝶把裙子扯破。妈妈站在门口:

"叶子,你这样孩子。"

可是她什么都不听见,花枝一排一排的倒在脚下,把蝴蝶捉在手里。

太阳把雪照成水了,从房檐滴到了满阶。后来树枝发青,树叶成荫了。后园里又飞着去年的蝴蝶。五月来到,后园和去年一样,蝴蝶戏着小姑娘们玩,蝴蝶被捕着。可是叶子,她不捕蝴蝶了,尽坐在那儿幽思,望着天上多形的云,望着插向云中的树枝,一会用扇子遮住她幽思的眼。

妈妈站在门口。

---

① 该篇创作于一九三三年九月二十日,首刊于一九三三年十月十五日长春《大同报》周刊"夜哨"第九期,署名悄吟。

"叶子，你为什么总坐在那儿想啊，脸儿怕瘦了？"

她常常在园里静思，暑假慢慢的来到，表哥——莺，回来了。以后花园里，又是旋风舞，捕蝴蝶。叶子的歌声天天在后园里鲜明着。莺哥和叶子坐在树下，树叶有时落在腿上，后来树叶绕着腿飞。

暑假过去，莺哥回学校了，园里飞发树叶。只因没有花儿，鸟雀回巢，蝴蝶飞过墙东不再回来，一切被莺哥带了去似的。叶子倒在床上有病，脸儿渐渐黄，爸妈着慌，医生来了一个又一个，药瓶子摆在床头，脸儿更黄更瘦。

外面飘起白白的雪，妈妈问：

"为什么病呢？对妈妈说。"

叶子只是默默的等着寒假，常常翻着日历，十号，十一号……，十五号了，她想莺哥哥是近着她了，穿得干净的衣服，坐在窗里望。真的有人在叫门，叶子心跳。妈妈去开了门，穿着青制服，青呢帽，踏着雪响，莺哥微笑着。他问："叶子呢？"

说话时他看着叶子在窗里向他笑了笑。妈妈说着关于叶子的话走进客厅了。妈妈又说：

"叶子，半年是闹着病，只见黄瘦。"

莺哥慌忙着去见叶子，可是他走进内室了，衣上带着冷气。走近叶子的床，向她问：

"病了吗？很弱。"

她感到茫然了，眼睛无力的瞅着床，没有答话，把头低下。他没有再问，心痛着走进内室去。妈妈在客厅里说着叶子的病时，叶子在屋里听着哭了，面向着飞雪的窗外。

在东房莺哥常常发闷，有时整夜不灭灯，后来咳嗽，都说孩子大了应该定亲。他的叔叔来，说谁家的女子好，问他：

"你愿意不？我想你的学费都是舅家供给，又是住在舅家，不能

信意吧?"他的叔叔又指着叶子的爸爸和妈妈说:

"并且舅父和舅母也同意。"

就是那夜,他整夜寻思着。第二天他的爸爸载着没有耳朵的帽子背着包袱来了,没有进客厅,简直到东房去。唉,莺哥怎不难过呢。妈妈死了,爸爸上山去打柴,自己住在舅家。于是他哭了,爸爸也哭了。

叶子走进东房,火炉在地心,没生火窗上全是冰霜。她招呼别人,把炉子生火,又到自己房里拿了厚的被子给莺哥。妈妈骂了她:

"什么事都用得着你!"

穷人没有亲戚。到晚间,他的爸爸又载着没有耳朵的帽子走了,去经风霜。

叶子在莺哥的房里,可是莺哥一天比一天病重。叶子常常挨骂,可是莺哥的病只有沉重。妈妈说:

"不要以为你还是小孩子,你是十四五岁啦,莺哥都该娶媳妇了,不可以总在一块。"妈妈又接着说:

"自己该明白吧,他那样穷,并且亲已订妥。"

莺哥八天不能起床,可怜的莺哥,连叶子也不能多见。

在那间空洞的房里,只有爸爸陪着他。起先舅母拿钱给请医生,现在不给他请医生了。于是可怜的莺哥走在死路上。

每天夜里,别人都睡了的时候,那个管家——王四要给东房送书,这是叶子背着妈妈叫送的。

昨夜特别的,莺哥总是不睡,想说的话,又像不愿意说似的。肺痛得也像轻些,但是他的眼睛想哭。

"爸爸,叶子怎么总不过来呢?我还拿她几本书,怎么还不来取呀?又病了吗?爸爸叫叶了来,呵,叫子一定要米。"他说时把眼泪滴到枕头上。

爸爸只得答应了去找叶子:

"好吧,不要为难,你再睡一会,亮了天我去叫她。"

天是大亮了,还不去叫叶子,让老头子怎样去找叶子呢？住在别人家里,自己的儿子有病。怎敢扰乱别人呢？

还不到中午,莺哥被装进棺材里。

送棺材的人们站到大门口,只有莺哥的爸爸和棺材往东下去。

蝶儿飞着,鸟儿叫着,又到五月了,叶子坐在后园冥想,莺哥的爸爸担着柴草经过后门了。

九,二十

清晨的马路上①

———

"耕种烟……双鹤……大号……粉刀烟。"

"粉刀……双鹤……耕种烟……"

小孩子的声音脆得和玻璃似的,凉水似的浸透着睡在街头上的人间,在清晨活着的马路,就像已死去好久了。人们为着使它再活转来,所以街商们靠住墙根,在人行道侧开始罗列着一切他们的宝藏财富。卖浆汁的王老头把担子落下,每天是这样,占据着他自己原有的土地。他是在阴沟的旁侧,搭起一张布篷,是那样有趣的,用着他的独臂工作一切。现在烧浆汁的小锅在吐气,王老头也坐在那布篷里吐着气,是在休息。他同别的街商们一样,感到一种把生命安置得妥适的舒快。

卖烟童们叫着:

———

① 该篇创作日期不详,首刊于一九三三年十一月五日、十二日长春《大同报》周刊"夜哨"第十二、十三期,署名悄吟。

"粉刀,双鹤,耕种烟。"

"大号双鹤烟……"

小胸膛们响着,已死的马路会被孩子们的呼唤活转来,街车渐多,行人渐多,被孩子们召集来的赛会,蚂蚁样的。叫花子出街了,残废们没有小腿把鞋子穿在手上,用胳膊来帮助行走,所以变成四条腿的独特的人形。这独特的人形和爬虫样,从什么洞里爬出来,在街上是晒太阳吗?闲走吗?许多人没有替他想过,他是自己愿意活,就爬着活,愿意死就死在洞里。

一辆汽车飞过来,这多腿人灰白了,一刻他不知怎样做,好像一只受了伤的老熊遇到猎人。他震惊,他许多腿没有用,他的一切神经折破。于是汽车过去了。大家笑,大家都为这个多腿人静止了。等他靠近侧道时,他自己也笑了。可是不晓得他为什么要笑?眼睛望到马路的中央去,帽子在那变成一个破裂的瓜皮样,于是多腿人探出蒸气的头,他怨笑。

在布篷看守小锅的王老头,用他的独臂装好一碗浆汁,并且说,露出他残废的牙齿来:

"你吃吧!热的。"

但是帽子给汽车轧破的人却无心吃,他忧虑着。仅仅一个污秽的帽子他还忧虑着。王老头的袖子用扣针扣在衣襟上,热情的替别人去拾帽子。终于那个人拿到破裂的瓜皮。对王老头讲,这帽子怎样缝缝还不碍事。王老头说:

"不碍事,不碍事,把这碗喝下吧,不要钱的!"

二

为着有阳光的街,繁忙的街,卖烟童们的声音渐哑了。

正午时，王老头喝他的浆汁，对于他怕吃烧饼，因为烧饼太值钱。

卖馒头的小伙子走近人行道，打开肩箱，卖给街商们以馒头。有时是彼此交换的，把馒头换成袜子，或是什么碎的布片，就是这样吧。小林的妈妈在等小林回来吃中饭。可是小林回来了，在饭桌上父亲说着：

"小林，下午你要休息了，怕是嗓子太哑了，爸爸来替你。"

小林的爸爸患着咳嗽病，终年不能停息，过到了秋天的季节，病患更烦恼他。于是，爸爸一个月没有卖报去。

小林在炕上把每盒烟卷打开，取出像片来，听说别的卖烟童们用像片换得的金表或钞票。有时就连妈妈也来帮助儿子做这种事。可是，从来没换取过什么。

小林的哥哥大林回来了。他把两元钱给母亲。他向弟弟说：

"不要总玩弄那些。"

弟弟生气了：

"那末玩弄什么呢？我觉得很有意思。"

妈妈把钱藏在小箱中，并且望着小林：

"明天可以多买烟卷呢。"

他显然回到家中是苦闷了。妈妈是慈爱的：

"把烟给哥哥吸。"

小林取过一盒烟来，他爱惜烟卷好比生命似的。因为做哥哥的没有这样残忍的情感来吸这烟。大林想：

"一盒便宜的烟卷要五分钱，卖一盒烟卷要赚一分钱。一盒烟要弟弟多少喊声呢？"

他总是十几天或者一个月才回家一次，也不在家住过。这夜他是挨着善于咳嗽的爸爸睡下的。爸爸是那样惹人怜，彻夜咳嗽。大林知道西药铺有止咳药，可是爸爸和妈妈一起止住他。

"林儿，今夜你是住在家中，那么明夜呢？长久了是没有钱的。"

大林显然这又烦恼着了，夜里他失眠，奇怪的爸爸虽是咳嗽，同时要给他盖过被子无数次。同院的人们起来了，大街上仍是静悄悄，连太阳都没有。大林没有洗他的脸，走向他要去的地方去。

三

这是多么沉重的夜呀，大林在昏闷中经过长短街。一间客厅里许多朋友，从窗子看进去，知道这又是星期日了。这是朋友家的一间客厅，也是许多熟人的一个闲荡处，好比一个杂货间，有穿长短袍，马褂的朋友，有穿西服的，有头发毛毛的，并且脸色枯黄的朋友。

大林坐在那里是个已定蚌壳。假若有雨雪在他身上。他不会感觉。别的朋友拿给他一支烟，对于烟好比是一条有毒的小白蛇，大林看它是这样。等他十分无兴致的时候，他又徘徊在街上。街心的一切，对他是没有意义，他坐在椅上。

父亲和小弟弟奇怪的却来到近前。

"哥哥，你今晚回家吧！妈妈说，我若能用像片换得来什么的时候，今晚就吃鱼。现在我是十元钱得到的。"

父亲也为了意外的成功充塞着：

"今晚你要吃鱼的，大林。"

老头子走在人群里，消失了……

四

是冬天，是夜间，在那个朋友的客厅里，连意想也没有意想，当他听到别人讲说关于烟像片换钱的时候。

"实在的,可以换到钱的,我可以给你一个证明。"朋友说。

"证明吧!"大林却把眼睛沉静着,没有相信这事。

当夜他是住在朋友的宿舍里,在梦里,他是这样可怕:全个房屋给风雪刮倒了。妈妈在风雪中哭泣。因为弟弟没有了,爸爸不见了,她不能寻到他们。

这是早晨吧,大林回家去看妈妈了。大街上骚闹的一切,卖浆的王老头,他的头从白布篷探出来,把大林唤进去:

"小林现在住在我家的,前夜你的父母是被一些什么人带走的,理由是因为你,北钟已是几天不敢回家了。"

北钟是王老头的儿子,在中学里和大林同学,现在是邻居。他同大林一样,常常不归家,使父母们,渺茫中担着忧。

小林为着失掉了妈妈,卖烟童们也失掉了他,街上再寻不到他的小声音了。

渺茫中①

"两天不曾家来,他是遇到了什么事呢?"

街灯完全憔悴了,行人在绿光里忙着,倦怠着归去,远近的车声为着夜而困疲。冬天驱逐叫花子们,冬天给穷人们以饥寒交迫。现在街灯它不快乐,寒冷着地把行人送尽了!可是大名并不归来。

"宝宝,睡睡呵!小宝宝呵!"

楼窗里的小母亲唱着,去看看乳粉,盒子空了!去看看表,是十二点了!

"宝宝呵!睡睡。"

小母亲唱着,睇视着窗外,白月照满窗口,像是不能说出大名的消息来。小宝宝他不晓得人间的事,他睡在摇篮里。过道有人步声,大名么?母亲在焦听这足音,宝宝却哭了!他不晓得母亲的心。

一夜这样过着,两夜这样过着,隔壁彻夜有人说话声。这声音来得很小,一会又响着动静了。什么像是大名的声音,皮鞋响也像,再细心点听,寂静了!窗之内外,一切在夜语着。

---

① 该篇创作于一九三三年十一月十五日,首刊于一九三三年十一月二十六日长春《大同报》周刊"夜哨"第十四期,署名悄吟。

偶然一声女人的尖笑响在隔壁，再细心听听，妇人知道那却是自己的丈夫睡到隔壁去了！

枕，床都在变迁，甚至联想到结婚之夜，战惊着的小妇人呀！好像自己的秘密已经摆在人们的眼前了。听着自己的丈夫睡在别人的房里，该从心孔中生出些什么来呢？这不过是一瞬间，再细心听下去什么声音都没有了。一切在夜语着。对于妇人，这是个渺茫的隔壁，妇人幻想着：

"他不是说过吗？在不曾结婚以前，他为着世界，工作一切，现在，也许……"

第三天了！过道上的妇人们，关于这渺茫的隔壁传说着一切：

"那个房间里的妇人走了，是同一个男人走的。都知她是很能干的，可是谁也没看见。总之，她的房里常常有人住宿和夜里讲话，她是犯了罪……"

小母亲呀！你哭吧！

"宝宝，睡呵——呵，……"

过去这个时代小宝宝会跑了，又过几年，妈妈哭他会问：

"妈妈，为什么要哭呢？"

孩子仍是不晓得母亲的心，问着问着，在污浊的阴沟旁投射石子。他还是没出巢的小鸟，他不晓得人间的事。

妇人的衣襟被风吹着，她望着生活在这小街上同一命运的孩子们击石子。宝宝回过头来问：

"妈妈，你不常常说爸爸上山追猴子，怎么总不回来呢？"

夕阳照过每家的屋顶，小街在黄昏里，母亲回想着结婚的片片，渺茫中好像三月的化踏卜泥污去。

十一，十五日

患难中[①]

沈明和木村谈着仿佛是秘密的话。一个女人走进来,当她停往门口时,沈明笑了,他嘻笑一般说:"木村,这是我的嫂嫂。"

那女人咳嗽一声,高声笑出,眉毛像飞起一般,看来她非常愉悦。她没有说几句话,她走了!沈明耳语着,木村摇动一下身子,仍是把视像凝结起来。

沈明说:"她是能干,那家伙我哥哥真爱她。她一天从早起盛满肚子,就是往外跑。一切分她的工作很好,可是她把左近的男人,都迷恋过,那家伙,……我不该这样说,她是我的嫂嫂哩!"

木村心中烦厌着沈明:"你该回校了!快关城门了吧?"

他说:"那不要紧,我可以住在你这里。"

就这样沈明杂噪了半夜。

---

① 该篇创作日期不详,首刊于一九三四年三月八日至五月三日哈尔滨《国际协报》周刊"文艺"第五至十三期,署名田娣。目前该篇仅存刊于五月三日的最后一部分,其他部分已佚。

后来木村和那个女人接近的机会渐多,女人评论说他太灰色。可是木村仍是和她常常争论。

在这样的期间,冬梅完全躲避着木村。一天在途中他们三个人偶然相遇,和姐姐一般那个女人抚弄着冬梅的头发,冬梅气悔的推却了她,像骂着一样,背过身子走了!

木村说:"这个孩子很怪的脾气。"

他只想冬梅是个怪脾气的孩子。但她会妒恨,她感到自己被抛弃一样的滋味,好像他从前是她的爱人,现在不是了。

她走回家中,哭泣一般的面孔:"奶奶,我不上学了! 我们还是搬到城外去住吧。"

她寻不到祖母,于是她呼唤起来,她害怕起来,忽然想起祖父的跳河,大声叫出:

"奶奶,……奶奶,……"

什么地方也寻不到奶奶,她的裙子转起旋风。院中的枣树好像生着针,锐得她的心会被刺破,小狗跟在后面,瞎跑瞎忙着。冬梅从胡同跑出去,她去告诉木村,祖母没有了! 祖母不见了! 她一边说着一边不能自持,自己抓住头发,她哭起来。方才她妒恨那个女人,现在她是被她扶着走。到家中仍不见祖母,冬梅狂人一样的,坐不安牢。

祖母从街上徐徐着蹀来,手杖肩在肩上,末端系住两条小鱼,小鱼不住的摆动着。祖母经过厨房时,把鲜鱼解下预备放一点水,聋婆听不见屋里的哭声。忽然她看见木村和一个生人。她笑着,脸上的皱纹立刻增多而深刻起来,嘴唇在说话的时候,像风在鼓动两面旗帜:"你们来了多少时候了? 我看小鱼很便宜买了两条。冬梅这孩子,客人在家里,你怎么不好好陪着说话!"

木村笑出来了说:"老太太,冬梅,找不到祖母哭起来了。"

"是呀! 天气很好。"她回答着不相关的话语,她又说:

"冬梅快下地来洗下鱼吧！今晚留木村先生他们吃鱼。"

大家都笑了！冬梅翻着身从床上跳起来了！只有祖母一个人痴然的立着，她什么也不知道，她什么也听不着。

九

训育课高张着一块牌子，写着："国文课木村先生因事长期请假，史地王先生暂且随班上课。"学校当局辞退了他，谣言说他为着某个党，努力给学生们讲着一些不相当的功课。

木村走进校门看见这个字样回家去了！在房中他胡乱的收拾东西，他想：这样的社会还有什么畏缩的呢？早就不应该无意识的停在这里。

张妈走来，他把一些零碎东西给了张妈，写一封信叫张妈交给沈明。他提一个小箱子走了，他和沈明的哥哥一样消失到什么地方去了。

冬梅慌张着探寻了几日，没有人晓得他的行踪，沈明对她说："你不要慌张，他要你好好念书，过些日子，或者他来看看你，明天我给你带来十元票子，以后你什么都要向我告诉。"

以后很长的日子，这条街和一个无风的树一般，太阳和从前一样，太阳晒在屋顶，晒在短墙，一些碎纸在墙根，捕来捕去。

从前那个王伙计，带杖子带着小孩在路南土箱旁边拾取煤渣。冬梅的祖母出来倾倒一些脏物，她动动手中的土铲，她走近箱旁的时候，想认识弯着腰的那个孩子是小魁，等她看见那个老头，伏在煤渣上时，她用愉悦的喉音说："老王是你吗？"

王伙计点着头，他褴褛着笑了！破坏不堪了！脸完全没有血色，但是他仍笑着。

离 去[①]

　　黎文近两天尽是幻想着海洋;白色的潮呵! 惊天的潮呵! 拍上红日去了! 海船像只大鸟似的行走在浪潮中;海震撼着,滚动着,自己渺小得被埋在海中似的!

　　黎文他似乎不能再想! 他走在路中,他向朋友家走去,朋友家的窗子忽然闪过一个影子。

　　黎文开门了! 黎文进来了! 即是不进来,也知道是他来了! 因为他每天开门是那种声音,急速而响动。站到门栏,他的面色不如往日。他说话声,更沉埋了。

　　"昨晚我来,你们不在家,我明天走。"

　　"决定了吗?"

　　"决定。"

---

①　该篇创作于一九三四年二月十三日,首刊于一九三四年三月十日、十一日哈尔滨《国际协报》副刊"国际公园",署名悄吟。一九三六年十一月,收入上海文化生活出版社初版小说、散文集《桥》,署名悄吟。

"集到多少钱？"

"三十块。"

这在朋友的心中非常刺痛，连一元钱路费也不能帮助！他的朋友看一看自己的床，看一看自己的全身，连一件衣服为着行路人也没有。在地板上黎文拿起他行路用的小提包，他检查着：灰色的衬衫，白色的衬衫，再翻一翻，再翻一翻，没有什么了！碎纸和本子在里面。

一件棉外套，领子的皮毛张起着，里面露着棉花，黎文他现在穿一件夹的，他说：

"我拿这件大氅，送回主人去。"

"为什么要送回去？他们是有衣服穿的，把它当了去，或是卖，都好。"

"这太不值钱，连一元钱也卖不到。"

"那么你送回家去好啦！"

"家吗？我不回家。"

黎文的脸为着突然的心跳，而充血，而转白，他的眼睛像是要流泪样，假若谁再多说一句话关于他的家。

昨天黎文回家取衬衣。在街口遇见了小弟弟。小弟弟一看见哥哥回来，就像报喜信似的叫喊着："哥哥回来了！"每次回家，每次是这样，小弟弟颤动着卖烟卷的托盘在胸前，先跑回家去。

妈妈在厨房里问着："事忙吗？怎么五六天不回家？"

因为他近两个月每天回家。妈妈欣喜着儿子找到了职业。黎文的职业被辞退已是一星期，妈妈仍是欣喜着。又问下去：

"你的事忙吗？你的脸色都不很好，太累了吧！"

他愿意快些，找到他的衬衫，他愿快些离开这个家庭。

"你又是想要走吗？这回可不许你走，你走到那，就跟到你那！"

他像个哑人，不回答什么！后来妈妈一面缝着儿子的衣裳一面把眼泪抹到袖边,她是偷偷抹着。

他哄骗着母亲:"米快要吃完了吧!过几天我能买回一袋子面。是不是?那够吃多半个月呢?"

妈妈的悲哀像是孩子的悲哀似的,受着骗,岔过去了!

他这次离家是最后的一次离家,将来或者能够再看见妈妈,或者不能够。因为妈妈现在就够衰老的了!就是不衰老,或者会被忧烦压倒。

黎文的心就像被摇着的铃心似的,要把持也不能把持住。任意的摇吧!疯狂的摇吧!他就这样别开家门,弟弟,妈妈并没出来相送,妈妈知道儿子是常常回家的。

黎文他坐在朋友家中,他又幻想着海了!他走在马路上,他仿佛自己的脚是踏在浪上。仿佛自己是一只船浮在马路上。街市一切的声音,好像海的声音。

他向前走着,他惊怕这海洋,同时他愿意早些临近这可惊怕的海洋。

二,一三

出　嫁[①]

秋日,枯黄的秋日,在炕上我同菱姑吃着萝葡。小妹妹跑来了,偎着我,似乎是用眼睛说:

"姐姐,不要吃萝葡,厨房不是炸鱼吗?"

她打开门帘,厨房的鱼味和油香进来了! 乡间的厨房,多是不很讲究,挨着住屋。这是吃饭时节,桌下饭碗蒸着汽。盘里黄色炸焦的鱼;这时候全家预备着晚餐,盘声,勺子声,厨房的柴堆上,小孩们坐着,咬着鱼。婶娘们说笑着,但是许多鱼不见了,她们一面说笑,嘴里却嚼着鱼;许多鱼被她们咽下。

三婶娘的孩子同五婶娘的孩子打起来了,从板凳推滚在柴堆中。大概是鼻子流了血,于是五婶娘在腋下夹着孩子,嘴突起着,走回自己的房里去吃。五婶娘是小脚,她一走道,地板总是有节律的咚咚,她又

---

① 该篇创作于一九三四年三月八日,首刊于一九三四年三月二十日哈尔滨《国际协报》副刊"国际公园",署名悄吟。

到厨房去拿鱼,她又到厨房去拿饭碗,于是地板不停歇的咚咚着。

我有点像客人,每天同祖母一桌吃饭,祖母是炕桌,为着我在炕桌,家中的姊妹们常常有些气愤:

"人家那是识字念书的人,咱们比不上。"

今天我又听见她们说我了。我又看见那种怪脸色了!在厨房我装满我的饭碗时,我想同她们吵一架,我非常生气。

当我望着长桌的时候,三婶娘也不在了,她一定也是回到自己房里去吃饭。常常是这样,孩子们吵架,母亲们也吵架。五婶娘又出来了,五婶娘有许多特征,不但走路咚咚的,并且头也颤歪,手也颤歪,她嘴里又说些不平的小话。可是无论怎样她总是不忘掉拿鱼,她拿鱼回自己的房去。

五婶娘又能吃鱼又能说小话。

孩子们吃鱼,把鱼骨留在嗓中啦!汤碗弄翻啦!哭啦!母亲们为着这个,不知道怎样咒了呢?厨房烟和气,哭和闹,好像六月里被太阳蒸发着的猪窝。

墙外吹喇叭了!菱姑偷着推我:

"走!快点上炮台,看娶媳妇的去。"

小妹妹——莲儿也跟在后面:

"姐姐,等一会我!"

我的妈妈叫:"小莲不许你去!你快回来抱小弟弟,我吃饭。"

小莲终于跑上炮台了!从炮台眼看出去那好像看电影似的,原野,山坡,黄叶树,红缨的鞭子,束着红绳。

我问菱姑:"新娘子,那个是?"

"新娘了在被里包着哩!"

我以为菱姑取笑我。我不相信她,莲妹妹对我讲了,懂吗?新媳妇把眼睛都哭红啦?怕人笑话。

锣声响了！那种声音撼人心魂,红缨的鞭子驱着车走向黄叶林去了。

在下炮台时小妹妹频频说着:

"新媳妇怕老婆婆,她不愿意出门子!"

我戏说:"你怕老婆婆不怕? 你愿意出门子不愿意?"

小妹妹摇头,眯着眼睛跑进屋去。母亲在怒狠:

"你什么是小孩子了! 七八岁了! 一点不听话,以后也不叫你到前屋去念书,给我抱孩子! 不听说就打你。"

母亲说这话,似乎是对我,小妹妹她怎样回答的,她怎样使母亲更生气?

"我跟我姐姐走,上南京!"

三月八日。

桥①

　　夏天和秋天,桥下的积水和水沟一般平了。

　　"黄良子,黄良子……孩子哭啦!"

　　也许是夜晚,也许是早晨,桥头上喊着这样的声音。久了! 住在桥头的人家都听惯了,听熟了。

　　"黄良子,孩子要吃奶啦! 黄良子……黄良……子。"

　　尤其是在雨夜或刮风的早晨,静穆里的这声音受着桥下的水的共鸣或者借助于风声,也送进远处的人家去。

　　"黄……良子。黄……良……子……"听来和歌声一般了。

　　月亮完全沉没下去,只有天西最后的一颗星还在挂着。从桥东的空场上黄良子走了出来。

---

① 该篇创作于一九三六年,首刊于一九三六年三月十五日天津、上海《大公报》副刊"文艺"第一百一十期,署名悄吟。一九三六年十一月,收入上海文化生活出版社初版小说、散文集《桥》,署名悄吟。

黄良是她男人的名字,从她做了乳娘那天起,不知是谁把"黄良"的末尾加上个"子"字,就算她的名字。

"啊?这么早就饿了吗?昨晚上吃得那么晚!"

开始的几天,她是要跑到桥边去,她向着桥西来唤她的人颤一颤那古旧的桥栏,她的声音也就仿佛在桥下的水上打着回旋:

"这么早吗!……啊?"

现在她完全不再那样做。"黄良子",这字眼好像号码一般,只要一触到她,她就紧跟着这字眼去了。

在初醒的朦胧中,她的呼吸还不能够平稳,她走着,她差不多是跑着,顺着水沟向北面跑去。停在桥西第一个大门楼下面,用手盘卷着松落下来的头发。

——怎么!门还关着?……怎么!

"开门呀!开门呀!"她弯下腰去,几乎是把脸伏在地面。从门槛下面的缝际看进去,大白狗还睡在那里。

因为头部过度下垂,院子里的房屋似乎旋转了一阵,门和窗子也都旋转着;向天的方向旋转着:"开门呀!开门来——"

——怎么!鬼喊了,我来吗?不,……有人喊的,我听得清清楚楚吗……一定,那一定……

但是,她只得回来,桥西和桥东一个人也没有遇到。她感到潮湿的背脊凉下去。

——这不就是百八十步……多说二百步……可是必得绕出去一里多!

起初她试验过,要想扶着桥栏爬过去。但是,那桥完全没有底了,只剩两条栏杆还没有被偷儿拔走。假若连栏杆也不见了,那她会安心些,她会相信那水沟是天然的水沟,她会相信人没有办法把水沟消灭。

……不是吗?搭上两块木头就能走人的……就差两块木头……

这桥,这桥,就隔一道桥……

她在桥边站了一会儿,想了一会儿:

——往南去,往北去呢？都一样,往北吧！

她家的草屋正对着这桥,她看见门上的纸片被风吹动。在她理想中,好像一伸手她就能摸到那小土丘上面去似的。

当她顺着沟沿往北走时,她滑过那小土丘去,远了,到半里路远的地方——水沟的尽头——再折回来。

——谁还在喊我？那一方面喊我？

她的头发又散落下来,她一面走着一面挽卷着。

"黄良子,黄良子……"她仍然好像听到有人在喊她。

"黄……瓜茄……子……黄……瓜茄……子……"菜担子迎着黄良子走来了。

"黄瓜茄子,黄……瓜茄子……"

黄良子笑了！她向着那个卖菜的人笑了。

主人家的墙头上的狗尾草肥壮起来了,桥东黄良子的孩子哭声也大起来了！那孩子的哭声会飞到桥西来。

"走——走——推着宝宝上桥头,

桥头捉住个大蝴蝶,

妈妈坐下来歇一歇,

走——走——推着宝宝上桥头。"

黄良子再不像夏天那样在榆树下扶着小车打瞌睡,虽然阳光仍是暖暖的,虽然这秋天的天空比夏天更好。

小主人睡在小车里面,轮子呱啦呱啦的响着,那白嫩的圆面孔,眉毛上面齐着和霜一样白的帽边,满身穿着洁净的可爱的衣裳。

黄良子感到不安了,她的心开始像铃铛似的摇了起来:

"喜欢哭吗? 不要哭啦……爹爹抱着跳一跳,跑一跑……"

爹爹抱着,隔着桥站着的,自己那个孩子,黄瘦,眼圈发一点蓝,脖子略微长一些,看起来很像一条枯了的树枝。但是黄良子总觉得比车里的孩子更可爱一点,那里可爱呢? 他的笑也和哭差不多。他哭的时候也从不滚着发亮的肥大的泪珠,并且他对着隔着桥的妈妈一点也不亲热,他看着她也并不拍一下手。托在爹爹手上的脚连跳也不跳。

但她总觉得比车里的孩子更可爱些,那里可爱呢? 她自己不知道。

"走——走,推着宝宝上桥头,

走——走,推着宝宝上桥头。"

她对小主人说的话,已经缺少了一句:

——桥头捉住个大蝴蝶,妈妈坐下歇一歇。

在这句子里边感不到什么灵魂的契合,不必要了。

"走——走——上桥头,上桥头……"

她的歌词渐渐的干枯了,她没有注意到这样的几个字孩子喜欢听不喜欢听。同时在车轮呱啦呱啦的离开桥头时,她同样唱着:

"上桥头,上桥头……"

后来连小主人躺在床上睡觉的时候,她还是哼着:"上桥头,上桥头……"

"啊? 你给他擦一擦呀……那鼻涕流过嘴啦……怎么! 看不见吗? 唉唉……"

黄良子,她简直忘记了她是站在桥这边,她有些暴躁了。当她的手隔着桥伸出去的时候,那差不多要使她流眼泪了! 她的脸为着急完全是涨红的。

"爹,爹是不行的呀……到底不中用! 可是这桥,这桥……若不有这桥隔着……"借着桥下的水的反应,黄良子响出来的声音很空洞,并且横在桥下面的影子有些震撼:"你抱他过来呀!就这么看着他哭!绕一点路,男人的腿算什么?我……我是推着车的呀!"

桥下面的水上浮着三个人影和一辆小车。但分不出站在桥东和站在桥西的。

从这一天起,"桥"好像把黄良子的生命缩短了。但她又感到太阳挂在空中整天也没有落下去似的……究竟日长了,短了?她也不知道,天气寒了,暖了?她也不能够识别。虽然她也换上了夹衣,对于衣裳的增加似乎别人增加起来,她也就增加起来。

沿街扫着落叶的时候,她仍推着那辆呱啦呱啦的小车。

主人家墙头上的狗尾草,一些水分也没有了,全枯了,只有很少数的还站在风里面摇着;桥东孩子的哭声一点也没有瘦弱,随着风声送到桥头的人家去,特别是送进黄良子的耳里,那声音扩大起来,显微镜下面苍蝇翅膀似的……

她把馒头,饼干,有时就连那包着馅,发着油香不知名的点心,也从桥西抛到桥东去。

——只隔一道桥,若不……这不是随时可以吃得到东西吗?这小穷鬼,你的命上该有一道桥啊!

每次她抛的东西若落下水的时候,她就向着桥东的孩子说:

"小穷鬼,你的命上该有一道桥啊!"

向桥东抛着这些东西,主人一次也没有看到过。可是当水面上闪着一条线的时候,她总是害怕的,好像她的心上已经照着一面镜子了。

——这明明是啊……这是偷的东西……老天爷也知道的。

因为在水面上反映着监大,反映着白云,并且这蓝天和她很接近,就在她抛着东西的手底下。

有一天,她得到无数东西,月饼,梨子,还有早饭剩下的饺子。这都不是公开的,这都是主人不看见她才包起来的。

她推着车,站在桥头了,那东西放在车箱里孩子摆着玩物的地方。

"他爹爹……他爹爹……黄良,黄良!"

但是什么人也没有,土丘的后面闹着两只野狗。门关着,好像是正在睡觉。

她决心到桥东去,推着车子跑得快时,车里面孩子的头都颠起来,她最怕车轮响。

——到那里去啦? 推着车子跑……这是干么推着车子跑……跑什么? ……跑什么? 往那里跑?

就像女主人在她的后面喊起来:

——站住,站住——她自己把她自己吓得出了汗,心脏快要跑到喉咙边来。

孩子被颠得要哭,她就说:

"老虎! 老虎!"

她亲手把睡在炕上的孩子唤醒起来,她亲眼看着孩子去动手吃东西。

不知道怎样的愉快从她的心上开始着,当那孩子把梨子举起来的时候,当那孩子一粒一粒把葡萄触破了两三粒的时候。

"呀! 这是吃的呀,你这小败家子! 暴殄天物……还不懂得是吃的吗? 妈,让妈给你放进嘴里去,张嘴,张嘴。嘿……酸哩! 看这小样。酸的眼睛像一条缝了……吃这月饼吧! 快到一岁的孩子什么都能吃的……吃吧……这都是第一次吃呢……"

她笑着。她总觉得这好哭的连笑也笑不完整的孩子比坐在车里边的孩子更可爱些。

她走回桥西去的时候,心平静极了;顺着水沟向北去,生在水沟旁的紫小菊,被她看到了,她兴致很好,想要伸手去折下来插到头上去。

"小宝宝！哎呀,好不好?"花穗在她的一只手里面摇着,她喊着小宝宝,那是完全从内心喊出来的,只有这样喊着,在她临时的幸福上才能够闪光。心上一点什么隔线也脱掉了,第一次,她感到小主人和自己的孩子一样可爱了！她在他的脸上扭了一下,车轮在那不平坦的道上呱啦呱啦的响……

她偶然看到孩子坐着的车是在水沟里颠乱着,于是她才想到她是来到桥东了。不安起来,车子在水沟里的倒影跑得快了,闪过去了。

——百八十步……可是偏偏要绕一里多路……眼看着桥就过不去……

——黄良子,黄良子！把孩子推到那里去啦！——就像女主人已经喊她了:——你偷了什么东西回家的? 我说黄良子!

她自己的名字在她的心上跳着。

她的手没有把握的使着小车在水沟旁乱跑起来,跑得太与水沟接近的时候,要撞进水沟去似的。车轮子两只高了,两只低了,孩子要从里面被颠出来了。

还没有跑到水沟的尽端,车轮脱落了一只,脱落的车轮,像用力抛着一般旋进水沟里去了。

黄良子停下来看一看,桥头的栏杆还模糊的可以看见。

——这桥！不都是这桥吗?

她觉到她应该哭了！但那肺叶在她的胸内颤了两下她又停止住。

——这还算是站在桥东啊！应该快到桥西去。

她推起三个轮子的车来,从水沟的东面,绕到水沟的西面。

——这可怎么说? 就说在水旁走走,轮子就掉了;就说抓蝴蝶吧? 这时候没有蝴蝶了。就说抓蜻蜓吧……瞎说吧！反正车了站在桥西,可没到桥东去……

"黄良……黄良……"一切忘掉了,在她好像一切都不怕了。

"黄良,黄良……"她推着三个轮子的小车顺着水沟走到桥边去招呼。

当她的手拿到那车轮的时候,黄良子的泥污已经沾满到腰的部分。

推着三个轮子的车走进主人家的大门去,她的头发是挂下来的,在她苍白的脸上划着条痕。

——这不就是这轮子吗?掉了……是掉了的,滚下水沟去的……

她依着大门扇,哭了!

桥头上没有底的桥栏杆,在东边好像看着她哭!

第二年的夏天,桥头仍响着"黄良子,黄良子"的喊声。尤其是在天还未明的时候,简直和鸡啼一样。

第三年,桥头上"黄良子"的喊声没有了,像是同那颤抖的桥栏一同消灭下去。黄良子已经住到主人家里。

在三月里,新桥就开始建造起来。夏天,那桥上已经走着车马和行人。

黄良子一看到那红漆的桥栏,比所有她看到过的在夏天里开着的红花更新鲜。

"跑跑吧!你这孩子!"她每次看到她的孩子从桥东跑过来的时候,无论隔着多远,不管听见听不见,不管她的声音怎样小,她却总要说的:

"跑跑吧!这样宽大的桥啊!"

爹爹抱着他,也许牵着他,每天过桥好几次。桥上面平坦和发着哄声,若在上面跺一下脚,桥会咚咚的响起来。

主人家,墙头上的狗尾草又是肥壮的,墙根下面有的地方也长着同样的狗尾草,墙根下也长着别样的草:野罂粟和洋雀草,还有不知名的草。

黄良子拔着洋雀草做起哨子来,给瘦孩子一个,给胖孩子一个。他们两个都到墙根的地方去拔草,拔得过量的多,她的膝盖上尽是些草了。于是他们也拔着野罂粟。

"嗞嗞,嗞嗞!"在院子的榆树下闹着,笑着和响着哨子。

桥头上孩子的哭声,不复出现了。在妈妈的膝头前,变成了欢笑和歌声。

黄良子,两个孩子都觉得可爱,她的两个膝头前一边站着一个,有时候,他们两个装着哭,就一边膝头上伏着一个。

黄良子把"桥"渐渐的遗忘了,虽然她有时走在桥上,但她不记起还是一条桥,和走在大道上一般平常,一点也没有两样。

有一天,黄良子发现她的孩子的手上画着两条血痕。

"去吧!去跟爹爹回家睡一觉再来……"有时候,她也亲手把他牵过桥去。

以后,那孩子在她膝盖前就不怎样活泼了,并且常常哭,并且脸上也发现着伤痕。

"不许这样打的呀!这是干什么……干什么?"在墙外,或是在道口,总之,在没有人的地方,黄良子才把小主人的木枪夺下来。

小主人立刻倒在地上,哭和骂,有时候立刻就去打着黄良子,用玩物,或者用街上的泥块。

"妈!我也要那个……"

小主人吃着肉包子的样子,一只手上抓着一个,有油流出来了,小手上面发着光。并且那肉包子的香味,不管站得怎样远也像绕着小良子的鼻管似的:

"妈……我也要……要……"

"你要什么?小良子!不该要呀……羞不羞?馋嘴巴!没有脸

皮了?"

当小主人吃着水果的时候,那是歪着头,很圆的黑眼睛,慢慢的转着。

小良子看到别人吃,他拾了一片树叶舐一舐,或者把树枝放在舌头上,用舌头卷着,用舌尖吮着。

小主人吃杏的时候,很快的把杏核吐在地上,又另吃第二个。他围裙的口袋里边,装着满满的黄色的大杏。

"好孩子!给小良子一个……有多好呢……"黄良子伸手去摸他的口袋,那孩子摆脱开,跑到很远的地方把两个杏子抛到地上。

"吞吧!小良子,小鬼头……"黄良子的眼睛弯曲的看到小良子的身上。

小良子吃杏,把杏核使嘴和牙齿相撞着,撞得发响,并且他很久很久的吮着这杏核。后来他在地上拾起那胖孩子吐出来的杏核。

有一天,黄良子看到她的孩子把手插进一个泥洼子里摸着。

妈妈第一次打他,那孩子倒下来,把两只手都插进泥坑去时,他喊着:

"妈!杏核呀……摸到的杏核丢了……"

黄良子常常送她的孩子过桥:

"黄良!黄良……把孩子叫回去……黄良!不再叫他跑过桥来……"

也许是黄昏,也许是晌午,桥头上黄良的名字开始送进人家去。两年前人们听惯了的"黄良子"这歌好像又复活了。

"黄良,黄良,把这小死鬼绑起来吧!他又跑过桥来啦……"

小良子把小主人的嘴唇打破的那天早晨,桥头上闹着黄良的全家。

黄良子喊着,小良子跑着叫着:

"爹爹呀……爹爹呀……呵……呵……"

到晚间,终于小良子的嘴也流着血了,在他原有的,小主人给他打破的伤痕上又流着血了。这次却是妈妈给打破的。

小主人给打破的伤口,是妈妈给揩干的;给妈妈打破的伤口,爹爹也不去揩干它。

黄良子带着东西,从桥西走回来了。

她家好像生了病一样,静下去了,哑了,几乎门扇整日都没有开动,屋顶上也好像不曾冒烟。

这寂寞也波及到桥头,桥头附近的人家,在这个六月里失去了他们的音乐。

"黄良,黄良,小良子……"这声音再也听不到了。

桥下面的水,静静的流着。

桥上和桥下再没有黄良子的影子和声音了。

黄良子重新被主人唤回去上工的时候,那是秋末,也许是初冬,总之,道路上的雨水已经开始结集着闪光的冰花。但水沟还没有结冰,桥上的栏杆还是照样的红。她停在桥头,横在面前的水沟,伸到南面去的没有延展,伸到北面去的也不见得缩短。桥西,人家的房顶,照旧发着灰色。门楼,院墙。墙头的萎黄狗尾草也和去年秋末一样的在风里摇动。

只有桥,她忽然感到高了! 使她踏不上去似的。一种软弱和怕惧贯穿着她。

——还是没有这桥吧! 若没有这桥,小良子不就是跑不到桥西来了吗? 算是没有挡他腿的啦! 这桥,不都这桥吗?

她怀念起旧桥来,同时,她用怨恨过旧桥的情感再建设起旧桥来。

小良子一次也没有踏过桥西去,爹爹在桥头上张开两支胳膊。笑着,哭着,小良子在桥边一直被阻挡下来,他流着过量的鼻涕的时候,爹爹把他抱了起来,用手掌给暖一暖他冻得很凉的耳朵的轮边。于是桥东的空场上有个很长的人影在踱着。

也许是黄昏了,也许是孩子终于睡在他的肩上,这时候,这曲背的长的影子不见了。桥东空场上完全空旷下来。

可是空场上的土丘透出了一片灯火,土丘里面有时候也起着燃料的爆炸。

小良子吃晚饭的碗举到嘴边去,同时,桥头上的夜色流来了!深色的天,好像广大的帘子从桥头挂到小良子的门前。

第二天,小良子又是照样向桥头奔跑。

"找妈去……吃……馒头……她有馒头……妈有呵……妈有糖……"一面奔跑着,一面叫着……头顶上留着的一堆毛发,逆着风,吹得竖起来了。他看到爹爹的大手就跟在他的后面。

桥头上喊着"妈"和哭声……

这哭声借着风声,借着桥下水的共鸣,也送进远处的人家去。

等这桥头安息下来的时候,那是从一年中落着最末的一次雨的那天起。

小良子从此丢失了。

冬天,桥西和桥东都飘着雪,红色的栏杆被雪花遮断了。

桥上面走着行人和车马,到桥东去的,到桥西去的。

那天,黄良子听到她的孩子掉下水沟去,她赶忙奔到了水沟边去。看到那被捞在沟沿上的孩子连呼吸也没有的时候,她站起来,她从那些围观的人们的头上面望到桥的方向去。

那颤抖的桥栏,那红色的桥栏,在模糊中她似乎看到了两道桥栏。

于是肺叶在她胸的内面颤动和放大。这次,她真的哭了。

一九三六年

078

手①

在我们的同学中,从来没有见过这样的手:蓝的,黑的,又好像紫的;从指甲一直变色到手腕以上。

她初来的几天,我们叫她"怪物"。下课以后大家在地板上跑着也总是绕着她。关于她的手,但也没有一个人去问过。

教师在点名,使我们越忍越忍不住了,非笑不可了:

"李洁!""到。"

"张楚芳!""到。"

"徐桂真!""到。"

迅速而有规律性的站起来一个,又坐下去一个。但每次一喊到王亚明的地方,就要费一些时间了。

---

① 该篇创作十一九三六年三月,首刊于一九三六年四月十五日上海《作家》第一卷第一号,署名萧红。一九三六年十一月,收入上海文化生活出版社初版《桥》,署名悄吟。一九三七年五月,上海英文月刊《天下》第四卷第五期登载,任玲逊英译。一九四〇年一月,日本《中国文学月报》刊载长野贤的日译。

"王亚明,王亚明……叫到你啦!"别的同学有时要催促她,于是她才站起来,把两只青手垂得很直,肩头落下去,面向着棚顶说:

"到,到,到。"

不管同学们怎样笑她,她一点也不感到慌乱,仍旧弄着椅子响,庄严的,似乎费掉了几分钟才坐下去。

有一天上英文课的时候,英文教师笑得把眼镜脱下来在擦着眼睛:

"你下次不要再答'黑耳'了,就答'到'吧!"

全班的同学都在笑,把地板擦得很响。

第二天的英文课,又喊到王亚明时,我们又听到了"黑耳——黑——耳。"

"你从前学过英文没有?"英文教师把眼镜移动了一下。

"不就是那英国话吗?学是学过的,是个麻子脸先生教的……铅笔叫'喷丝儿',钢笔叫'盆'。可是没学过'黑耳'。"

"here 就是'这里'的意思,你读:here! here!"

"喜儿!喜儿。"她又读起"喜儿"来了。这样的怪读法,全课堂都笑得颤栗起来。可是王亚明,她自己却安然的坐下去,青色的手开始翻转着书页。并且低声读了起来:

"华提……贼死……阿儿……"

数学课上,她读起算题来也和读文章一样:

"2x+y =……x2 =……"

午餐的桌上,那青色的手已经抓到了馒头,她还想着"地理"课本:"墨西哥产白银……云南……唔,云南的大理石。"

夜里她躲在厕所里边读书,天将明的时候,她就坐在楼梯口。只要有一点光亮的地方,我常遇到过她。有一天落着大雪的早晨,窗外的树枝挂着白绒似的穗头,在宿舍的那边,长筒过道的尽头,窗台上似乎有人睡在那里了。

"谁呢？这地方多么凉!"我的皮鞋拍打着地板,发出一种空洞洞的嗡声,因为星期日的早晨,全个学校出现在特有的安宁里。一部分的同学在化着妆;一部分的同学还睡在眠床上。

还没走到她的旁边,我看到那摊在膝头上的书页被风翻动着。

"这是谁呢？礼拜日还这样用功!"正要唤醒她,忽然看到那青色的手了。

"王亚明,哎……醒醒吧……"我还没有直接招呼过她的名字,感到生涩和直硬。

"喝喝……睡着啦!"她每逢说话总是开始钝重的笑笑。

"华提……贼死,右……爱……"她还没找到书上的字就读起来。

"华提……贼死,这英国话,真难……不像咱们中国字:什么字旁,什么字头……这个:委曲拐弯的,好像长虫爬在脑子里,越爬越糊涂,越爬越记不住。英文先生也说不难,不难,我看你们也不难。我的脑筋笨,乡下人的脑筋没有你们那样灵活。我的父亲还不如我,他说他年青的时候,就记他这个'王'字,记了半顿饭的工夫还没记住。右……爱……右……阿儿……"说完一句话,在末尾不相干的她又读起单字来。

风车哗啦,哗啦的响在壁上,通气窗时时有小的雪片飞进来,在窗台上结着些水珠。

她的眼睛完全爬满着红丝条;贪婪,把持,和那青色的手一样在争取她那不能满足的愿望。

在角落里,在只有一点灯光的地方我都看到过她,好像老鼠在啮嚼什么东西似的。

她的父亲第一次来看她的时候,说她胖了:

"妈的,吃胖了,这里吃的比自家吃的好,是不是？好好干吧! 干下三年来,不成圣人吧!也总算明白明白人情大道理。"在课堂上,一个星期之内人们都是学着王亚明的父亲。第二次,她的父亲又来看她,她向她父亲要一双手套:

"就把我这副给你吧!书,好好念书,要一副手套还没有吗?等一等,不用忙……要戴就先戴这副,开春啦!我又不常出什么门,明子,上冬咱们再买,是不是?明子!"在"接见室"的门口嚷嚷着,四周已经是围满着同学,于是他又喊着明子明子的又说了一些事情:

"三妹妹到二姨家去串门啦,去啦两三天啦!小肥猪每天又多加两把豆子,胖得那样你没看见,耳朵都挣挣起来了,……姐姐又来家腌了两罐子咸葱……"

正讲得他流汗的时候,女校长穿着人群站到前面去:

"请到接见室里面坐吧——"

"不用了,不用了,耽搁工夫,我也是不行的,我还就要去赶火车……赶回去,家里一群孩子,放不下心……"他把皮帽子放在手上,向校长点着头,头上冒着气,他就推开门出去了。好像校长把他赶走似的。可是他又转回身来,把手套脱下来。

"爹,你戴着吧,我戴手套本来是没用的。"

她的父亲也是青色的手,比王亚明的手更大更黑。

在阅报室里,王亚明问我:

"你说,是吗?到接见室去坐下谈话就要钱的吗?"

"那里要钱!要的什么钱!"

"你小点声说,叫她们听见,她们又谈笑话了。"她用手掌指点着我读着的报纸:"我父亲说的,他说接见室里摆着茶壶和茶碗,若进去,怕是校役就给倒茶了,倒茶就要钱了。我说不要,他可是不信,他说连小店房进去喝一碗水也多少得赏点钱,何况学堂呢?你想学堂是多么大的地方!"

校长已说过她几次：

"你的手，就洗不净了吗？多加点肥皂！好好洗洗，用热水烫一烫。早操的时候，在操场上竖起来的几百条手臂都是白的，就是你，特别呀！真特别。"女校长用她贫血的和化石一般透明的手指去触动王亚明青色的手，看那样子，她好像是害怕，好像微微有点抑止着呼吸，就如同让她去接触黑色的已经死掉的鸟类似的："是褪得很多了，手心可以看到皮肤了。比你来的时候强得多，那时候，那简直是铁手……你的功课赶得上了吗？多用点功，以后，早操你就不用上，学校的墙很低，春天里散步的外国人又多，他们常常停在墙外看的。等你的手褪掉颜色再上早操吧！"校长告诉她，停止了她的早操。

"我已经向父亲要到了手套，戴起手套来不就看不见了吗？"打开了书箱，取出她父亲的手套来。

校长笑得发着咳嗽，那贫血的面孔立刻旋动着红的颜色："不必了！既然是不整齐，戴手套也是不整齐。"

假山上面的雪消融了去，校役把铃子也打得似乎更响些，窗前的杨树抽着芽，操场好像冒着烟似的，被太阳蒸发着。上早操的时候，那指挥官的口笛振鸣得也远了，和窗外树丛中的人家起着回应。

我们在跑在跳，和群鸟似的在噪杂。带着糖质的空气迷漫着我们，从树梢上面吹下来的风混和着嫩芽的香味。被冬天枷锁了的灵魂和被束掩的棉花一样舒展开来。

正当早操刚收场的时候，忽然听到楼窗口有人在招呼什么，那声音被空气负载着向天空响去似的：

"好和暖的太阳！你们热了吧？你们……"在抽芽的杨树后面，那窗口站着王亚明。

等杨树已经长了绿叶，满院结成了荫影的时候，王亚明却渐渐变成了干缩，眼睛的边缘发着绿色，耳朵也似乎薄了一些，至于她的肩头一点也不再显出蛮野和强壮。当她偶然出现在树荫下，那开始陷下的胸部使我立刻从她想到了生肺病的人。

"我的功课，校长还说跟不上，倒也是跟不上，到年底若再跟不上，喝喝！真会留级的吗？"她讲话虽然仍和从前一样"喝喝"的，但她的手却开始畏缩起来，左手背在背后，右手在衣襟下面突出个小丘。

我们从来没有看到她哭过，大风在窗外倒拔着杨树的那天，她背向着教室，也背向着我们，对着窗外的大风哭了。那是那些参观的人走了以后的事情，她用那已经开始在褪着色的青手捧着眼泪。

"还哭！还哭什么？来了参观的人，还不躲开。你自己看看，谁像你这样特别！两只蓝手还不说，你看看，你这件上衣，快变成灰的了！别人都是蓝上衣，那有你这样特别，太旧的衣裳颜色是不整齐的……不能因为你一个人而破坏了制服的规律性……"她一面嘴唇与嘴唇切合着，一面用她惨白的手指去撕着王亚明的领口："我是叫你下楼，等参观的走了再上来，谁叫你就站在过道呢？在过道，你想想：他们看不到你吗？你倒戴起了这样大的一副手套……"

说到"手套"的地方，校长的黑色漆皮鞋，那亮晶的鞋尖去踢了一下已经落到地板上的一只：

"你觉得你戴上了手套站在这地方就十分好了吗？这叫什么玩艺？"她又在手套上踏了一下，她看到那和马车夫一样肥大的手套，抑止不住的笑出声来了。

王亚明哭了这一次，好像风声都停止了，她还没有停止。

暑假以后，她又来了。夏末简直和秋天一样凉爽，黄昏以前的太阳染在马路上使那些铺路的石块都变成了朱红色。我们集着群在校门里的山丁树下吃着山丁。就是这时候，王亚明坐着的马车从"喇嘛台①"那边哗啦，哗啦的跑来了。只要马车一停下，那就全然寂静下去。她的父亲搬着行李，她抱着面盆和一些零碎。走上台阶来了，我们并不立刻为她闪开，有的说着："来啦！""你来啦！"有的完全向她张着嘴。

等她父亲腰带上挂着的白毛巾一抖动一抖动的走上了台阶，就有人在说：

"怎么！在家住了一个暑假，她的手又黑了呢？那不是和铁一样了吗？"

秋季以后，宿舍搬家的那天，我才真正注意到这铁手：我似乎已经睡着了，但能听到隔壁在吵叫着：

"我不要她，我不和她并床……"

"我也不和她并床。"

我再细听了一些时候，就什么也听不清了，只听到嗡嗡的笑声和绞成一团的吵嚷。夜里我偶然起来到过道去喝了一次水。长椅上睡着一个人，立刻就被我认出来，那是王亚明。两只黑手遮着脸孔，被子一半脱落在地板上，一半挂在她的脚上。我想她一定又是借着过道的灯光在夜里读书，可是她的旁边也没有什么书本，并且她的包袱和一些零碎就在地板上围绕着她。

第二天的夜晚，校长走在王亚明的前面，一面走一面响着鼻子，她穿着床位，她用她的细手推动那一些连成排的铺平的白床单：

"这里，这里的一排七张床，只睡八个人，六张床还睡九个呢！"她翻着那被子，把它排开一点，让王亚明把被子就来在这地方。

---

① 喇嘛台：东正教教堂，哈尔滨标志性建筑，一九〇〇年建于南岗中心广场（今博物馆红博广场），原名圣尼古拉斯教堂，亦称中央寺院，"文化大革命"期间被拆除。

王亚明的被子展开了，为着高兴的缘故，她还一边铺着床铺，一边嘴里似乎打着哨子，我还从没听到过这个，在女学校里边，没有人用嘴打过哨子。

她已经铺好了，她坐在床上张着嘴，把下颚微微向前抬起一点，像是安然和舒畅在镇压着她似的。校长已经下楼了，或者已经离开了宿舍，回家去了。但，舍监这老太太，鞋子在地板上擦擦着，头发完全失掉了光泽，她跑来跑去：

"我说，这也不行……不讲卫生，身上生着虫类，什么人还不想躲开她呢？"她又向角落里走了几步，我看到她的白眼球好像对着我似的："看这被子吧！你们去嗅一嗅！隔着二尺远都有气味了……挨着她睡觉，滑稽不滑稽！谁知道……虫类不会爬了满身吗？去看看，那棉花都黑得什么样子啦！"

舍监常常讲她自己的事情，她的丈夫在日本留学的时候，她也在日本，也算是留学。同学们问她：

"学的什么呢？"

"不用专学什么！在日本说日本话，看看日本风俗，这不也是留学吗？"她说话总离不了"不卫生，滑稽不滑稽……肮脏"，她叫虱子特别要叫虫类。

"人肮脏手也肮脏。"她的肩头很宽，说着肮脏她把肩头故意抬高了一下，好像寒风忽然吹到她似的，她跑出去了。

"这样的学生，我看校长可真是……可真是多余要……"打过熄灯铃之后，舍监还在过道里和别的一些同学在讲说着。

第三天夜晚，王亚明又提着包袱，卷着行李，前面又是走着白脸的校长。

"我们不要，我们的人数够啦！"

校长的指甲还没接触到她们的被边时，她们就嚷了起来，并且换了一排床铺也是嚷了起来：

"我们的人数也够啦！还多了呢！六张床，九个人，还能再加了吗？"

"一二三四……"校长开始计算："不够，还可以再加一个，四张床，应该六个人，你们只有五个……来！王亚明！"

"不，那是留给我妹妹的，她明天就来……"那个同学跑过去，把被子用手按住。

最后，校长把她带到别的宿舍去了。

"她有虱子，我不挨着她……"

"我也不挨着她……"

"王亚明的被子没有被里，棉花贴着身子睡，不信，校长看看！"

后来她们就开着玩笑，至于说出害怕王亚明的黑手而不敢接近她。

以后，这黑手人就睡在过道的长椅上。我起得早的时候，就遇到她在卷着行李，并且提着行李下楼去，我有时也在地下"储藏室"遇到她，那当然是夜晚，所以她和我谈话的时候，我都是看看墙上的影子，她搔着头发的手，那影子印在墙上也和头发一样颜色。

"惯了，椅子也一样睡，就是地板也一样，睡觉的地方，就是睡觉，管什么好歹！念书是要紧的……我的英文，不知在考试的时候，马先生能给我多少分数？不够六十分，年底要留级的吗？"

"不要紧，一门不能够留级。"我说。

"爹爹可是说啦！三年毕业，再多半年，他也不能供给我学费……这英国话，我的舌头可真转不过弯来。喝喝……"

全宿舍的人都在厌烦她，虽然她是住在过道里。因为她夜里总是咳嗽着……同时在宿舍里边她开始用颜料染着袜子和上衣。

"衣裳旧了，染染差不多和新的一样。比方：夏季制服，染成灰色就可以当秋季制服穿……比方：买白袜子，把它染成黑色，这都可以……"

"为什么你不买黑袜子呢？"我问她。

"黑袜子，他们是用机器染的，矾太多……不结实，一穿就破的……还是咱们自己家染的好……一双袜子好几毛钱……破了就破了还得了吗？"

礼拜六的晚上，同学们用小铁锅煮着鸡子。每个礼拜六差不多总是这样，她们要动手烧一点东西来吃。从小铁锅煮好的鸡子，我也看到的，是黑的，我以为那是中了毒。那端着鸡子的同学，几乎把眼镜咆哮得掉落下来：

"谁干的好事！谁？这是谁？"

王亚明把面孔向着她们来到了厨房，她拥挤着别人，嘴里喝喝的：

"是我，我不知道这锅还有人用，我用它煮了两双袜子……喝喝……我去……"

"你去干什么？你去……"

"我去洗洗它！"

"染臭袜子的锅还能煮鸡子吃！还要它？"铁锅就当着众人在地板上光郎，光郎的跳着，人咆哮着，戴眼镜的同学把黑色的鸡子好像抛着石头似的用力抛在地上。

人们都散开的时候，王亚明一边拾着地板上的鸡子，一边在自己说着话：

"哟！染了两双新袜子，铁锅就不要了！新袜子怎么会臭呢？"

冬天，落雪的夜里，从学校出发到宿舍去，所经过的小街完全被雪片占据了。我们向前冲着，扑着，若遇到大风，我们就风雪中打着转，倒退着走，或者是横着走。清早，照例又要从宿舍出发，在十二月里，每个人的脚都冻木了，虽然是跑着也要冻木的。所以我们咒诅和怨恨,甚至于有的同学已经在骂着,骂着校长是"混蛋",不应该把宿舍离开学校这样远,不应该在天还不亮就让学生们从宿舍出发。

有些天,在路上我单独的遇到王亚明。远处的天空和远处的雪都在闪着光,月亮使得我和她踏着影子前进。大街和小街都看不见行人。风吹着路旁的树枝在发响,也时时听到路旁的玻璃窗被雪扫着在呻叫。我和她谈话的声音,被零度以下的气温所反应也增加了硬度。等我们的嘴唇也和我们的腿部一样感到了不灵活,这时候,我们总是终止了谈话,只听着脚下被踏着的雪,乍乍的响。

手在按着门铃,腿好像就要自己脱离开,膝盖向前时时要跪了下去似的。

我记不得那一个早晨,腋下带着还没有读过的小说,走出了宿舍,我转过身去,把栏栅门拉紧。但心上总有些恐惧,越看远处模糊不清的房子,越听后面在扫着的风雪,就越害怕起来。星光是那样微小,月亮也许落下去了,也许被灰色的和土色的云彩所遮蔽。

走过一丈远,又像增加了一丈似的,希望有一个过路的人出现,但又害怕那过路人,因为在没有月亮的夜里,只能听到声音而看不见人,等一看见人影那就从地面突然长了起来似的。

我踏上了学校门前的石阶,心脏仍在发热,我在按铃的手,似乎已经失去了力量。突然石阶又有一个人走上来了:

"谁? 谁?"

"我! 是我。"

"你就走在我的后面吗!"因为一路上我并没听到有另外的脚步声,这使我更害怕起来。

"不,我没走在你的后面,我来了好半天了。校役他是不给开门的,我招呼了不知道多大工夫了。"

"你没按过铃吗?"

"按铃没有用,喝喝,校役开了灯,来到门口,隔着玻璃向外看看……可是到底他不给开。"

里边的灯亮起来,一边骂着似的光郎郎郎的把门给闪开了:

"半夜三更叫门……该考背榜不是一样考背榜吗?"

"干什么?你说什么?"我这话还没有说出来,校役就改变了态度:

"萧先生,您叫门叫了好半天了吧?"

我和王亚明一直走进了地下室,她咳嗽着,她的脸苍黄得几乎是打着皱纹似的颤索了一些时候。被风吹得而挂下来的眼泪还停留在脸上她就打开了课本。

"校役为什么不给你开门?"我问。

"谁知道?他说来得太早,让我回去,后来他又说校长的命令。"

"你等了多少时候了?"

"不算多大工夫,等一会,就等一会,一顿饭这个样子。喝喝……"

她读书的样子完全和刚来的时候不一样,那喉咙渐渐窄小了似的,只是喃喃着,并且那两边摇动的肩头也显着紧缩和偏狭,背脊已经弓了起来,胸部却平了下去。

我读着小说,很小的声音读着,怕是搅扰了她;但这是第一次,我不知道为什么这只是第一次?

她问我读的什么小说,读没读过《三国演义》?有时她也拿到手里看看书面,或是翻翻书页。"像你们多聪明!功课连看也不看,到考试的时候也一点不怕。我就不行,也想歇一会,看看别的书……可是那就不成了……"

有一个星期日,宿舍里面空朗的,我就大声读着《屠场》①上正是

---

① 《屠场》:美国作家辛克莱(1878—1968)于一九〇六年创作的一部长篇小说。

女工马利亚昏倒在雪地上的那段,我一面看着窗外的雪地一面读着,觉得很感动。王亚明站在我的背后,我一点也不知道。

"你有什么看过的书,也借给我一本,下雪天气,实在沉闷,本地又没有亲戚,上街又没有什么买的,又要花车钱……"

"你父亲很久不来看你了吗?"我以为她是想家了。

"那能来! 火车钱,一来回就是两元多……再说家里也没有人……"

我就把《屠场》放在她的手上,因为我已经读过了。

她笑着,"喝喝"着,她把床沿颤了两下,她开始研究着那书的封面。等她走出去时,我听在过道里她也学着我把那书开头的第一句读得很响。

以后,我又不记得是那一天,也许又是什么假日,总之,宿舍是空朗朗的,一直到月亮已经照上窗子,全宿舍依然被剩在寂静中。我听到床头上有沙沙的声音,好像什么人在我的床头摸索着,我仰过头去,在月光下我看到了是王亚明的黑手,并且把我借给她的那本书放在我的旁边。

我问她:"看得有趣吗? 好吗?"

起初,她并不回答我,后来她把脸孔用手掩住,她的头发也像在抖着似的。她说:

"好。"

我听她的声音也像在抖着,于是我坐了起来。她却逃开了,用着那和头发一样颜色的手横在脸上。

过道的长廊空朗朗的,我看着沉在月光里的地板的花纹:

"马利亚,真像有这个人一样,她倒在雪地上,我想她没有死吧!她不会死吧……那医生知道她是没有钱的人,就不给她看病……喝喝!"很高的声音她笑了,借着笑的抖动眼泪才滚落下来:"我也去请过医生,我母亲生病的时候,你看那医生他来吗?他先向我要马车钱,我说钱在家里,先坐车来吧!人要不行了……你看他来吗?他站在院心问我:'你家是干什么的?你家开'染缸房'(染衣店)吗?'不知为什么,一告诉他是开'染缸房'的,他就拉开门进屋去了……我等他,他没有出来,我又去敲门,他在门里面说:'不能去看这病,你回去吧!'我回来了……"她又擦了擦眼睛才说下去:"从这时候我就照顾着两个弟弟和两个妹妹。爹爹染黑的和蓝的,姐姐染红的……姐姐定亲的那年,上冬的时候,她的婆婆从乡下来住在我们家里,一看到姐姐她就说:'唉呀!那杀人的手!'从这起,爹爹就说不许某个人专染红的;某个人专染蓝的,我的手是黑的,细看才带点紫色,那两个妹妹也都和我一样。"

"你的妹妹没有读书?"

"没有,我将来教她们,可是我也不知道我读得好不好,读不好连妹妹都对不起……染一匹布多不过三毛钱……一个月能有几匹布来染呢?衣裳每件一毛钱,又不论大小,送来染的都是大衣裳居多……去掉火柴钱,去掉颜料钱……那不是吗!我的学费……把他们在家吃咸盐的钱都给我拿来啦……我那能不用心念书,我那能?"她又去摸触那本书。

我仍然看着地板上的花纹,我想她的眼泪比我的同情高贵得多。

还不到放寒假时,王亚明在一天的早晨,整理着手提箱和零碎,她的行李已经束得很紧,立在墙根的地方。

并没有人和她去告别,也没有人和她说一声再见。我们从宿舍出发,一个一个的经过夜里王亚明睡觉的长椅,她向我们每个人笑着,同时也好像从窗口在望着远方。我们使过道起着沉重的骚音,我们下着楼梯,经过了院宇,在栏栅门口,王亚明也赶到了,并且呼喘,并且张着嘴:

"我的父亲还没有来,多学一点钟是一点钟……"她向着大家在说话一样。

这最后的每一点钟都使她流着汗,在英文课上她忙着用小册子记下来黑板上所有的生字。同时读着,同时连教师随手写的已经是不必要的读过的熟字她也记了下来,在第二点钟"地理"课上她又费着气力模仿着黑板上教师画的地图,她在小册子上也画了起来……好像所有这最末一天经过她的思想都重要起来,都必得留下一个痕迹。

在下课的时间,我看了她的小册子,那完全记错了:英文字母,有的脱落一个,有的她多加上一个……她的心情已经慌乱了。

夜里,她的父亲也没有来接她,她又在那长椅上展了被褥。只有这一次,她睡得这样早,睡得超过平常以上的安然。头发接近着被边,肩头随着呼吸放宽了一些。今天她的左右并不摆着书本。

早晨,太阳停在颤抖的挂着雪的树枝上面,鸟雀刚出巢的时候,她的父亲来了。停在楼梯口,他放下肩上背来的大毡靴,他用围着脖子的白毛巾掳去胡须上的冰溜:

"你落了榜吗? 你……"冰溜在楼梯上溶成小小的水珠。

"没有,还没考试,校长告诉我,说我不用考啦,不能及格的……"

她的父亲站在楼梯口,把脸向着墙壁,腰间挂着的白手巾动也不动。

行李拖到楼梯口了,王亚明又去提着手提箱,抱着面盆和一些零碎,她把大手套还给她的父亲。

"我不要,你戴吧!"她父亲的毡靴一移动就在地板上压了几个泥圈圈。

因为是早晨,来围观的同学们很少。王业明就在轻微的笑声里边戴起了手套。

"穿上毡靴吧! 书没念好,别再冻掉了两只脚。"她的父亲把两只靴子相连的皮条解开。

　　靴子一直掩过了她的膝盖，她和一个赶马车的人一样，头部也用白色的绒布包起。

　　"再来，把书回家好好读读再来。喝……喝。"不知道她向谁在说着。当她又提起了手提箱，她问她的父亲：

　　"叫来的马车就在门外吗？"

　　"马车，什么马车？走着上站吧……我背着行李……"

　　王亚明的毡靴在楼梯上扑扑的拍着。父亲走在前面，变了颜色的手抓着行李的角落。

　　那被朝阳拖得苗长的影子，跳动着在人的前面先爬上了木栅门。从窗子看去，人也好像和影子一般轻浮，只能看到他们，而听不到关于他们的一点声音。

　　出了木栅门，他们就向着远方，向着迷漫着朝阳的方向走去。

　　雪地好像碎玻璃似的，越远那闪光就越刚强。我一直看到那远处的雪地刺痛了我的眼睛。

一九三六，三月

马房之夜①

　　等他看见了马颈上的那串铜铃，他的眼睛就早已昏盲了，已经分辨不出那坐在马背上的就是他少年的同伴。

　　冯山——十年前他还算是老猎人。可是现在他只坐在马房里细心的剥着山兔的皮毛……鹿和狍子是近年来不常有的兽类，所以只有这山兔每天不断的翻转在他的手里。他常常把刀子放下，向着身边的翻看着山兔：

　　"这样的射法，还能算个打猎的！这正是肉厚的地方就是一枪……这叫打猎？打什么猎呢！这叫开后堵……照着屁股就是一枪……"

　　"会打山兔的是打腿……杨老三，那真是……真是独手……连点血都不染……这可倒好……打个牢实，跑不了……"他一说到杨老三，就不立刻接下去。

———————
①　该篇创作于一九三六年五月六日，首刊于一九三六年五月十五日上海《作家》第一卷第二号，署名萧红。

"我也是差一点呢！怎样好的打手也怕犯事。杨老三去当胡子那年，我才二十三岁，真是差一芝麻粒，若不是五东家，我也到不了今天。三翻四覆的想要去……五东家劝我：还是就这样干吧！吃劳金，别看捞钱少。年青青的……当胡子是逃不了那最后的一条路。若不是五东家就可真干了，年青的那一伙人，到现在怕是只有五东家和我了。那时候，他开烧锅……见一见，三十多年没有见面。老兄弟……从小就在一块……"他越说越没有力量，手下剥着的山兔皮，用小刀在肚子上划开了，他开始撕着："这他妈的还算回事！去吧！没有这好的心肠剥你们了……"拉着凳子，他坐到门外去抽烟。

飞着清雪的黄昏，什么也看不见，他一只手摸着自己的长统毡靴，另一只手举着他的烟袋。

从他身边经过的拉柴的老头向他说：

"老冯，你在喝西北风吗？"

帮助厨夫烧火的冻破了脚的孩子向他说：

"冯二爷，这冷的天，你摸你的胡子都上霜啦。"

冯山的肩头很宽，个子很高，他站起来几乎是触到了房檐。在马房里他仍然是坐在原来的地方，他的左边有一条板凳，摆着已经剥好了的山兔；右边靠墙的钉子上挂着一排一排的毛皮。这次他再动手工作就什么也不讲了，一直到天黑，一直到夜里，他困在炕上。假若有人问他："冯二爷，你喝酒吗？"这时候，他也是把头摇摇，连一个"不"字也不想再说。并且在他摇头的时候，看得出他的牙齿在嘴里边一定咬得很紧。

在鸡鸣以前，那些猎犬被人们挂了颈铃，霜唧唧的走上了旷野。那铃子的声音好像隔着村子，隔着树林，隔着山坡那样遥远了去。

冯山捋着胡子，使头和枕头离开一点，他听听：

"半里路以外啦……"他点燃了烟袋，那铃声还没有完全消失。

"嗯……许家村过去啦！嗯……也许停在白河口上,嗯！嗯……
白河……"他感受到了颤索,于是把两臂缩进被子里边。烟袋就自由
的横在枕头旁边。冒着烟,发着小红的火光。为着多日不洗刷的烟
管,咝咝的,像是鸣唱似的叫着。在他用力吸着的时候,烟管就好像蹲
在房脊上的鸽子在睡觉似的……咕……咕……咕……

假若在人们准备着出发的时候他醒来,他就说:"慢慢的,不要忘
记了干粮,人还多少能挨住一会,狗可不行……一饿它就随时要吃,不
管野鸡,不管兔子。也说不定,人若肚子空了,那就更糟,走几步,就满
身是汗,再走几步,那就不行了……怕是遇到了狼也逃不脱啦……"

假若他醒,只看到被人们换下来的毡靴,连铃子也听不到的时候,
他就越感受到孤独,好像被人们遗弃了似的。

今夜,虽然不是完全没有听到一点铃声,但是孤独的感觉却无缘
无故的被响亮的旷野上的铃子所唤起……在冯山的心上经过的是:远
方,山,河……树林……枪声……他想到了杨老三,想到了年青时的那
一群伙伴:

"就只剩五东家了……见一见……"

他换了一袋烟的时间,铃声完全断绝下去。

"嗯！说不定过了白河啦……"因为他想不出昏沉的旷野上猎犬
们跑着的踪迹。

"四十来年没再见到,怕是不认识了……"他无意识的又捋了一
下胡子,摸摸鼻头和眼睛。

烟管伴着他那遥远的幻想,咝咝的鸣叫,时时要断落下来。于是
他下唇和绵绒一般的白胡子也就紧靠住了被边。

三月里的早晨,冯山一推开马房的门扇,就撞掉了几颗挂在檐头
的冰溜。

他看一看猎犬们完全没有上锁,任意跑在前面的平原上,孩子们也咆哮在平原上。

他拖着毡靴向平原奔去。他想在那里问问孩子们,五东家要来是不是真事?马官这野孩子是不是扯谎?

白河在前边横着了。他在河面上几次都是要跪了下去。那些冰排,那些发着响的,灰色的,亮晶晶的被他踏碎了的一块一块的冰泡,使他疑心到:"不会被这河葬埋了吧?"

他跑到平原,随意抓到一个结着辫子的孩子,他们在融解掉白雪的冰地上丢着铜钱。

"小五子是要来吗?多少时候来?马官不扯谎?"小五子是五东家年青的时候留给他的称呼。

"干什么呀?冯二爷……你给人家踏破了界线!"小姑娘推开了他,用一只脚跳着去取她的铜钱。

"回家去问问你娘,五东家要来吗?多少时候来?你爹是赶车的,他是来回跑北荒的,他准知道。"

他从平原上回来的时候,连自己也不知道为什么一路上总是向北方看去,那一层一层的小山岭,山后面被云彩所弥漫着,山后面的远方,他是想看也看不到的,因为有山隔着。就是没有山,他的眼睛也不能看得那么远了。于是他想着通到北荒去的大道,多年了……几十年……从和小五子分开,就没再到北荒去。那道路……嗯……恐怕也改变啦……手里拿着四耳帽子,膝盖向前一弓一弓的过了白河,河冰在下面格吱的呻叫。

他自己说:"雁要来了,白河也要开了。"

大风的下午,冯山看着那黄澄澄的天色。

马官联着几匹马在檐下遇到了他:

"你还不信吗？你到院里去问问，五东家明天晌午不到，晚饭的时候一定到……"在马身上他高抬着右手，恰巧大门洞里走进去一匹骑马，又加上马官那摆摆的袖子，冯山感到有什么在心上爆裂了一阵。

"扯谎的小东西，你不骗我？你这小鬼头，你的话，我总是信一半，疑一半……"冯山向大门洞的方向走去，已经走了一丈路他还说："你这小子，扯谎的毛头……五东家，他就能来啦！也是六十岁的人了……出门不容易……"他回头去看看马官坐在马背上连头也不回的跑去了。

冯山也跑了起来："可是真的？明天就来！"他越跑，大风就好像潮水似的越阻止着他的膝盖。

第一个，他问的少东家，少东家说："是，来的。"

他又去问倒脏水的老头，他也说："是。"

可是他总有点不相信："这是和我开玩笑的圈套吧？"于是他又去问赶马扒犁的马夫："李山东，我说……北荒的五东家明天来？可是真的？你听见老太太也是说吗？"

"俺山东不知道这个。"他用宽大的扫帚，扫着扒犁上的草末绞着风，扑上了人脸。

冯山想："这扒犁也许就是进城的吧？"但是他离了他，他想去问问井口正在饮马的闹嚷嚷的一群人。他向马群里去的时候，他听到冯厨子在什么地方招呼他："冯二爷，冯二爷……你的老老朋友明明天天就来到啦！"

他反过身来，从马群撞出来，他看到马群也好像有几百匹似的在阻拦着他。

"这是真的了，冯厨子！那么报信的已经来啦！"

"来啦！在在，在在大上房里吃吃饭！"

冯山在厨房的门口打着转，烟袋插在烟口袋里去，他要给冯厨子吃一袋烟。冯厨子的络腮胡子在他看来也比平日更庄严了些。

"这真是正经人,不瞎开玩笑……"他点燃一根火柴,又燃了一根火柴。

在他们旁边的窗子空匡的摔落下来。这时候他们走进厨房去,坐在那靠墙壁的小凳上。他正要打听冯厨子关于五东家今夜是停在河西还是河东? 这时候,他听到上房门口有人为着那报信的人而唤着:

"冯厨子,来热一热酒!"

冯山,他总想站到一群孩子的前面,右手齐到眉头的地方,向远方照着。虽然他是颤抖着胡子,但那看,却和孩子们的一样。

中午的时候,连东家里的太太们也都来到了高岗,高岗下面就临着大路。只要车子或是马匹一转过那个山腰,用不了半里路,就可以跑到人们的脚下。人们都望着那山腰发白的道路。冯山也望着山腰也望着太阳,眼睛终于有些花了起来,他一抬头好像那高处的太阳就变成了无数个。眼睛起了金花,好像那山腰的大道也再看不见了。太阳快要靠近了山边的时候,就更红了起来,并且也大了,好像大盆一样停在山头上。他一看那山腰,他就看到了那大红的太阳,连山腰也不能再看了。于是低下头去,扯着腰间的蓝布腰带的一端揩着眼睛。

孩子们说:"冯二爷哭啦! 冯二爷哭哩……"

他连忙把腰带放下去,为的是给孩子们看看:"那里哭……把眼睛看花啦……"

山腰上出现了两辆车子和一匹骑马。

"来啦! 来啦……黑骑马……"

"正正是,去接的不就是两辆车子吗?"

"是……是……"

孩子们,有的下了高岗顺着大道跑去了。冯山的白胡子像是混杂了金丝似的闪光，他扶了孩子们的肩头，好像要把自己来伸高一点："来到什么地方了呢？来到……"有人说："过了太平沟的桥啦!"有人说："不对……那不是有一排小树吗？树后面不就是井家岗吗？井家岗，是在桥这边。"

"井家岗也不过就是两袋烟的工夫。"

看得见骑黑马的人是戴着土黄色的风帽，并且骑马渐渐离开车子而走在前边，并且那马串铃的声响也听得到了。

冯山的两只手都一齐的遮上了眉头，等他看见了马颈上的那串铜铃，他的眼睛就早已昏盲了，已经分辨不出那坐在马背上的就是他少年时的同伴。

他走了一步，他再走了一步，已经走下了高岗。他过去，他扒住了那马的辔头，他说："老五……"他就再什么也不说了。

太阳在西边，在山顶上，只划着半个盆边的形状，扯扯拖拖的，冯山伴着一些孩子们和五东家走进了上房。

在吃酒的时候他和五东家是对面坐着，他们说着杨老三是那年死的，单明德是那年死的……还有张国光……这一些都是他们年青时的同伴。酒喝得多了一些的时候，冯山想要告诉他，某年某年他还勾搭了一个寡妇。但他看看周围站着的东家的太太们或姑娘们，他又感觉得这是不方便说了。

五东家走了的那天夜晚，他好像只记住了那红色的鞍，那土黄色的风帽。他送他过了太平沟的时候，他才看到站在桥上的都是五东家的家族……他后悔自己就没有一个家族。

马房里的特有的气味，一到春天就渐渐的恢复起来。那夜又是刮着狂风的夜，所有的近处的旷野都在发着啸……他又像被人们遗忘了，又好像年青的时候出去打猎在旷野上迷失了。

他好像听到送马匹的人不知在什么地方喊着："啊喔呼……长冬来在白河口……啊噢……长冬来在白河口……"

　　马官喂马的时候,他喊着马官:"给老冯来烫两盅酒。"

　　等他端起酒杯来,他又不想喝了,从那深陷下去的眼巢里,却安详的逃出两条寂寞的泪流。

五月六日

红的果园[①]

　　五月一开头这果园就完全变成了深绿。在寂寞的市梢上,游人也渐渐增多了起来。那河流的声音,好像喑哑了去,交织着的是树声,虫声和人语的声音。

　　园前切着一条细长的闪光的河水,园后,那白色楼房的中学里边常常有钢琴的声音在夜晚散布到这未熟的果子们的中间。

　　从五月到六月,到七月,甚至于到八月,这园子才荒凉下来。那些树,有的在三月里开花,有的在四月里开花。但,一到五月,这整个的园子就完全是绿色的了,所有的果子就在这期间肥大了起来。后来,果子开始变红,后来全红,再后来——七月里——果子们就被看园人完全摘掉了,再后来,就是看园人开始扫着那些从树上自己落下的黄叶的时候。

---

① 该篇创作完成于一九三六年九月初,首刊于一九三六年九月十五日上海《作家》第一卷第六号,署名萧红。一九三七年五月,收入上海文化生活出版社初版小说、散文集《牛车上》,署名萧红。

园子在风声里面又收拾起来了。

但那没有和果子一起成熟的恋爱，继续到九月也是可能的。

园后那学校的教员室里的男子的恋爱，虽然没有完结，也就算完结了。

他在教员休息室里也看到这园子，在教室里站在黑板前面也看到这园子，因此他就想到那可怕的白色的冬天。他希望刚走去了的冬天接着再来，但那是不可能。

果园一天一天的在他的旁边成熟，他嗅到果子的气味就像坐在园里的一样。他看见果子从青色变成红色就像拿在手里看得那么清楚。同时园门上插着的那张旗子，也好像更鲜明了起来，那黄黄的颜色使他对着那旗子起着一种生疏，反感和没有习惯的那种感觉。所以还不等果子红起来，他就把他的窗子换上了一张蓝色的窗围。

他怕那果子会一个一个的透进他的房里来，因此他怕感到什么不安。

果园终于全红起来了，一个礼拜，两个礼拜，差不多三个礼拜园子还是红的。

他想去问问那看园子的人，果子究竟要红到什么时候。但他一走上那去果园的小路，他就心跳，好像园子在眼前也要颤抖起来。于是他背向着那红色的园子擦擦眼睛，又顺着小路回来了。

在他走上楼梯时，他的胸膛被幻想猛烈的攻击了一阵：他看见她就站在那小道上，蝴蝶在她旁边的青草上飞来飞去。"我在这里……"他好像听到她的喊声似的那么震动。他又看到她等在小夹树道的木凳上，他还回想着，他是跑了过去的，把她牵住了，于是声音和人影一起消灭到树丛里去了。他又想到通夜在园子里走着的那景况……有时热情来了的时候，他们和虫子似的就靠着那树丛接吻了。朝阳还没有来到之前，他们的头发和衣裳就被夜露完全打湿了。

他在桌上翻开了学生作文的卷子,但那上面写着些什么呢?

"皇帝登极,万民安乐……"

他又看看另一本,每一本开头都有这么一段……他细看时,那并不是学生们写的,是用铅字已经替学生们印好了的,他翻了所有的卷子,但铅字是完全一样。

他走过去,把蓝色的窗围放下来,他看到那已经熟识了的看园人在他的窗口下面扫着园地。

看园人说:"先生!不常过来园里走走?总也看不见先生呢!"

"嗯!"他点着头:"怎么样?市价还好?"

"不行啦。先生,你看……这不是吗?"那人用竹帚的把柄指着太阳快要落下来的方向,那面飘着一些女人的花花的好像口袋一样大的袖子。

"这年头,不行了啊!不是年头……都让他们……让那些东西们摘了去啦!……"他又用竹帚的把柄指打着树枝:"先生……看这里……真的难以栽培,折的折,掉枝的掉枝……招呼她们不听,又那敢招呼呢?人家是日本二大爷……"他又问,"女先生,那位,怎么今年也好像总也没有看见?"

他想告诉他:"女先生当××军去了。"但他没有说。他听到了园门上旗子的响声,他向着旗子的方向看了看,也许是什么假日,园门来换了一张大的旗……黄色的……好像完全黄色的。

看园子的人已经走远了,他的指甲还在敲着窗上的玻璃,他看着,他听着,他对着这"园子"和"旗"起着兴奋的情感,于是被敲着的玻璃更响了,假若游园的人经过他的窗下,也能够听到他的声音。

一九三六,九月,东京

王四的故事[1]

　　红眼睛的,走路时总爱把下巴抬得很高的王四,只要他一走进院门来,那沿路的草茎或是孩子们丢下来的玩物,就塞满了他的两只手。有时他把拾到了的铜元塞到耳洞里:

　　"他妈的……是谁的呀?快来拿去!若不快些来,它就要攒到我的耳朵不出来啦……"他一面摇着那尖顶的草帽一边蹲下来。

　　孩子们抢着铜元的时候,撕痛了他的耳朵。

　　"啊哈!这些小东西们,他妈的,不拾起来,谁也不要,看成一块烂泥土,拾起来,就都来啦!你也要,他也要……好像一块金宝啦。……"

　　他仍把下巴抬得很高,走进厨房去。他住在主人家里十年或者也超出了。但在他的感觉上,他一走进这厨房就好像走进他自己的家里

---

[1] 　该篇创作于一九三六年八月,首刊于一九三六年九月二十日上海《中流》第一卷第二期,署名萧红。一九三七年五月,收入上海文化生活出版社初版小说、散文集《牛车上》,署名萧红。

那么一种感觉,也好像这厨房在他管理之下不止十年或二十年,已经觉察不出这厨房是被他管理的意思,已经是他的所有了!这厨房,就好像从主人的手里割给了他似的。

……碗橱的二层格上扣着几只碗和几只盘子,三重格上就完全是蓝花的大海碗了。至于最下一层,那些瓦盆,那一个破了一个边,那一个盆底出了一道纹,他都记得清清楚楚。

有时候吃完晚饭在他洗碗的时候,他就把灯灭掉,他说是可以省下一些灯油。别人若问他:

"不能把家具碰碎啦?"

他就说:

"也不就是一个碗橱吗?好大一块事情……碗橱里那个角落爬着个蟑螂,伸手就摸到……那是有方向的,有尺寸的……耳朵一听吗!就知道多远了。"

他的生活就和溪水上的波浪一样:安然,平静,有规律。主人好像在几年前已经不叫他"王四"了。叫他"四先生",从这以后,他就把自己看成和主人家的人差不多了。

但,在吃饭的时候,总是最末他一个人吃,支取工钱的时候,总是必须拿着手折。有一次他对少主人说:

"我看手折……也用不着了吧!这些年……还用画什么押?都是一家人一样,谁还信不着谁……"

他的提议并没有被人接受。再支工钱时,仍是拿着手折。

"唉……这东西,放放倒不占地方,就是……哼……就是这东西不同别的,是银钱上的……挂心是真的。"

他展开了行李,他看看四面有没有人,他的样子简直像在偷东西。

"哼!好啦!"他自己说,一面用手压住褥子的一角,虽然手折还没有完全放好,但他的习惯是这样,到夜深,再取出来,把它换个地方,常常是塞在枕头里边。十几年他都是这样保护着他的手折。手折也换过了两三个，因为都是画满了押，盖满了图章。

另外一次，他又去支取工钱，少主人说：

"王老四……真是上了年纪……眼睛也花了，你看，你把这押画在什么地方去了呢？画到线外去呢！画到上次支钱的地方去啦。……"

王四拿起手折来，一看到那已经歪到一边去的押号，他就哈哈的张着嘴。"他妈……"他刚想要说，可是想到这是和少主人说话，于是停住了。他站在少主人的一边，想了一些时候，把视线经过了鼻子之后，四面扫了一下，难以确定他是在看什么："'王老四'……不是多少年就'四先生'了吗？怎么又'王老四'呢？"

他走进厨房去，坐在长桌的一头，一面喝着烧酒，一面想着："这可不对……"他随手把青辣椒在酱碗里触了触："他妈的……"好像他骂着的时候顺便就把辣椒吃下去了。

多吃了几盅烧酒的缘故，他觉得碗橱也好像换了地方，米缸……水桶……甚至连房梁上终年挂着的那块腊肉也像变小了一些。他说："不好……少主人也怕变了心肠……今年一定有变。"于是又看了看手折：

"若把手折丢了，我看事情可就不好办！没有支过来的……那些前几年就没有支清的工钱就要……我看就要算不清。"这次他没有把手折塞进枕头去，就放在腰带上的荷包里了。

王四好像真的老了，院子里的细草，他不看见，下雨时，就在院心孩子们的车子他也不管了。夜里很早他就睡下，早晨又起得很晚。牵牛花的影子，被太阳一个一个的印在纸窗上。他想得很远，他想到了十多年在山上伐木头的时候……他就像又看到那白杨倒下来一样……哗哗的……也好像听到了锯齿的声音。他又想到在渔船上当水手的时候：那桅杆……那标杆上挂着的大鱼……真是银鱼一样，"他妈的……"他伸手去摸，只是手背在眼前划了一下，什么也没有摸到。他又接着想：十五岁离开家的那年……在半路上遇到了野狗的那回事……他摸一摸小腿："他妈的。这疤……"他确实的感觉到手下的疤了。

他常常检点着自己的东西，应该不要的，就把它丢掉……破毯子和一双破毡鞋他向换破东西的人换了几块糖球来分给孩子们吃了。

他在扫院子时候，遇到了棍棒之类，他就拿在手里试一试结实不结实……有时他竟把棍子扛在肩上试一试挑着行李可够长短？若遇到绳子之类，也总把它挂在腰带上。

他一看那厨房里的东西，总不像原来的位置，他就不愿意再看下去似的。所以闲下来他就坐在井台旁边去，一边结起那些拾得的绳头，就一边算计着手折上面的还存着的工钱的数目。

秋天的晚上，他听到天空一阵阵的乌鸦的叫声，他想："鸟也是飞来飞去的……人也总是要移动移动……"于是他的下巴抬得很高，视线经过了鼻子之后，看到墙角上去了，正好他的眼睛看到墙角上挂的一张香烟牌子的大画，他把它取了下来，压在行李下面。

王四的眼睛更红了，抬起来的下巴，比从前抬得更高了一些。后来他就总是想着：

"到渔船上去，还是到山上去，到山上去，怕是老伙伴还有呢！渔船，一时可怕找不到熟人，可不知道人家要不要……张帆……要快……"他站在席子上面，作着张帆的样子，全身痉挛一般的振摇着：

"还行吗？"他自己问着自己。

河上涨水的那天，王四好像又感觉自己是变成和主人家的人一样了。

他扛着主人家的包袱，扛着主人家的孩子，把他们送到高岗上去。

"老四先生……真是个力气人……"他恍恍忽忽的听着人们说的就是他,后来他留一留意,那是真的……不只是"四先生",还说"老四先生"呢!他想:"这是多么被人尊敬啊!"于是他更快的跑着。直到那水涨得比腰还深的时候,他还是在水里面走着。一个下午他也没有停下来。主人们说:

"四先生,那些零碎东西不必着急去拿它,要拿,明天慢慢的拿……"

他说:"那怎么行? 一夜不是让人偷光了吗?"他又不停的,来回的跑着。

他的手折不知在什么时候离开了他的荷包沉到水底去了。

他发现了自己的空荷包,他就想:"这算完了。"他就把头顶也淹在水里,那手折是红色的,可是他总也看不到那红色的东西。

他说:"这算完了。"他站起来,向着高岗走过来。水湿的衣服,冰凉的粘住了皮肤,他抖擞着,他感到了异样的寒冷,他看不清那站在高岗上屋前的人们。只听到从那些人们传来的笑声:

"王四摸鱼回来啦!""王四摸鱼回来啦。"

一九三六年,东京

牛车上①

　　金花菜在三月的末梢就开遍了溪边。我们的车子在朝阳里轧着山下的红绿颜色的小草，走出了外祖父的村梢。

　　车夫是远族上的舅父，他打着鞭子，但那不是打在牛的背上，只是鞭梢在空中绕来绕去。

　　"想睡了吗？车刚走出村子呢！喝点梅子汤吧！等过了前面的那道溪水再睡。"外祖父家的女佣人，是到城里去看她的儿子的。

　　"什么溪水，刚才不是过的吗？"从外祖父家带回来的黄猫也好像要在我的膝头上睡觉了。

　　"后塘溪。"她说。

　　"什么后塘溪？"我并没有注意她，因为外祖父家留在我们的后面什么也看不见了，只有村梢上庙堂前的红旗杆还露着两个金顶。

───────────────

① 该篇创作于一九三六年八月，首刊于一九三六年十月一日上海《文季月刊》第一卷第五期，署名萧红。一九三七年五月，收入上海文化生活出版社初版小说、散文集《牛车上》，署名萧红。

"喝一碗梅子汤吧,提一提精神。"她已经端了一杯深黄色的梅子汤在手里,一边又去盖着瓶口。

"我不提,提什么精神,你自己提吧!"

他们都笑了起来,车夫立刻把鞭子抽响了一下。

"你这姑娘……玩皮,巧舌头……我……我……"他从车辕转过身来,伸手要抓我的头发。

我缩着肩头跑到车尾上去。村里的孩子没有不怕他的,说他当过兵,说他捏人的耳朵也很痛。

五云嫂下车去给我采了这样的花,又采了那样的花,旷野上的风吹得更强些,所以她的头巾好像是飘着。因为乡村留给我尚没有忘却的记忆,我时时把她的头巾看成乌鸦或是鹊雀。她几乎是跳着,几乎和孩子一样。回到车上,她就唱着各种花朵的名字,我从来没看到过她像这样放肆一般地欢喜。

车夫也在前面哼着低粗的声音,但那分不清是什么词句。那短小的烟管顺着风时时送着烟氛,我们的路途刚一开始,希望和期待都还离得很远。

我终于睡了,不知是过了后塘溪,是什么地方,我醒过一次,模模糊糊的好像那管鸭的孩子仍和我打着招呼,也看到了坐在牛背上的小根和我告别的情景……也好像外祖父拉住我的手又在说:"回家告诉你爷爷,秋凉的时候让他来乡下走走……你就说你老爷腌的鹌鹑和顶好的高粱酒等着他来一块喝呢……你就说我动不了,若不然,这两年,我总也去……"

唤醒我的不是什么人,而是那空空响的车轮。我醒来,第一下看到的是那黄牛自己走在大道上,车夫并不坐在车辕。在我寻找的时候,他被我发现在车尾上,手上的鞭子被他的烟管代替着,左手不住的在擦着下颚,他的眼睛顺着地平线望着辽阔的远方。

我寻找黄猫的时候,黄猫坐到五云嫂的膝头上去了,并且她还抚摸猫的尾巴。我看看她的蓝布头巾已经盖过了眉头,鼻子上显明的皱纹因为挂了尘土,更显明起来。

　　他们并没有注意到我的醒转。

　　"到第三年他就不来信啦!你们这当兵的人……"

　　我就问她:"你丈夫也是当兵的吗?"

　　赶车的舅舅,抓了我的辫发,把我向后拉了一下。

　　"那么以后……就总也没有信来?"他问她。

　　"你听我说呀!八月节刚过……可记不得那一年啦,吃完了早饭,我就在门前喂猪,一边唿唿的敲着槽子,一边嗬唠唠唠的叫着猪……那里听得着呢?南村王家的二姑娘喊着:'五云嫂,五云嫂……'一边跑着一边喊:'我娘说,许是五云哥给你捎来的信!'真是,在我眼前的真是一封信,等我把信拿到手哇!看看……我不知为什么就止不住心酸起来……他还活着吗!他……眼泪就掉在那红签条上,我就用手去擦,一擦这红圈子就印到白的上面去。把猪食就丢在院心……进屋换了件干净衣裳。我就赶紧跑,跑到南村的学房见了学房的先生,我一面笑着就一面流着眼泪……我说:'是外头人来的信,请先生看看……一年来的没来过一个字。'学房先生接到手里一看,就说不是我的。那信我就丢在学房里跑回来啦……猪也没有喂,鸡也没有上架,我就躺在炕上啦……好几天,我像失了魂似的。"

　　"从此就没有来信?"

　　"没有。"她打开了梅子汤的瓶口,喝了一碗,又喝一碗。

　　"你们这当兵的人,只说三年二载……可是回来……回来个什么呢!回来个魂灵给人看看吧……"

　　"什么?"车夫说:"莫不是阵亡在外吗……"

　　"是,就算吧!音信皆无过了一年多。"

"是阵亡?"车夫从车上跳下去,拿了鞭子,在空中抽了两下,似乎是什么爆裂的声音。

"还问什么……这当兵的人真是凶多吉少。"她折皱的嘴唇好像撕裂了的绸片似的,显着轻浮和单薄。

车子一过黄村,太阳就开始斜了下去,青青的麦田上飞着鹊雀。

"五云哥阵亡的时候,你哭吗?"我一面捉弄着黄猫的尾巴,一面看着她。但她没有睬我,自己在整理着头巾。

等车夫颠跳着来在了车尾,扶了车栏,他一跳就坐在了车辕,在他没有抽烟之前,他的厚嘴唇好像关紧了的瓶口似的严密。

五云嫂的说话,好像落着小雨似的,我又顺着车栏睡下了。

等我再醒来,车子停在一个小村头的井口边,牛在饮着水,五云嫂也许是哭过,她陷下的眼睛高起来了,并且眼角的皱纹也张开来。车夫从井口搅了一桶水提到车子旁边:

"不喝点吗?清凉清凉……"

"不喝。"她说。

"喝点吧,不喝就是用凉水洗洗脸也是好的。"他从腰带上取下手巾来,浸了浸水:"揩一揩!尘土迷了眼睛……"

当兵的人,怎么也会替人拿手巾?我感到了惊奇。我知道的当兵的人就会打仗,就会打女人,就会捏孩子们的耳朵。

"那年冬天,我去赶年市……我到城里去卖猪鬃,我在年市上喊着:'好硬的猪鬃来……好长的猪鬃来……'后一年,我好像把他爹忘下啦……心上也不牵挂……想想那没个好,这些年,人还会活着!到秋天,我也到田上去割高粱,看我这手,也吃过气力……春天就带着孩子去做长工,两个月三个月的就把家拆了。冬天又把家归拢起来。什么牛毛啦……猪毛啦……还有些收拾来的鸟雀的毛。冬天就在家里收拾,收拾干净啦呀……就选一个暖和的天气进城去卖。若有顺便进城去的车呢！把秃子也就带着……那一次没有带秃子。偏偏天气又不好，天天下清雪，年市上不怎么热闹；没有几捆猪鬃也总卖不完。一早就蹲在市上，一直蹲到太阳偏西。在十字街口，一家大买卖的墙头上贴着一张大纸，人们来来往往的在那里看，像是从一早那张纸就贴出来了！也许是晌午贴的……有的还一边看，一边念出来几句。我不懂得那一套……人们说是：'告示，告示'可是告的什么，我也不懂那一套……'告示'倒知道是官家的事情，与我们做小民的有什么长短！可不知为什么看的人就那么多……听说么，是捉逃兵的'告示'……又听说么……又听说么……几天就要送到县城来枪毙……"

"那一年？民国十年枪毙逃兵二十多个的那回事吗？"车夫把卷起的衣袖在下意识里把它放下来，又用手扫着下颚。

"我不知道那叫什么年……反正枪毙不枪毙与我何干，反正我的猪鬃卖不完就不走运气……"她把手掌互相擦了一会，猛然，像是拍着蚊虫似的，凭空打了一下：

"有人念着逃兵的名字……我看着那穿黑马褂的人……我就说：'你再念一遍！'起先猪毛还拿在我的手上……我听到了姜五云姜五云的；好像那名字响了好几遍……我过了一些时候才想要呕吐……喉管里像有什么腥气的东西喷上来，我想咽下去……又咽不下去……眼睛冒着火苗……那些看'告示'的人往上挤着，我就退在了旁边，我再上前去看看，腿就不做主啦！看'告示'的人越多，我就退下来了！越退越远啦……"

她的前额和鼻头都流下汗来。

"跟了车，回到乡里，就快半夜了。一下车的时候，我才想起了猪毛……那里还记得起猪毛……耳朵和两张木片似的啦……包头巾也许是掉在路上，也许是掉在城里……"

她把头巾掀起来，两个耳朵的下梢完全丢失了。

"看看,这是当兵的老婆……"

这回她把头巾束得更紧了一些,所以随着她的讲话那头巾的角部也起着小小的跳动。

"五云倒还活着,我就想看看他,也算夫妇一回……

"……二月里,我就背着秃子,今天进城,明天进城……'告示'听说又贴过了几回,我不去看那玩艺儿,我到衙门去问,他们说:'这里不管这事。'让我到兵营里去……我从小就怕见官……乡下孩子,没有见过。那些带刀挂枪的,我一看到就发颤……去吧!反正他们也不是见人就杀……后来常常去问,也就不怕了。反正一家三口,已经有一口拿在他们的手心里……他们告诉我,逃兵还没有送过来。我说什么时候才送过来呢?他们说:'再过一个月吧!'……等我一回到乡下就听说逃兵已从什么县城,那是什么县城?到今天我也记不住那是什么县城……就是听说送过来啦就是啦……都说若不快点去看,人可就没有了。我再背着秃子,再进城……去问问兵营的人说:'好心急,你还要问个百八十回。不知道,也许就不送过来的。'……有一天,我看着一个大官,坐着马车,叮东叮东的响着铃子,从营房走出来了……我把秃子放在地上,我就跑过去,正好马车是向着这边来的,我就跪下了,也不怕马蹄就踏在我的头上。

"'大老爷,我的丈夫……姜五……'我还没有说出来,就觉得肩膀上很沉重……那赶马车的把我往后面推倒了,好像跌了跤似的我爬在道边去。只看到那赶马车的也戴着兵帽子。

"我站起来,把秃子又背在背上……营房的前边,就是一条河,一个下半天都在河边上看着河水。有些钓鱼的,也有些洗衣裳的。远一点,在那河湾上,那水就深了,看着那浪头一排排的从眼前过去。不知道几百条浪头都坐着看过去了。我想把秃子放到河边上,我一跳就下去吧!留他一条小命,他一哭就会有人把他收了去。

"我拍着那小胸脯,我好像说:'秃儿,睡吧。'我还摸摸那圆圆的耳朵,那孩子的耳朵,真是,长得肥满,和他爹的一模一样,一看到那孩子的耳朵,就看到他爹了。"

她为了赞美而笑了笑。

"我又拍着那小胸脯,我又说:'睡吧! 秃儿。'我想起了,我还有几吊钱,也放在孩子的胸脯里吧! 正在伸,伸手去放……放的时节……孩子睁开眼睛了……又加上一只风船转过河湾来,船上的孩子喊妈的声音我一听到,我就从沙滩上面……把秃子抱抱在……怀里了……"

她用包头巾像是紧了紧她的喉咙,随着她的手,眼泪就流了下来。

"还是……还是背着他回家吧! 那怕讨饭,也是有个亲娘……亲娘的好……"

那蓝色头巾的角部,也随着她的下颚颤抖了起来。

我们车子的前面正过着一堆羊群,放羊的孩子口里响着用柳条做成的叫子,野地在斜过去的太阳里边分不出什么是花,什么是草了! 只是混混黄黄的一片。

车夫跟着车子走在旁边,把鞭梢在地上荡起着一条条的烟尘。

"……一直到五月,营房的人才说:'就要来的,就要来的。'

"……五月的末梢,一只大轮船就停在了营房门前的河沿上。不知怎么这样多的人! 比七月十五看河灯的人还多……"

她的两只袖子在招摇着。

"逃兵的家属,站在右边……我也站过去,走过一个带兵帽子的人,还每个人给挂了一张牌子……谁知道,我也不认识那字……

"要搭跳板的时候,就来了一群兵队,把我们这些挂牌子的……就圈了起来……'离开河沿远点,远点……'他们用枪把手把我们赶到离开那轮船有三四丈远……站在我旁边的,一个白胡子的老头,他一只手下提着一个包裹，我问他：'老伯，为啥还带来这东西？'……'哼！不！……我有一个儿子和一个侄子……一人一包……回阴朝地府，不穿洁净衣裳是不上高的。……'

"跳板搭起来了……一看跳板搭起来就有哭的……我是不哭，我把脚跟立得稳稳当当的，眼睛往船上看着……可是，总不见出来……过了一会，一个兵官，挎着洋刀，手扶着栏杆说：'让家属们再往后退退……就要下船……'听着嗝唠一声，那些兵队又用枪把手把我们向后赶了过去，一直赶上了道旁的豆田，我们就站在豆秧上，跳板又呼隆隆的搭起了一块……走下来了，一个兵官领头……那脚镣子，哗啦哗啦的……我还记得，第一个还是个小矮个……走下来五六个啦……没有一个像秃子他爹宽宽肩膀的，是真的，很难看……两条胳臂直伸伸的……我看了半天工夫才看出手上都是带了铐子的。旁边的人越哭，我就格外更安静。我只把眼睛看着那跳板……我要问问他爹'为啥当兵不好好当，要当逃兵……你看看，你的儿子，对得起吗？'

"二十来个，我不知道那个是他爹，远看都是那么个样儿。一个青年的媳妇……还穿了件绿衣裳，发疯了似的，穿开了兵队抢过去了……当兵的那肯叫她过去……就把她抓回来，她就在地上打滚，她喊：'当了兵还不到三个月呀……还不到……'两个兵队的人，就把她抬回来，那头发都披散开啦。又过了一袋烟的工夫，才把我们这些挂牌子的人带过去……越走越近了，越近也就越看不清楚那个是秃子他爹……眼睛起了白濛……又加上别人都呜呜嗬嗬的，哭得我多少也有点心慌……

"还有的嘴上抽着烟卷，还有的骂着……就是笑的也有。当兵的这种人……不怪说，当兵的不惜命……

"我看看，真是没有秃子他爹，哼！这可怪事……我一回身就把一个兵官的皮带抓住：'姜五云呢？''他是你的什么人？''是我的丈夫。'我把秃子可就放在地上啦……放在地上那不做美的就哭起来，我拍的一声，给秃子一个嘴巴……接着我就打了那兵官：'你们把人消灭到什么地方去啦？'

"'好的……好家伙……够朋友……'那些逃兵们就连起声来跺着脚喊。兵官看看这情形赶快叫当兵的把我拖开啦……他们说：'不只姜五云一个人，还有两个没有送过来，明后天，下一班船就送来……逃兵里他们三个是头目。'

"我背着孩子就离开了河沿，我就挂着牌子走下去了，我一路走，一路两条腿发颤。奔来看热闹的人满街满道啦……我走过了营房的背后，兵营的墙根下坐着那提着两个包裹的老头，他的包裹只剩了一个。我说：'老伯，你的儿子也没来吗？'我一问他，他就把背脊弓了起来，用手把胡子放在嘴唇上，咬着胡子就哭啦！

"他还说：'因为是头目，就当地正法了咧！'当时我还不知道这'正法'是什么……"

她再说下去，那是完全不相接连的话头。

"又过三年，秃子八岁的那年，把他送进了豆腐房……就是这样：一年我来看他两回。二年回家一趟……回来也就是十天半月的……"

车夫离开车子，在小毛道上走着，两只手放在背后，太阳从横面把他拖成一条长影，他每走一步，那影子就分成了一个叉形。

"我也有家小……"他的话从嘴唇上流了下来似的，好像他对着旷野说的一般。

"哟！"五云嫂把头巾放松了些。

"什么！"她鼻子上的折皱纠动了一些时候："可是真的……兵不当啦也不回家……"

"哼！回家！就背着两条腿回家？"车夫把肥厚的手揸扭着自己的鼻子笑了。

"这几年,还没多少赚几个?"

"都是想赚几个呀!才当逃兵去啦!"他把腰带更束紧了一些。

我加了一件绵衣,五云嫂披了一张毯子。

"嗯!还有三里路……这若是套的马……嗯!一颠搭就到啦!牛就不行,这牲口性子没紧没慢,上阵打仗,牛就不行……"车夫从草包取出绵袄来,那绵袄顺着风飞着草末,他就穿上了。

黄昏的风,却是和二月里的一样。车夫在车尾上打开了外祖父给祖父带来的酒坛。

"喝吧!半路开酒坛,穷人好赌钱……喝上两杯……"他喝了几杯之后,把胸膛就完全露在外面。他一面啮嚼着肉干,一边嘴上起着泡沫。风从他的嘴边走过时,他唇上的泡沫也宏大了一些。

我们将奔到的那座城,在一种灰色的气候里,只能够辨别那不是旷野,也不是山岗,又不是海边,又不是树林,……

车子越往前进,城座看来越退越远。脸孔上和手上,都有一种粘粘的感觉……再往前看。连道路也看不到尽头……

车夫收拾了酒坛,拾起了鞭子……这时候,牛角也模糊了去。

"你从出来就没回过家?家也不来信?"五云嫂的问话,车夫一定没有听到,他打着口哨,招呼着牛。后来他跳下车去,跟着牛在前面走着。

对面走过一辆空车,车辕上挂着红色的灯笼。

"大雾!"

"好大的雾!"车夫彼此招呼着。

"三月里大雾……不是兵灾,就是荒年……"

两个车子又过去了。

一九三六年

家族以外的人[①]

我蹲在树上，渐渐有点害怕，太阳也落下去了；树叶的声响也唰唰的了；墙外街道上走着的行人也都和影子似的黑丛丛的；院里房屋的门窗变成黑洞了。并且野猫在我旁边的墙头上跑着叫着。

我从树上溜下来，虽然后门是开着的，但我不敢进去，我要看看母亲睡了还是没有睡？还没经过她的窗口，我就听到了席子的声音：

"小死鬼……你还敢回来！"

我折回去，就顺着厢房的墙根又溜走了。

在院心空场上的草丛里边站了一些时候，连自己也没有注意到我是折碎了一些草叶咬在嘴里。白天那些所熟识的虫子，也都停止了鸣叫，在夜里叫的是另外一些虫子，它们的声音沉静，清脆而悠长。那埋着我的高草，和我的头顶一平，它们平滑，它们在我的耳边唱着那么微

---

① 该篇创作完成于一九三六年九月四日，首刊于一九三六年十月十五日、十一月十五日上海《作家》第二卷第一、第二号，署名萧红。一九三七年五月，收入上海文化生活出版社初版小说、散文集《牛车上》，署名萧红。

细的小歌,使我不能相信倒是听到还是没有听到。

"去吧……去……跳跳攒攒的……谁喜欢你……"

有二伯回来了,那喊狗的声音一直继续到厢房的那面。

我听到有二伯那拍响着的失掉了后跟的鞋子的声音,又听到厢房门扇的响声。

"妈睡了没睡呢?"我推着草叶,走出了草丛。

有二伯住着的厢房,纸窗好像闪着火光似的明亮。我推开门,就站在门口。

"还没睡?"

我说:"没睡。"

他在灶口烧着火,火叉的尖端插着玉米。

"你还没有吃饭?"我问他。

"吃什……么……饭? 谁给留饭!"

我说:"我也没吃呢!"

"不吃,怎么不吃? 你是家里人哪……"他的脖子比平日喝过酒之后更红,并且那脉管和那正在烧着的小树枝差不多。

"去吧……睡睡……觉去吧!"好像不是对我说似的。

"我也没吃饭呢!"我看着已经开始发黄的玉米。

"不吃饭,干什么来的……"

"我妈打我……"

"打你! 为什么打你?"

孩子的心上所感到的温暖是和大人不同的,我要哭了,我看着他嘴角上流下来的笑痕。只有他才是偏着我这方面的人,他比妈妈还好。立刻我后悔起来,我觉得我的手在他身旁抓起一些柴草来,抓得很紧,并且许多时候没有把手松开,我的眼睛不敢再看到他的脸上去,只看到他腰带的地方和那脚边的火堆。我想说:

"二伯……再下雨时我不说你'下雨冒泡,王八戴草帽'啦……"

"你妈打你……我看该打……"

"怎么……"我说:"你看……她不让我吃饭!"

"不让你吃饭……你这孩子也太好去啦……"

"你看,我在树上蹲着,她拿火叉子往下叉我……你看……把胳臂都给叉破皮啦……"我把手里的柴草放下,一只手卷着袖子给他看。

"叉破皮……为啥叉的呢……还有个缘由没有呢?"

"因为拿了馒头。"

"还说呢……有出息!我没见过七八岁的姑娘还偷东西……还从家里偷东西往外边送!"他把玉米从叉子上拔下来了。

火堆仍没有灭;他的胡子在玉米上,我看得很清楚是扫来扫去的。

"就拿三个……没多拿……"

"嗯!"把眼睛斜着看我一下,想要说什么,但又没有说。只是胡子在玉米上像小刷子似的来往着。

"我也没吃饭呢!"我咬着指甲。

"不吃……你愿意不吃……你是家里人!"好像抛给狗吃的东西一样,他把半段玉米打在我的脚上。

有一天,我看到母亲的头发在枕头上已经蓬乱起来,我知道她是睡熟了,我就从木格子下面提着鸡蛋筐子跑了。

那些邻居家的孩子就等在后院的空磨房里边。我顺着墙根走了回来的时候,安全,毫没有意外,我轻轻的招呼他们一声,他们就从窗口把篮子提了进去,其中有一个比我们大一些的,叫他小哥哥的,他一看见鸡蛋就抬一抬肩膀,伸一下舌头。小哑巴姑娘,她还为了特殊的得意啊啊了两声。

"嗳!小点声……花姐她妈剥她的皮呀……"

把窗子关了,就在碾盘上开始烧起火来,树枝和干草的烟围蒸腾了起来;老鼠在碾盘底下跑来跑去;风车站在墙角的地方,那大轮子上边盖着蛛网,罗柜旁边余留下来的谷类的粉末,那上面挂着许多种类虫子的皮壳。

"咱们来分分吧……一人几个,自家烧自家的。"

火苗旺盛起来了,伙伴们的脸孔,完全照红了。

"烧吧!放上去吧……一人三个……"

"可是多一个给谁呢?"

"给哑巴吧!"

她接过去,啊啊的。

"小点声,别吵!别把到肚的东西吵靡啦。"

"多吃一个鸡蛋……下回别用手指画着骂人啦!啊!哑巴?"

蛋皮开始发黄的时候,我们为着这心上的满足,几乎要冒险叫喊了。

"唉呀!快要吃啦!"

"预备着吧,说熟就快的……"

"我的鸡蛋比你们的全大……像个大鸭蛋……"

"别叫……别叫。花姐她妈这半天一定睡醒啦……"

窗外有哽哽的声音,我们知道是大白狗在扒着墙皮的泥土。但同时似乎听到了母亲的声音。

母亲终于在叫我了!鸡蛋开始爆裂的时候,母亲的喊声也在尖利的刺着纸窗了。

等她停止了喊声,我才慢慢从窗子跳出去,我走得很慢,好像没有睡醒的样子,等我站到她面前的那一刻,无论如何再也压制不住那种心跳。

"妈!叫我干什么?"我一定惨白了脸。

"等一会……"她回身去找什么东西的样子。

我想她一定去拿什么东西来打我,我想要逃,但我又强制着忍耐了一刻。

"去把这孩子也带去玩……"把小妹妹放在我的怀中。

我几乎要抱不动她了,我流了汗。

"去吧!还站在这干什么……"其实磨房的声音,一点也传不到母亲这里来,她到镜子前面去梳她的头发。

我绕了一个圈子,在磨房的前面,那锁着的门边告诉了他们:

"没有事……不要紧……妈什么也不知道。"

我离开那门前,走了几步,就有一种异样的香味扑了来,并且飘满了院子。等我把小妹妹放在炕上,这种气味就满屋都是了。

"这是谁家炒鸡蛋,炒得这样香……"母亲很高的鼻子在镜子里使我有点害怕。

"不是炒鸡蛋……明明是烧的,哈!这蛋皮味,谁家……呆老婆烧鸡蛋……五里香。"

"许是吴大婶她们家?"我说这话的时候,隔着菜园子看到磨房的窗口冒着烟。

等我跑回了磨房,火完全灭了。我站在他们当中,他们几乎是摸着我的头发。

"我妈说谁家烧鸡蛋呢?谁家烧鸡蛋呢?我就告诉她,许是吴大婶她们家。哈!这是吴大婶?这是一群小鬼……"

我们就开朗的笑着。站在碾盘上往下跳着,甚至于多事起来,他们就在磨房里捉耗子。因为我告诉他们,我妈抱着小妹妹出去串门去了。

"什么人啊!"我们知道是有二伯在敲着窗棂。

"要进来,你就爬上来!还招呼什么?"我们之中有人回答他。

起初,他什么也没有看到,他站在窗口,摆着手。后来他说:

"看吧!"他把鼻子用力抽了两下:"一定有点故事……那来的这种气味?"

他开始爬到窗台上面来,他那短小健康的身子从窗台跳进来时,好像一张磨盘滚了下来似的,土地发着响。他围着磨盘走了两圈。他上唇的红色的小胡为着鼻子时时抽动的缘故,像是一条秋天里的毛虫在他的唇上不住的滚动。

"你们烧火吗? 看这碾盘上的灰……花子……这又是你领头! 我要不告诉你妈的……整天家领一群野孩子来作祸……"他要爬上窗口去了,可是他看到了那只筐子:"这是什么人提出来的呢? 这不是咱家装鸡蛋的吗? 花子……你不定又偷了什么东西……你妈没看见!"

他提着筐子走的时候,我们还嘲笑着他的草帽。"像个小瓦盆……像个小水桶……"

但夜里,我是挨打了。我伏在窗台上用舌尖舐着自己的眼泪。

"有二伯……有老虎……什么东西……坏老头子……"我一边哭着一边咒诅着他。

但过不多久,我又把他忘记了,我和许多孩子们一道去抽开了他的腰带,或是用杆子从后面掀掉了他的没有边沿的草帽。我们嘲笑他和嘲笑院心的大白狗一样。

秋末:我们寂寞了一个长久的时间。

那些空房子里充满了冷风和黑暗;长在空场上的高草,干败了而倒了下来;房后菜园上的各种秧棵完全挂满了白霜;老榆树在墙根边仍旧随风摇摆它那还没有落完的叶子;天空是发灰色的,云彩也失去了形状,有时带来了雨点,有时又带来了细雪。

我为着一种疲倦,也为着一点新的发现,我登着箱子和柜子,爬上了装旧东西的屋子的棚顶。

那上面，黑暗，有一种完全不可知的感觉，我摸到了一个小木箱，来捧着它，来到棚顶洞口的地方，借着洞口的光亮，看到木箱是锁着一个发光的小铁锁，我把它在耳边摇了摇，又用手掌拍一拍……那里面冬郎冬郎的响着。

我很失望，因为我打不开这箱子，我又把它送了回去。于是我又往更深和更黑的角落处去探爬。因为我不能站起来走，这黑洞洞的地方一点也不规则，走在上面时时有跌倒的可能。所以在爬着的当儿，手指所触到的东西，可以随时把它们摸一摸。当我摸到了一个小琉璃罐，我又回到了亮光的地方……我该多么高兴，那里面完全是黑枣，我一点也没有再迟疑，就抱着这宝物下来了，脚尖刚接触到那箱子的盖顶，我又和小蛇一样把自己落下去的身子缩了回来，我又在棚顶蹲了好些时候。

我看着有二伯打开了就是我上来的时候登着的那个箱子。我看着他开了很多时候，他用牙齿咬着他手里的那块小东西……他歪着头，咬得咯啦啦的发响，咬了之后又放在手里扭着它，而后又把它触到箱子上去试一试。最后一次那箱子上的铜锁发着弹响的时候，我才知道他扭着的是一断铁丝。他把帽子脱下来，把那块盘卷的小东西就压在帽顶里面。

他把箱子翻了好几次：红色的椅垫子，蓝色粗布的绣花围裙……女人的绣花鞋子……还有一团滚乱的花色的线，在箱子底上还躺着一只湛黄的铜酒壶。

后来他伸出那布满了筋络的两臂，震撼着那箱子。

我想他可不是把这箱子搬开！搬开我可怎么下去？

他抱起好几次，又放下好几次，我几乎要招呼住他。

等一会，他从身上解下腰带来了，他弯下腰去，把腰带横在地上，

127

一张一张的把椅垫子堆起来,压到腰带上去,而后打着结,椅垫子被束起来了。他喘着呼喘,试着去提一提。

他怎么还不快点出去呢?我想到了哑巴,也想到了别人,好像他们就在我的眼前吃着这东西似的使我得意。

"啊哈……这些……这些都是油乌乌的黑枣……"

我要向他们说的话都已想好了。

同时这些枣在我的眼睛里闪光,并且很滑,又好像已经在我的喉咙里上下的跳着。

他并没有把箱子搬开,他是开始锁着它。他把铜酒壶立在箱子的盖上,而后他出去了。

我把身子用力去拖长,使两个脚掌完全牢牢实实的踏到了箱子,因为过于用力抱着那琉璃罐,胸脯感到了发痛。

有二伯又走来了,他先提起门旁的椅垫子,而后又来拿箱盖上的铜酒壶,等他把铜酒壶压在肚子上面,他才看到墙角站着的是我。

他立刻就笑了,我还从来没有看到过他笑得这样过分,把牙齿完全露在外面,嘴唇像是缺少了一个边。

"你不说么?"他的头顶站着无数很大的汗珠。

"说什么……"

"不说,好孩子……"他拍着我的头顶。

"那么,你让我把这个琉璃罐拿出去?"

"拿吧!"

他一点也没有看到我,我另外又在门旁的筐子里抓了五个馒头跑了。

等母亲说丢了东西的那天,我也站到她的旁边去。

我说:"那我也不知道。"

"这可怪啦……明明是锁着……可那儿来的钥匙呢?"母亲的尖

尖的下颚是向着家里的别的人说的。后来那歪脖的年青的厨夫也说：

"哼！这是谁呢？"

我又说："那我也不知道。"

可是我脑子上走着的，是有二伯怎样用腰带捆了那些椅垫子，怎样把铜酒壶压在肚子上，并且那酒壶就贴着肉的。并且有二伯好像在我的身体里边咬着那铁丝咖郎郎的响着似的。我的耳朵一阵阵的发烧，我把眼睛闭了一会。可是一睁开眼睛，我就向着那敞开的箱子又说：

"那我也不知道。"

后来我竟说出了："那我可没看见。"

等母亲找来一条铁丝，试着怎样可以做成钥匙，她扭了一些时候，那铁丝并没有扭弯。

"不对的……要用牙咬，就这样……一咬……再一扭……再一咬……"很危险，舌头若一滑转的时候，就要说了出来。我看见我的手已经在作着式子。

我开始把嘴唇咬得很紧，把手臂放在背后在看着他们。

"这可怪啦……这东西，又不是小东西……怎么能从院子走得出？除非是晚上……可是晚上就是来贼也偷不出去的……"母亲很尖的下颚使我害怕，她说的时候，用手推了推旁边的那张窗子：

"是啊！这东西是从前门走的，你们看……这窗子一夏就没有打开过……你们看……这还是去年秋天糊的窗缝子。"

"别绊脚！过去……"她用手推着我。

她又把这屋子的四边都看了看。

"不信……这东西去路也没有几条……我也能摸到一点边……不信……看着吧……这也不行啦。春天丢了一个铜火锅……说是放忘了地方啦……说是慢慢找，又是……也许借出去啦！那有那么一回事……早还了输赢账啦……当他家里人看待……还说不拿他当家里人看待,好哇……慢慢把房梁也拆走啦……"

"啊……啊!"那厨夫抓住了自己的围裙,擦着嘴角。那歪了的脖子和一根蜡签似的,好像就要折断下来。

母亲和别人完全走完了时,他还站在那个地方。

晚饭的桌上,厨夫问着有二伯:

"都说你不吃羊肉,那么羊肠你吃不吃呢?"

"羊肠也是不能吃。"他看着他自己的饭碗说。

"我说,有二爷,这炒辣椒里边,可就有一段羊肠,我可告诉你!"

"怎么早不说,这……这……这……"他把筷子放下来,他运动着又要红起来的脖颈,把头掉转过去,转得很慢,看起来就和用手去转动一只瓦盆那样迟滞。

"有二是个粗人,一辈子……什么都吃……就……是……不吃……这……羊……身上……的……不戴……羊……皮帽……子……不穿……羊……皮……衣裳……"他一个字一个字平板的说下去:

"下回……他说……杨安……你炒什么……不管菜汤里头……若有那羊身上的呀……先告诉我一声……有二不是那嘴馋的人!吃不吃不要紧……就是吃口咸菜……我也不吃那……羊……身……上……的……"

"可是有二爷,我问你一件事……你喝酒用什么酒壶喝呢?非用铜酒壶不可?"杨厨子的下巴举得很高。

"什么酒壶……还不一样……"他又放下了筷子,把旁边的锡酒壶格格的蹾了两下:"这不是吗?……锡酒壶……喝的是酒……酒好……就不在壶上……哼!也不……年青的时候,就总爱……这个……锡酒壶……把它擦得闪光湛亮……"

"我说有二爷……铜酒壶好不好呢?"

"怎么不好……一擦比什么都亮堂……"

"对了,还是铜酒壶好喔……哈……哈哈……"厨子笑了起来。他笑得在给我装饭的时候,几乎是抢掉了我的饭碗。

母亲把下唇拉长着,她的舌头往外边吹一点风,有几颗饭拉落在我的手上。

"哼!杨安……你笑我……不吃……羊肉,那真是吃不得:比方,我三个月就……没有了娘……羊奶把我长大的……若不是……还活了六十多岁……"

杨安拍着膝盖:"你真算是个有良心的人,为人没作过昧良心的事?是不是?我说,有二爷……"

"你们年青人,不信这话……这都不好……人要知道自家的来路……不好反回头去倒咬一口……人要知恩报恩……说书讲古上都说……比方羊……就是我的娘……不是……不是……我可活六十多岁?"他挺直了背脊,把那盘羊肠炒辣椒用筷子推开了一点。

吃完了饭,他退了出去,手里拿着那没有边沿的草帽。沿着砖路,他走下去了,那泥污的,好像两块朽木头似的……他的脚后跟随着那挂在脚尖上的鞋片在砖路上拖拖着而那头顶就完全像个小锅似的冒着气。

母亲跟那厨夫在起着高笑。

"铜酒壶……啊哈……还有椅垫子呢……问问他……他知道不知道?"杨厨夫,他的脖子上的那块疤痕,我看也大了一些。

我有点害怕母亲,她的完全露着骨节的手指,把一条很胖的鸡腿送到嘴上去,撕着,并且还露着牙齿。

又是一回母亲打我,我又跑到树上去,因为树枝完全没有了叶子,母亲向我飞来的小石子差不多每颗都像小钻子似的刺痛着我的全身。

"你再往上爬……再往上爬……拿杆子把你绞下来。"

母亲说着的时候,我觉得抱在胸前的那树干有些颤了,因为我已经爬到了顶梢,差不多就要爬到枝子上去了。

"你这小贴树皮,你这小妖精……我可真就算治不了你……"她就在树下徘徊着……许多工夫没有向我打着石子。

许多天,我没有上树,这感觉很新奇,我向四面望着,觉得只有我才比一切高了一点,街道上走着的人,车,附近的房子都在我的下面,就连后街上卖豆芽菜的那家的幌杆,我也和它一般高了。

"小死鬼……你滚下来不滚下来呀……"母亲说着"小死鬼"的时候,就好像叫着我的名字那般平常。

"啊! 怎样的?"只要她没有牢牢实实的抓到我,我总不十分怕她。

她一没有留心,我就从树干跑到墙头上去:"啊哈……看我站在什么地方?"

"好孩子啊……要站到老爷庙的旗杆上去啦……"回答着我的,不是母亲,是站在墙外的一个人。

"快下来……墙头不都是踏堆了吗? 我去叫你妈来打你。"是有二伯。

"我下不来啦,你看,这不是吗? 我妈在树根下等着我……"

"等你干什么?"他从墙下的板门走了进来。

"等着打我!"

"为啥打你?"

"尿了裤子。"

"还说呢……还有脸? 七八岁的姑娘……尿裤子……滚下来? 墙头踏坏啦!"他好像一只猪在叫唤着。

"把她抓下来……今天我让她认识认识我!"

母亲说着的时候,有二伯就开始卷着裤脚。

我想:这是做什么呢?

"好! 小花子,你看着……这还无法无天啦呢……你可等着……"

等我看见他真的爬上了那最低级的树叉,我开始要流出眼泪来,喉管感到特别发涨。

"我要……我要说……我要说……"

母亲好像没有听懂我的话,可是有二伯没有再进一步,他就蹲在那很粗的树叉上:

"下来……好孩子……不碍事的,你妈打不着你,快下来,明天吃完早饭二伯领你上公园……省得在家里她们打你……"

他抱着我,从墙头上把我抱到树上,又从树上把我抱下来。

我一边抹着眼泪一边听着他说:

"好孩子……明天咱们上公园。"

第二天早晨,我就等在大门洞里边,可是等到他走过我的时候,他也并不向我说一声:"走吧!"我从身后赶了上去,我拉住他的腰带:

"你不说今天领我上公园吗?"

"上什么公园……去玩去吧! 去吧……"只看着前面的道路,他并不看着我。昨天说的话好像不是他。

后来我就挂在他的腰带上,他摇着身子,他好像摆着贴在他身上的虫子似的摆脱着我。

"那我要说,我说铜酒壶……"

他向四边看了看,好像是叹着气:

"走吧? 绊脚星……"

一路上他也不看我,不管我怎样看中了那商店窗子里摆着的小橡皮人,我也不能多看一会,因为一转眼……他就走远了。等走在公园门外的板桥上，我就跑在他的前面。

"到了！到了啊……"我张开了两只胳臂，几乎自己要飞起来那么轻快。

没有叶子的树，公园里面的凉亭，都在我的前面招呼着我。一走进公园去，那跑马戏的锣鼓的声音，就震着我的耳朵，几乎把耳朵震聋了的样子，我有点不辨方向了。我拉着有二伯烟荷包上的小圆葫芦向前走。经过白色布棚的时候，我听到里面喊着：

"怕不怕？"

"不怕。"

"敢不敢？"

"敢哪……"

不知道有二伯要走到什么地方去？

棚棚戏，西洋景……耍猴的……耍熊瞎子的……唱木偶戏的。这一些我们都走过来了，再往那边去，就什么也看不见了。并且地上的落叶也厚了起来，树叶子完全盖着我们在走着的路径。

"二伯！我们不看跑马戏的？"

我把烟荷包上的小圆葫芦放开，我和他距离开一点，我看着他的脸色：

"那里头有老虎……老虎我看过。我还没有看过大象。人家说这伙马戏班子是有三匹象：一匹大的两匹小的，大的……大的……人家说，那鼻子，就只一根鼻子比咱家烧火的叉子还长……"

他的脸色完全没有变动。我从他的左边跑到他的右边。又从右边跑到左边：

"是不是呢？有二伯，你说是不是……你也没看见过？"

因为我是倒退着走，被一条露在地面上的树根绊倒了。

"好好走！"他也并没有拉我。

我自己起来了。

公园的末角上,有一座茶亭,我想他到这个地方来,他是渴了! 但他没有走进茶亭去,在茶亭后边,有和房子差不多,是席子搭起来的小房。

他把我领进去了,那里边黑洞洞的,最里边站着一个人,比画着,还打着什么竹板。有二伯一进门,就靠边坐在长板凳上,我就站在他的膝盖前,我的腿站得麻木了的时候,我也不能懂得那人是在干什么?他还和姑娘似的带着一条辫子,他把腿伸开了一只,像打拳的样子,又缩了回来,又把一只手往外推着……就这样走了一圈,接着又"叭"打了一下竹板。唱戏不像唱戏,要猴不像要猴,好像卖膏药的,可是我也看不见有人买膏药。

后来我就不向前边看,而向四面看,一个小孩也没有。前面的板凳一空下来,有二伯就带着我升到前面去,我也坐下来,但我坐不住,我总想看那大象。

"二伯,咱们看大象去吧,不看这个。"

他说:"别闹,别闹,好好听……"

"听什么,那是什么?"

"他说的是关公斩蔡阳……"

"什么关公哇?"

"关老爷,你没去过关老爷庙吗?"

我想起来了,关老爷庙里,关老爷骑着红色的马。

"对吧! 关老爷骑着红色……"

"你听着……"他把我的话截断了。

我听了一会还是不懂,于是我转过身来,面向后坐着,还有一个瞎子,他的每一个眼球上盖着一个白泡。还有一个一条腿的人,手里还拿着木杖。坐在我旁边的人,那人的手包了起来,用一条布带挂到脖子上去。

等我听到"叭叭叭"的响了一阵竹板之后,有二伯还流了几颗眼泪。

我是一定要看大象的,回来的时候再经过白布棚我就站着不动了。

"要看,吃完晌饭再来看……"有二伯离开我慢慢的走着:"回去,回去吃完晌饭再来看。"

"不吗!饭我不吃,我不饿,看了再回去。"我拉住他的烟荷包。

"人家不让进,要买'票'的,你没看见……那不是把门的人吗?"

"那咱们不好也买'票'!"

"哪来的钱……买'票'两个人要好几拾吊钱。"

"我看见啦,你有钱,刚才在那棚子里你不是还给那个人钱来吗?"我贴到他的身上去。

"那才给几个铜钱!多啦没有,你二伯多啦没有。"

"我不信,我看有一大堆!"我跷着脚尖!掀开了他的衣襟,把手探进他的衣兜里去。

"是吧!多啦没有吧!你二伯多啦没有,没有进财的道……也就是个月七成的看个小牌,赢两吊……可是输的时候也不少。哼哼。"他看着拿在我手里的五六个铜元。

"信了吧!孩子,你二伯多啦没有……不能有……"一边走下了木桥,他一边说着。

那马戏班子的喊声还是那么热烈的在我们的背后反复着。

有二伯在木桥下那围着一群孩子,抽签子的地方也替我抛上两个铜元去。

我一伸手就在铁丝上拉下一张纸条来,纸条在水碗里面立刻变出一个通红的"五"字。

"是个几?"

"那不明明是个五吗?"我用肘部击撞着他。

"我那认得呀!你二伯一个字也不识,一天书也没念过。"

回来的路上,我就不断的吃着这五个糖球。

第二次,我看到有二伯偷东西,好像是第二年的夏天,因为那马蛇菜的花,开得过于鲜红,院心空场上的高草,长得比我的年龄还快,它超过我了,那草场上的蜂子,蜻蜓,还更来了一些不知名的小虫,也来了一些特殊的草种,它们还会开着花,淡紫色的,一串一串的,站在草场中,它们还特别的高,所以那花穗和小旗子一样动荡在草场上。

吃完了午饭,我是什么也不做,专等着小朋友们来,可是他们一个也不来。于是我就跑到粮食房子去,因为母亲在清早端了一个方盘走进去过。我想那盘中……哼……一定是有点什么东西?

母亲把方盘藏得很巧妙,也不把它放在米柜上,也不放在粮食仓子上,她把它用绳子吊在房梁上了。我正在看着那奇怪的方盘的时候,我听到板仓里好像有耗子,也或者墙里面有耗子……总之,我是听到了一点响动……过了一会竟有了喘气的声音,我想不会是黄鼠狼子?我有点害怕,就故意用手拍着板仓,拍了两下,听听就什么也没有了……可是很快又有什么东西在喘气……咝咝的……好像肺管里面起着泡沫。

这次我有点暴躁:

"去!什么东西……"

有二伯的胸部和他红色的脖子从板仓伸出来一段……当时,我疑心我也许是在看着木偶戏!但那顶窗透进来的太阳证明给我,被那金红色液体的东西染着的正是有二伯尖长的突出的鼻子……他的胸膛在白色的单衫下面不能够再压制得住,好像小波浪似的在雨点里面任意的跳着。

他一点声音也没有作，只是站着，站着……他完全和一只受惊的公羊那般愚傻！

我和小朋友们，捉着甲虫，捕着蜻蜓，我们做这种事情，永不会厌倦。野草，野花，野的虫子，它们完全经营在我们的手里，从早晨到黄昏。

假若是个晴好的夜，我就单独留在草丛里边，那里有闪光的甲虫，有虫子低微的吟鸣，有高草摇着的夜影。

有时我竟压倒了高草，躺在上面，我爱那天空，我爱那星子……听人说过的海洋，我想也就和这天空差不多了。

晚饭的时候，我抱着一些装满了虫子的盒子，从草丛回来，经过粮食房子的旁边，使我惊奇的是有二伯还站在那里，破了的窗洞口露着他发青的嘴角和灰白的眼圈。

"院子里没有人吗?"好像是生病的人喑哑的喉咙。

"有! 我妈在台阶上抽烟。"

"去吧!"

他完全没有笑容，他苍白，那头发好像墙头上跑着的野猫的毛皮。

饭桌上，有二伯的位置，那木凳上蹲着一匹小花狗。它戏耍着的时候，那卷尾巴和那铜铃完全引人可爱。

母亲投了一块肉给它。歪脖的厨子从汤锅里取出一块很大的骨头来……花狗跳到地上去，追了那骨头发了狂，那铜铃暴躁起来……

小妹妹笑得用筷子打着碗边，厨夫拉起围裙来擦着眼睛，母亲却把汤碗倒翻在桌子上了。

"快拿……快拿抹布来，快……流下来啦……"她用手按着嘴，可是总有些饭粒喷出来。

厨夫收拾桌子的时候，就点起煤油灯来，我面向着菜园坐在门槛上，从门道流出来的黄色的灯光当中，砌着我圆圆的头部和肩膀，我时时举动着手,揩着额头的汗水,每揩了一下,那影子也学着我揩了一下。透过我单衫的晚风,像是青蓝色的河水似的清凉……后街,粮米店的胡琴的声音也响了起来,幽远的回音,东边也在叫着,西边也在叫着……日里黄色的花变成白色的了,红色的花,变成黑色的了。

火一样红的马蛇菜的花也变成黑色的了。同时,那盘结着墙根的野马蛇菜的小花,就完全看不见了。

有二伯也许就踏着那些小花走去的,因为他太接近了墙根,我看着他……看着他……他走出了菜园的板门。

他一点也不知道,我从后面跟了上去。因为我觉得奇怪,他偷这东西做什么呢?也不好吃,也不好玩。

我追到了板门,他已经过了桥,奔向着东边的高冈。高冈上的去路,宽宏而明亮。两边排着的门楼在月亮下面,我把它们当成庙堂一般想像。

有二伯的背上那圆圆的小袋子我还看得见的时候,远处,在他的前方,就起着狗叫了。

第三次我看见他偷东西,也许是第四次……但这也就是最后的一次。

他捎了大澡盆从菜园的边上横穿了过去,一些龙头花被他撞掉下来。这次好像他一点也不害怕,那白洋铁的澡盆刚郎刚郎的埋没着他的头部在呻叫。

并且好像大块的白银似的,那闪光照耀得我很害怕,我靠到墙根上去,我几乎是发呆的站着。

我想:母亲抓到了他,是不是会打他呢?同时我又起了一种佩服他的心情:"我将来也敢和他这样偷东西吗?"

但我又想:我是不偷这东西的,偷这东西干什么呢?这样大,放到那里母亲也会捉到的。

但有二伯却顶着它，像是故事里银色的大蛇似的走去了。

以后，我就没有看到他再偷过。但我又看到了别样的事情，那更危险，而且又常常发生，比方我在高草中正捏住了蜻蜓的尾巴……鼓冬……板墙上有一块大石头似的抛了过来，蜻蜓无疑的是飞了。比方夜里，我就不敢再沿着那道板墙去捉蟋蟀，因为不知什么时候有二伯会从墙顶落下来。

丢了澡盆之后，母亲把三道门都下了锁。

所以小朋友们之中，我的蟋蟀捉得最少。因此我就怨恨有二伯：

"你总是跳墙，跳墙……人家蟋蟀都不能捉了！"

"不跳墙……说得好，有谁给开门呢？"他的脖子挺得很直。

"杨厨子开吧……"

"杨……厨子……哼……你们是家里人……支使得动他……你二伯……"

"你不会喊！叫他……叫他听不着，你就不会打门……"我的两只手，向两边摆着。

"哼……打门……"他的眼睛用力往低处看去。

"打门再听不着，你不会用脚踢……"

"踢……锁上啦……踢他干什么！"

"那你就非跳墙不可，是不是？跳也不轻轻跳，跳得那样吓人？"

"怎么轻轻的？"

"像我跳墙的时候，谁也听不着，落下来的时候，是蹲着……两只膀子张开……"我平地就跳了一下给他看。

"小的时候是行啊……老了，不行啦！骨头都硬啦！你二伯比你大六十岁，那儿还比得了？"

他嘴角上流下来一点点的笑来。右手拿抓着烟荷包，左手摸着站在旁边的大白狗的耳朵……狗的舌头舐着他。

可是我总也不相信,怎么骨头还会硬与不硬？骨头不就是骨头吗？猪骨头我也咬不动,羊骨头我也咬不动,怎么我的骨头就和有二伯的骨头不一样？

所以,以后我拾到了骨头,就常常彼此把它们磕一磕。遇到同伴比我大几岁的,或是小一岁的,我都要和他们试试,怎样试呢？撞一撞拳头的骨节,倒是软多少硬多少？但总也觉不出来。若用力些就撞得很痛。第一次来撞的是哑巴——管事的女儿。起先她不肯,我就告诉她:

"你比我小一岁,来试试,人小骨头是软的,看看你软不软？"

当时,她的骨节就红了,我想:她的一定比我软。可是,看看自己的也红了。

有一次,有二伯从板墙上掉下来,他摔破了鼻子。

"哼！没加小心……一只腿下来……一只腿挂在墙上……哼！闹个大头朝下……"

他好像在嘲笑着他自己,并不用衣襟或是什么揩去那血,看起来,在流血的似乎不是他自己的鼻子,他挺着很直的背脊走向厢房去,血条一面走着一面更多的画着他的前襟。已经染了血的手是垂着,而不去按住鼻子。

厨夫歪着脖子站在院心,他说:

"有二爷,你这血真新鲜……我看你多摔两个也不要紧……"

"哼！小伙子,谁也从年青过过！就不用挖苦……慢慢就有啦……"他的嘴还在血条里面笑着。

过一会,有二伯裸着胸脯和肩头,站在厢房门口,鼻了孔塞着两块小东西,他喊着:

"老杨……杨安……有单裤子借给穿穿……明天这件干啦！就

141

把你的脱下来……我那件掉啦膀子。夹的送去做，还没倒出工夫去拿……"他手里抖着那件洗过的衣裳。

"你说什么？"杨安几乎是喊着："你送去做的夹衣裳还没倒出工夫去拿？有二爷真是忙人！衣服做都做好啦……拿一趟就没有工夫去拿……有二爷真是二爷，将来要用个跟班的啦……"

我爬着梯子，上了厢房的房顶，听着街上是有打架的，上去看一看。房顶上的风很大，我打着颤子下来了。有二伯还赤着臂膀站在檐下。那件湿的衣裳在绳子上拍拍的被风吹着。

点灯的时候，我进屋去加了件衣裳，很例外我看到有二伯单独的坐在饭桌的屋子里喝酒，并且更奇怪的是杨厨子给他盛着汤。

"我各自盛吧！你去歇歇吧……"有二伯和杨安争夺着汤盆里的勺子。

我走去看看，酒壶旁边的小碟子里还有两片肉。

有二伯穿着杨安的小黑马褂，腰带几乎是束到胸脯上去。他从来不穿这样小的衣裳，我看他不像个有二伯，像谁呢？也说不出来？他嘴在嚼着东西，鼻子上的小塞还会动着。

本来只有父亲晚上回来的时候，才单独的坐在洋灯下吃饭。在有二伯，就很新奇，所以我站着看了一会。

杨安像个弯腰的瘦甲虫，他跑到客室的门口去……

"快看看……"他歪着脖子："都说他不吃羊肉……不吃羊肉……肚子太小，怕是胀破了……三大碗羊汤喝完啦……完啦……哈哈哈……"他小声的笑着，做着手势，放下了门帘。

又一次，完全不是羊肉汤……而是牛肉汤……可是当有二伯拿起了勺子，杨安就说：

"羊肉汤……"

他就把勺子放下了，用筷子夹着盘子里的炒茄子，杨安又告诉他：

"羊肝炒茄子。"

他把筷子去洗了洗,他自己到碗橱去拿出了一碟酱咸菜,他还没有拿到桌子上,杨安又说:

"羊……"他说不下去了。

"羊什么呢……"有二伯看着他:

"羊……羊……唔……是咸菜呀……嗯! 咸菜里边说干净也不干净……"

"怎么不干净?"

"用切羊肉的刀切的咸菜。"

"我说杨安,你可不能这样……"有二伯离着桌子很远,就把碟子摔了上去,桌面过于光滑,小碟在上面呱呱的跑着,撞在另一个盘子上才停住。

"你杨安……可不用欺生……姓姜的家里没有你……你和我也是一样,是个外棵秧! 年青人好好学……怪模怪样的……将来还要有个后成……"

"呃呀呀! 后成! 就算绝后一辈子吧……不吃羊肠……麻花铺子炸面鱼,假腥气……不吃羊肠,可吃羊肉……别装扮着啦……"杨安的脖子因为生气直了一点。

"兔羔子……你他妈……阳气什么?"有二伯站起来向前走去。

"有二爷,不要动那样大的气……气大伤身不养家……我说,咱爷俩都是跑腿子……说个笑话……开个心……"厨子嗷嗷的笑着:"那里有羊肠呢……说着玩……你看你就不得了啦……"

好像站在公园里的石人似的,有二伯站在地心。

"……别的我不生气……闹笑话,也不怕闹……可是我就忌讳这羊……这不是好闹笑话的……前年我不知道,吃过一回……后来知道啦,病啦半个多月……后来这脖上生了一块疮算是好啦……吃一回羊肉倒不算什么……就是心里头放不下,就好像背了自己的良心……背良心的事不做……做了那后悔是受不住的。有二不吃羊肉也就是为的这个……"喝了一口冷水之后,他还是抽烟。

别人一个一个的开始离开了桌子……

从此有二伯的鼻子常常塞着小塞,后来又说腰痛,后来又说腿痛。他走过院心,不像从前那么挺直,有时身子向一边歪着,有时用手拉住自己的腰带……大白狗跟着他前后的跳着的时候,他躲闪着它:

"去吧……去吧!"他把手梢缩在袖子里面,用袖口向后扫摆着。

但,他开始诅骂更小的东西,比方一块砖头打在他的脚上,他就坐下来,用手按住那砖头,好像他疑心那砖头会自己走到他脚上来的一样。若当鸟雀们飞着时,有什么脏污的东西落在他的袖子或是什么地方,他就一面抖掉它,一面对着那已经飞过去的小东西讲着话:

"这东西……啊哈!会找地方,往袖子上掉……你也是个瞎眼睛,掉,就往那个穿绸穿缎的身上掉!往我这掉也是白……穷跑腿子……"

他擦净了袖子,又向他头顶上那块天空看了一会,才重新走路。

板墙下的蟋蟀没有了,有二伯也好像不再跳板墙。早晨厨子挑水的时候,他就跟着水桶通过板门去,而后向着井沿走,就坐在井沿旁的空着的碾盘上。差不多每天我拿了钥匙放小朋友们进来时,他总是在碾盘上招呼着:

"花子……等一等你二伯……"我看他像鸭子在走路似的。"你二伯真是不行了……眼看着……眼看着孩子们往这面来,可是你二伯就追不上……"

他一进了板门,又坐在门边的木樽上。他的一只脚穿着袜子,另一只的脚趾捆了一段麻绳,他把麻绳抖开,在小布片下面,那肿胀的脚趾上还腐了一小块。好像茄子似的脚趾，他又把它包扎起来。

"今年的运气十分不好……小毛病紧着添……"他取下来咬在嘴上的麻绳。

以后当我放小朋友进来的时候，不是有二伯招呼着我，而是我招呼着他。因为关了门，他再走到门口，给他开门的人也还是我。

在碾盘上不但坐着，他后来就常常睡觉，他睡得就像完全没有了感觉似的，有一个花鸭子伸着脖颈啄着他的脚心，可是他没有醒，他还是把脚伸在原来的地方。碾盘在太阳下闪着光，他像是睡在圆镜子上边。

我们这些孩子们抛着石子和飞着沙土，我们从板门冲出来，跑到井沿上去，因为井沿上有更多的石子，我把我的衣袋装满了它们，我就蹲在碾盘后和他们作战，石子在碾盘上"叭"，"叭"，好像还冒着一道烟。

有二伯，闭着眼睛，忽然抓了他的烟袋。

"王八蛋，干什么……还敢来……还敢上……"

他打着他的左边和右边，等我们都集拢来看他的时候，他才坐起来。

"……妈的……做了一个梦……那条道上的狗真多……连小狗崽也上来啦……让我几烟袋锅子就全数打了回去……"他揉一揉手骨节，嘴角上流下笑来："妈的……真是那么个滋味……做梦狗咬啦呢……醒啦还有点疼……"

明明是我们打来的石子，他说是小狗崽，我们都为这事吃惊而得意。跑开了，好像散开的鸡群，吵叫着，展着翅膀。

他打着呵欠："呵……呵呵……"在我们背后像小驴子似的叫着。

我们回头看他，他和要吞食什么一样，向着太阳张着嘴。

那下着毛毛雨的早晨，有二伯就坐到碾盘上去了。杨安担着水桶从板门来来往往的走了好几回……杨安锁着板门的时候，他就说：

"有二爷子这几天可真变样……那神气，我看几天就得进庙啦……"

我从板缝往西边看看，看不清是有二伯，好像小草堆似的，在雨里边浇着。

"有二伯……吃饭啦!"我试着喊了一声。

回答我的，只是我自己的回响："呜呜"的在我的背后传来。

"有二伯，吃饭啦!"这次把嘴唇对准了板缝。

可是回答我的又是"呜呜"。

下雨的天气永远和夜晚一样，到处好像空瓶子似的，随时被吹着随时发着响。

"不用理他……"母亲在开窗子："他是找死……你爸爸这几天就想收拾他呢……"

我知道这"收拾"是什么意思：打孩子们叫"打"，打大人就叫"收拾"。

我看到一次，因为看纸牌的事情，有二伯被管事的"收拾"了一回。可是父亲，我还没有看见过，母亲向杨厨子说：

"这几年来，他爸爸不屑理他……总也没在他身上动过手……可是他的骄毛越长越长……贱骨头，非得收拾不可……若不然……他就不自在。"

母亲越说"收拾"我就越有点害怕，在什么地方"收拾"呢？在院心，管事的那回可不是在院心，是在厢房的炕上。那么这回也要在厢房里！是不是要拿着烧火的叉子？那回管事的可是拿着。我又想起来小哑巴，小哑巴让他们踏了一脚，手指差一点没有踏断。到现在那小手指还不是弯着吗？

有二伯一面敲着门一面说着：

"大白……大白……你是没心肝的……你早晚……"等大白狗从板墙跳出去,他又说:"去……去……"

"开门!没有人吗?"

我要跑去的时候,母亲按住了我的头顶:"不用你显勤快!让他站一会吧,不是吃他饭长的……"

那声音越来越大了,真是好像用脚踢着。

"没有人吗?"每个字的声音完全喊得一平。

"人倒是有,倒不是侍候你的……你这份老爷子不中用……"母亲的说话,不知有二伯听到没有听到?

但那板门暴乱起来:

"死绝了吗? 人都死绝啦……"

"你可不用假装疯魔……有二,你骂谁呀……对不住你吗?"母亲在厨房里叫着:"你的后半辈吃谁的饭来的……你想想,睡不着觉思量思量……有骨头,别吃人家的饭? 讨饭吃,还嫌酸……"

并没有回答的声音,板墙隆隆的响着,等我们看到他,他已经是站在墙这边了。

"我……我说……四妹子……你二哥说的是杨安,家里人……我是不说的……你二哥,没能耐不是假的,可是吃这碗饭,你可也不用委曲……"我奇怪要打架的时候,他还笑着:"有四兄弟在……算账咱们和四兄弟算……"

"四兄弟……四兄弟屑得跟你算……"母亲向后推着我。

"不屑得跟你二哥算……哼! 那天咱们就算算看……那天四兄弟不上学堂……咱们就算算看……"他哼哼的,好像水洗过的小瓦盆似的没有边沿的草帽切着他的前额。

他走过的院心上,一个一个的留下了泥窝。

"这死鬼……也不死……脚烂啦! 还一样会跳墙……"母亲像是

故意让他听到。

"我说四妹子……你们说的是你二哥……哼哼……你们能说出口来？我死……人不好那样,谁都是爹娘养的,吃饭长的……"他拉开了厢房的门扇,就和拉着一片石头似的那样用力,但他并不走进去。"你二哥,在你家住了三十多年……那一点对不住你们;拍拍良心……一根草棍也没给你们糟踏过……唉……四妹子……这年头……没处说去……没处说去……人心看不见……"

我拿着满手的柿子,在院心滑着跳着跑到厢房去,有二伯在烤着一个温暖的火堆,他坐得那么刚直,和门旁那只空着的大坛子一样。

"滚……鬼头鬼脑的……干什么事？你们家里头尽是些耗子。"我站在门口还没有进去,他就这样的骂着我。

我想:可真是,不怪杨厨子说,有二伯真有点变了。他骂人也骂得那么奇怪,尽是些我不懂的话,"耗子","耗子"与我有什么关系! 说它干什么？

我还是站在门边,他又说:

"王八羔子……兔羔子……穷命……狗命……不是人……在人里头缺点什么……"他说的是一套一套的,我一点也记不住。

我也学着他,把鞋脱下来,两个鞋底相对起来,坐在下面。

"这你孩子……人家什么样,你也什么样! 看着葫芦就画瓢……那好的……新新的鞋子就坐……"他的眼睛就像坛子上没有烧好的小坑似的向着我。

"那你怎么坐呢!"我把手伸到火上去。

"你二伯坐……你看看你二伯这鞋……坐不坐都是一样,不能要啦! 穿啦它二年整。"把鞋从身下抽出来,向着火看了许多工夫。他忽然又生起气来……

"你们……这都是天堂的呀……你二伯像你那大……靡穿过

鞋……那来的鞋呢？放猪去，拿着个小鞭子就走……一天跟着太阳出去……又跟着太阳回来……带着两个饭团就算是晌饭……你看看你们……馒头干粮，满院子滚！我若一扫院子就准能捡着几个……你二伯小时候连馒头边都……都摸不着哇！如今……连大白狗都不去吃啦……"

他的这些话若不去打断他，他就会永久说下去：从幼小说到长大，再说到锅台上的瓦盆……再从瓦盆回到他幼年吃过的那个饭团上去。我知道他又是这一套，很使我起反感，我讨厌他，我就把红柿子放在火上去烧着，看一看烧熟是个什么样？

"去去……那有你这样的孩子呢？人家烘点火暖暖……你也必得弄灭它……去，上一边去烧去……"他看着火堆喊着。

我穿上鞋就跑了，房门是开着，所以那骂的声音很大：

"鬼头鬼脑的，干些什么事？你们家里……尽是些耗子……"

有二伯和后园里的老茄子一样，是灰白了，然而老茄子一天比一天静默下去，好像完全任凭了命运。可是有二伯从东墙骂到西墙，从扫地的扫帚骂到水桶……而后他骂着他自己的草帽……

"……王八蛋……这是什么东西……去你的吧……没有人心！夏不遮凉冬不抗寒……"

后来他还是把草帽戴上，跟着杨厨子的水桶走到井沿上去，他并不坐到石碾上，跟着水桶又回来了。

"王八蛋……你还算个牲口……你黑心粒……"他看看墙根的猪说。

他一转身又看到了一群鸭子：

"那天都杀了你们……一天到晚呱呱的……他妈的若是个人，也是个闲人。都杀了你们……别享福……吃得溜溜胖……溜溜肥……"

后园里的葵花子，完全成熟了，那过重的头柄几乎折断了它自己的身子。玉米有的只带了叶子站在那里,有的还挂着稀少的玉米棒。黄瓜老在架上了,赫黄色的,麻裂了皮,有的束上了红色的带子,母亲规定了它们:来年做为种子。葵花子也是一样,在它们的颈间也有的是挂了红布条。只有已经发了灰白的老茄子还都自由的吊在枝桠上,因为它们的内面,完全是黑色的子粒,孩子们既然不吃它,厨子也总不采它。

只有红柿子,红得更快,一个跟着一个,一堆跟着一堆。好像捣衣裳的声音,从四面八方传来了一样。

有二伯在一个清凉的早晨,和那捣衣裳的声音一道倒在院心了。

我们这些孩子们围绕着他,邻人们也围绕着他。但当他爬起来的时候,邻人们又都向他让开了路。

他跑过去,又倒下来了。父亲好像什么也没做,只在有二伯的头上拍了一下。

照这样做了好几次,有二伯只是和一条卷虫似的滚着。

父亲却和一部机器似的那么灵巧。他读书看报时的眼镜也还戴着,他又着腿,有二伯来了的时候,我看见他的白绸衫的襟角很和谐的抖了一下。

"有二……你这小子混蛋……一天到晚,你骂什么……有吃有喝,你还要挣命……你个祖宗的!"

有二伯什么声音也没有。倒了的时候,他想法子爬起来,爬起来,他就向前走着,走到父亲的地方,他又倒了下来。

等他再倒了下来的时候,邻人们也不去围绕着他。母亲始终是站在台阶上。杨安在柴堆旁边,胸前立着竹帚……邻家的老祖母在板门外被风吹着她头上的蓝色的花。还有管事的……还有小哑巴……还有我不认识的人,他们都靠到墙根上去。

到后来有二伯枕着他自己的血,不再起来了,脚趾上扎着的那块麻绳脱落在旁边,烟荷包上的小圆葫芦,只留了一些片沫在他的左近。鸡叫着,但是跑得那么远……只有鸭子来啄食那地上的血液。

我看到一个绿头顶的鸭子和一个花脖子的。

冬天一来了的时候,那榆树的叶子,连一棵也不能够存在,因为是一棵孤树,所有从四面来的风,都摇得到它。所以每夜听着火炉盖上茶壶哑哑的声音的时候,我就从后窗看着那棵大树,白的,穿起了鹅毛似的……连那顶小的枝子也胖了一些。太阳来了的时候,榆树也会闪光,和闪光的房顶,闪光的地面一样。

起初,我们是玩着堆雪人,后来就厌倦了,改为拖狗爬犁了,大白狗的脖子上每天束着绳子,杨安给我们做起来的爬犁。起初,大白狗完全不走正路,它往狗窝里面跑,往厨房里面跑。我们打着它,终于使它习惯下来,但也常常兜着圈子,把我们全数扣在雪地上。它每这样做了一次,我们就一天不许它吃东西,嘴上给它挂了龙头。

但这它又受不惯,总是闹着,叫着……用腿抓着雪地,所以我们把它束到马桩子上。

不知为什么? 有二伯把它解了下来,他的手又颤颤得那么厉害。

而后他把狗牵到厢房里去,好像牵着一匹小马一样……

过了一会出来了,白狗的背上压着不少东西:草帽顶,铜水壶,豆油灯碗,方枕头,团蒲扇……小圆筐……好像一辆搬家的小车。

有二伯则挟着他的棉被。

"二伯! 你要回家吗?"

他总常说"走走"。我想"走"就是回家的意思。

"你二伯……嗯……"那被子流下来的棉花一块一块的沾污了雪地,黑灰似的在雪地上滚着。

还没走到板门,白狗就停下了,并且打着,他有些牵不住它了。

"你不走吗？你……大白……"

我取来钥匙给他开了门。

在井沿的地方，狗背上的东西，就全都弄翻了。在石碾上摆着小圆筐和铜茶壶这一切。

"有二伯……你回家吗？"若是不回家为什么带着这些东西呢！

"嗯……你二伯……"

白狗跑得很远的了。

"这儿不是你二伯的家，你二伯别处也没有家。"

"来……"他招呼着大白狗："不让你背东西……就来吧……"

他好像要去抱那狗似的张开了两臂。

"我要等到开春……就不行……"他拿起了铜水壶和别的一切。

我想他是一定要走了。

我看着远处白雪里边的大门。

但他转回身去，又向着板门走了回来，他走动的时候，好像肩上担着水桶的人一样，东边摇着，西边摇着。

"二伯，你是忘下了什么东西？"

但回答着我的，只有水壶盖上的铜环……咯铃铃咯铃铃……

他是去牵大白狗吧？对这件事我很感到趣味，所以我抛弃了小朋友们，跟在有二伯的背后。

走到厢房门口，他就进去了，戴着龙头的白狗，他像没有看见它。

他是忘下了什么东西？

但他什么也不去拿，坐在炕沿上，那所有的全套的零碎完全照样在背上和胸上压着他。

他开始说话的时候，连自己也不能知道我是已经向着他的旁边走去。

"花子！你关上门……来……"他按着从身上退下来的东西……

"你来看看!"

我看到的是些什么呢?

掀起席子来,他抓了一把:

"就是这个……"而后他把谷粒抛到地上:"这不明明是往外撵我吗……腰疼……腿疼没有人看见……这炕暖倒记住啦! 说是没有米吃,这谷子又潮湿……垫在这炕下炀几天……十几天啦……一寸多厚……烧点火还能热上来……哎! ……想是等到开春……这衣裳不抗风……"

他拿起扫帚来,扫着窗棂上的霜雪,又扫着墙壁:

"这是些什么? 吃糖可就不用花钱?"

随后他烧起火来,柴草就着在灶口外边,他的胡子上小白冰溜变成了水,而我的眼睛流着泪……那烟遮没了他和我。

他说他七岁上被狼咬了一口,八岁上被驴子踢掉一个脚趾……我问他:

"老虎,真的,山上的你看见过吗?"

他说:"那倒没有。"

我又问他:

"大象你看见过吗?"

而他就不说到这上面来。他说他放牛放了几年,放猪放了几年……

"你二伯三个月没有娘……六个月没有爹……在叔叔家里住到整整七岁,就像你这么大……"

"像我这么大怎的呢?"他不说到狼和虎我就不愿意听。

"像你那么大就给人家放猪去啦吧……"

"狼咬你就是像我那大咬的? 咬完啦,你还敢再上山不敢啦……"

"不敢,哼……在自家里是孩子……在别人就当大人看……不敢……不敢……回家去……你二伯也是怕呀……为此哭过一些……好打也挨过一些……"

我再问他:"狼就咬过一回?"

他就不说狼,而说一些别的:又是那年他给人家当过喂马的……又是我爷爷怎么把他领到家里来的……又是什么五月里樱桃开花啦……又是:"你二伯前些年也想给你娶个二大娘……"

我知道他又是从前那一套,我冲开了门站在院心去了。被烟所伤痛的眼睛什么也不能看了,只是流着泪……

但有二伯摊在火堆旁边,幽幽的起着哭声……

我走向上房去了,太阳晒着我,还有别的白色的闪光,它们都来包围了我;或是在前面迎接着,或是从后面迫赶着。我站在台阶上,向四面看看,那么多纯白而闪光的房顶!那么多闪光的树枝!它们好像白石雕成的珊瑚树似的站在一些房子中间。

有二伯的哭声更高了的时候,我就对着这眼前的一切更爱:它们多么接近,比方雪地是踏在我的脚下,那些房顶和树枝就是我的邻家,太阳虽然远一点,然而也来照在我的头上。

春天,我进了附近的小学校。

有二伯从此也就不见了。

九月四日,一九三六年,东京

亚　丽①

一

已经黄昏了,我从外面回来,身子感觉得一些疲倦。

很匆匆的走进自己的房里,脱掉外衣,伸了个懒腰,即刻就躺在床上去了。

同屋的那女人尖唳的咆哮是那么有力量的窜入脑袋,很快的,没有头绪的烦闷在混乱的动摇了。"这男人是只怕再找不出的老实……"脑袋中浮起了一个懦怯的中年人底影子——蓬着的头,黄瘦的脑袋,两手放在裤子口袋里来回的拖着颓唐的脚步,沉默着,犹如他的喉咙给软木塞塞住了似的。

"没用的东西,原来你们的性根就是如此的,哼……"这泼辣的教

---

① 该篇创作时间不详,首刊于一九三六年十一月十六日上海《大沪晚报》第三版,署名萧红。

训,谁不相信是父亲责骂着他的儿子,这女人的生疏的中国话的声音是那么做着的勉强,听着时正如听齿子磨着齿子的令人难过。

独自埋身在寂寞里,思想无涯岸的展开着。

忽然亚丽的影子闪入眼中,我惊奇的跳了起去。

亚丽——老实的中年人的女儿,一个极静美的可爱的姑娘,两块醉人的红色的面颊,常常是带着不可捉摸的神秘的感伤,低着头,美丽的眼睛常常呆呆凝视着地上的灰尘。

亚丽站在我的面前犹如古庙的神女的塑像,她的脸上挂上泪珠,这美感悲哀折毁我忐忑的心灵破破碎。

"什么事,亚丽,不是……"我战颤的问她。

她的手冰冷,她的脸渐变为苍白。

她呆痴的如给魔鬼抓着了喉咙,然而,很机警的望望门外,她想走可又站住了,像在思索……

"我们明天搬家……"声音如钢锯的颤动。

这消息毁坏了我的脑袋,我木鸡似的呆住。

那泼悍的声音呼唤着亚丽,她犹豫的不安的站着,突然的,如猛醒过来惊慌的跑出去了。

二

亚丽他们搬出去了整整的有一个星期。

星期六的傍晚,亚丽来拜访我了,那力量给与了我生活的安慰,并不是一种普通的诱惑。

阳光忧郁的懒懒的射进窗子,清凉的微风殷殷的带来了黄昏的悲哀的暮气。

亚丽默默的低着头,几天来她的脸毕竟给与苍白毁灭了。然而,这愈增加了她的美丽——动人心地的感伤。虽然,我与她仅只同屋二月,平时极少交谈,也许正因此我们心里的感触是那老练的透明。

我爱亚丽的天赋的感伤,我爱她温柔的沉默;我们静静的默坐,犹如我们在欣赏几首悲哀的豪雄的大力的生活之赞美诗,我们中间永不会给与寂寞来进攻。

一只鸟在窗前掠过去,风飘着一片落叶。

夜幕慢慢伸展开来。

"飞鸟的生涯是美丽的,落叶又为什么给风飘着呢?"亚丽望着窗外缓缓的说,这是感伤的季节哟!

"我们为什么不是飞鸟呢?……"我感动的说着。

"精神在灵魂内会掘发出世界窄隘,简陋,寥寂,悲感。精神内才会埋伏着愤怒与力量;人生……"她的声音如同祈祷,如同背诵着美丽的诗句。

"亚丽!……"我疑惑着那泼辣的异国女人会生出亚丽,我失声地叫了出来,接着很犹像地问:

"你的故乡是什么地方呢?……"

亚丽失常的凝视着我,她没有回答,慢慢的她掉下泪来,她面上的伤感简直将我撕成碎片。

"亚丽!……你太伤感了! 你要知道眼泪与悲哀毫无裨益,于生活是一种可恶的障碍……"

黑暗薄薄的笼罩了大地,夜已拖着轻快的步武。

亚丽走啦! 我第一次握着她的手,心如同受伤的小兔在喘息与惊恐。

三

因为住在这房子里有种种不方便,我终久是搬了家。

虽然我已经找人暗暗的将我的新住址通知了亚丽,然而她已有一月未曾到我这里来!

每天的黄昏,我痛苦的等待着;焦灼,烦闷,恐惧,怀念,照例的来将我残酷的袭击;我费了极大的力量来抑制一切;这样,我的脑袋里才慢慢的淡了下来。

然而,一个美丽的影子在某时仍旧有大的魔力。

一个星期日的中午,我正在甜蜜的午睡,突然给肥胖的房东叫醒——她有极小的脚,走起路来好像一只母鸭。

我擦着松惺的眼跑出去接见来访客人。这给与我了可怕的惊异——天知道! 美丽的亚丽瘦得几乎使我都不认识了,她的面色苍白得如一张白纸,眼睛红红的肿了起来,黑色的头发在秋风里非常零乱,态度颓唐,而悲哀正如一只在战场受了重伤的骏马! 我几乎感动得流下泪来。

"你怎样呀,亚丽!"

"这没有什么的,请你不要耽心。同时这与我毫无关系,因为我的心始终如一……"

她咳嗽了几声,泪水很明显的在眼眶内打转。

"我极纯洁的爱着你,然而我更爱着我的前途的光明,我为了要追求生活的力量。为了精神的美丽与安宁,为了所有的我底可怜的人们,我得张开我的翅膀,我得牺牲我的私见,请你不要怀疑,我以灵魂保护着你,爱护着你,我要去了! ……请你将那信接着。"她的声音悲痛的颤栗着,然而她的灵魂表现得很安定,精神犹如战场的勇士,热血在她细微的血管中将膨胀得破裂而流出……

亚丽果敢的去了,我木鸡似的立在门口好半天。

一页信纸里几十个有力的字使得我泪了我坚硬的黑发……

信上是:"好朋友,请不要惊奇,我的故乡是可怜的朝鲜,我的慈母如今仍旧住在那里;我底父亲是最激烈的×××,他被强迫与这凶狠的女人结了婚,又被逐在中国。现在他已由这毒恶的妇人宣布了秘密被捉而不知生死,然而他的灵魂是高超的。我费尽了力气逃出了黑暗的地狱,无论如何我底血要在我自己底国土上去洒泼……"

两朋友①

金珠才十三岁,穿一双水红色的袜子,在院心和华子拍皮球。华子是个没有亲母亲的孩子。

生疏的金珠被母亲带着来到华子家里才是第二天。

"你念几年书了?"

"四年,你呢?"

"我没上过学——"金珠把皮球在地上丢了一下又抓住。

"你怎么不念书呢? 十三岁了,还不上学? 我十岁就上学的……"

金珠说:"我不是没有爹吗! 妈说:等她积下钱让我念书。"

于是又拍着皮球,金珠和华子差不多一般高,可是华子叫她金珠姐。

华子一放学回来,把书包丢在箱子上或是炕上,就跑出去和金珠

---

① 该篇创作日期不详,首刊于一九三七年五月十日上海《新少年》第三卷第九期,署名悄吟。

姐拍皮球。夜里就挨着睡,白天就一道玩。

金珠把被褥搬到里屋去睡了! 从那天起她不和华子交谈一句话;叫她:"金珠姐,金珠姐。"她把嘴唇突起来不应声。华子伤心的,她不知道新来的小朋友怎么会这样对她。

再过几天华子就挨骂起来——孩崽子,什么玩意儿呢! ——金珠走在地板上,华子丢了一下皮球撞了她,她也是这样骂。连华子的弟弟金珠也骂他。

那孩子叫她:"金珠子,小金珠子!"

"小,我比你小多少? 孩崽子!"

小弟弟说完了,跑到爷爷身边去,他怕金珠要打他。

夏天晚上,太阳刚落下去,在太阳下蒸热的地面还没有消灭了热。全家就坐在开着窗子的窗台,或坐在门前的木凳上。

"不要弄跌了啊! 慢慢推……慢慢推!"祖父招呼小珂。

金珠跑过来,小母鸡一般地,把小车夺过去,小珂被夺着,哭着。祖父叫他:"来吧! 别哭,小珂听说,不要那个。"

为这事,华子和金珠吵起来了:

"这也不是你家的,你管得着? 不要脸!"

"什么东西,硬装不错。"

"我看你也是硬装不错,'帮虎吃食'。"

"我怎么'帮虎吃食'? 我怎么'帮虎吃食'?"

华子的后母亲和金珠是一道战线,她气得只是重复着一句话:

"小华子,我也没见你这样孩子,你爹你妈是虎? 是野兽? 我可没见过你这样孩子。"

"是'帮虎吃食',是'帮虎吃食'。"华子不住说。

后母亲和金珠完全是一道战线,她叫着她:

"金珠,进来关上窗子睡觉吧! 别理那小疯狗。"

"小疯狗,看也不知谁是小疯狗,不讲理才是小疯狗。"

妈妈的权威吵满了院子:

"你爸爸回来,我要不告诉你爸爸才怪的呢?还了得啦!骂她妈是'小疯狗'。我管不了你,我也不是你亲娘,你还有亲爹哩!叫你亲爹来管你。你早没把我看到眼里。骂吧!也不怕伤天理!"

小珂和祖父都进屋去睡了!祖父叫华子也进来睡吧!可是华子始终依着门呆想。夜在她的眼前,蚊子在她的耳边。

第二天金珠更大胆,故意借着事由来屈服华子,她觉得她必定胜利,她做着鬼脸:

"小华子,看谁丢人,看谁挨骂?你爸爸要打你呢!我先告诉你一声,你好预备着点!"

"别不要脸!"

"骂谁不要脸?我怎么不要脸?把你美的?你个小老婆,我告诉你爹爹去,走,你敢跟我去……"

金珠的母亲,那个胖老太太说金珠:

"都是一般大,好好玩,别打架。干什么金珠?不好那样!"

华子被扯住肩膀:"走就走,我不怕你,还怕你个小穷鬼!都穷不起了,才跑到别人家来,混饭吃还不够,还瞎厉害。"

金珠感到羞辱了,软弱了,眼泪流了满脸:

"娘,我们走吧!不住她家,再不住……"

金珠的母亲也和金珠一样哭。

"金珠,把孩子抱去玩玩。"她应着这呼声,每日肩上抱着孩子。

华子每日上学,放学就拍皮球。

金珠的母亲,是个寡妇母亲,来到亲戚家里,是来做帮工。华子和金珠吵架,并没有人伤心,就连华子的母亲也不把这事放在心上,华子的祖父和小珂也不把这事记在心上。一到傍晚又都到院子去乘凉,吸着烟,用扇子扑着蚊虫……看一看多星的天幕。

华子一经过金珠面前,金珠的母亲的心就跳了。她心跳谁也不晓得,孩子们吵架是平常事,如像鸡和鸡们斗架一般。

正午时候,人影落在地面那样短,狗睡到墙根去了!炎夏在午间只听到蜂子飞,只听到狗在墙根喘。

金珠和华子从正门冲出来,两匹狗似的,两匹小狼似的,太阳晒在头上不觉到热;一个跑着,一个追着。华子停下来斗一阵再跑,一直跑到柴栏里去,拾起高粱茎打着。金珠狂笑,但那是变样的狂笑。脸嘴已经不是平日的脸嘴了,嘴抖着,脸是青色的,但仍在狂笑。

谁也没有流血,只是头发上贴住一些高粱叶子。已经累了!双方面都不愿意再打,都没有力量再打。

"进屋去吧,怎么样?"华子问。

"进屋!不打死你这小鬼头对不住你。"金珠又分开两腿,两臂抱住肩头。

"好,让你打死我。"一条木板落到金珠的腿上去。

金珠的母亲完全颤栗,她全身颤栗,当金珠去夺她正在手中切菜的菜刀时,眼看打得要动起刀来。

做帮工也怕做不长的。

金珠的母亲,洗尿布、切菜、洗碗、洗衣裳,因为是小脚,一天到晚,到晚间,脚就疼了。

"娘,你脚疼吗?"金珠就去打一盆水为她洗脚。

娘起先是恨金珠的,为什么这样不听说?为什么这样不知好歹?和华子一天打到晚。可是她一看到女儿打一盆水给,她就不恨金珠而自己伤心。若有金珠的爹爹活着那能这样?自己不是也有家吗?

金珠的母亲失眠了一夜,蚊子成群的在她的耳边飞;飞着,叫着,她坐起来搔一搔又倒下去,终夜她没有睡着,玻璃窗子发着白了!这时候她才一粒一粒的流着眼泪。十年前就是这个天刚亮的时候,金珠的爹爹从炕上抬到床上,那白色的脸,连一句话也没说而死去的人……十年前了! 在外面帮工,住亲戚也是十年了!

她把枕头和眼角相接近,使眼泪流到枕头上去,而不去擦它一下,天色更白了! 这是金珠爹爹抬进木棺的时候。那打开的木棺,可怕的,一点感情也没有的早晨又要到来似的……她带泪的眼睛合起来,紧紧的压在枕头上。

起床时,金珠问:

"娘,你的眼睛怎么肿了呢!"

"不怎的。"

"告诉我! 娘!"

"告诉你什么! 都是你不听说,和华子打仗气得我……"

金珠两天没和华子打仗,到第三天她也并不想立刻打仗,因为华子的母亲翻着箱子,一面找些旧衣裳给金珠,一面告诉金珠:

"你和那丫头打仗,就狠点打,我给你作主,不会出乱的,那丫头最能气人没有的啦! 我有衣裳也不能给她穿,这都给你。跟你娘到别处去受气,到我家我可不能让你受气,多可怜哪! 从小就没有了爹……"

金珠把一些衣裳送给娘去,以后金珠在这一家中比谁都可靠,把锁柜箱的钥匙也交给了她。她常常就在华子和小珂面前随便吃梨子,可是华子和小珂不能吃。小珂去找祖父,祖父说:

"你是没有娘的孩子,少吃一口吧!"

小珂哭起来了!

在一家中,华子和母亲起着冲突,爷爷也和母亲起着冲突。

被华子的母亲追使着,金珠又和华子吵了几回架。居然,有这么一天,金耳环挂上了金珠的耳朵了。

金珠受人这样同情，比爹爹活转来或者更幸运，饱饱满满的过着日子。

"你多可怜哪！从小就没有了爹！……"金珠常常被同情着。

华子每天上学，放学就拍皮球。金珠每天背着孩子，几乎连一点玩的工夫也没有了。

秋天，附近小学里开了一个平民教育班。

"我也上'平民学校'去吧！一天两点钟，四个月读四本书。"

华子的母亲没有答应金珠，说认字不认字都没有用，认字也吃饭，不认字也吃饭。

邻居的小姑娘和妇人们都去进"平民学校"，只有金珠没能去，只有金珠剩在家中抱着孩子。

金珠就很忧愁了，她想和华子交谈几句，她想借华子的书来看一下，她想让华子替她抱一下小孩，她拍几下皮球，但这都没有做，她多少有一点自尊心存在。

有一天家中只剩华子、金珠、金珠的母亲。孩子睡觉了。

"华子，把你的铅笔借给我写两个字，我会写我的姓。"金珠说完话，很不好意思，嘴唇没有立刻就合起来。

华子把皮球向地面丢了一下，掉过头来，把眼睛斜着从金珠的脚下一直打量到她的头顶。

为着这事金珠把眼睛哭肿。

"娘，我们走吧，不再住她家。"

金珠想要进"平民学校"进不得，想要和华子玩玩，又玩不得，虽然是耳朵上挂着金圈，金圈也并不带来同情给她。

她患着眼病了！最厉害的时候，饭都吃不下。

"金珠啊！抱抱孩子，我吃饭。"华子的后母亲叫她。

眼睛疼得厉害的时候，可怎样抱孩子？华子就去抱。

"金珠啊！打盆脸水。"

华子就去打。

金珠的眼睛还没好，她和华子的感情可好起来。她们两个从朋友变成仇人，又从仇人变成朋友了！又搬到一个房间去睡，被子接着被子。在睡觉时金珠说："我把耳环还给她吧！我不要这东西!"她已不爱那样闪光的耳环。

没等金珠把耳环摘掉，那边已经向她要了：

"小金珠，把耳环摘下来吧！我告诉你说吧，一个人若没有良心，那可真算个人！我说，小金珠子，我对得起你，我给你多少衣裳？我给你金耳环，你不和我一个心眼，我告诉你吧！你后悔的日子在后头呢！眼看你就要带上手镯了！可是我不能给你买了……"

金珠的母亲听到这些话，比看到金珠和华子打架更难过，帮工是帮不成的啦！

华子放学回来，她就抱着孩子等在大门外，笑迷迷的，永久是那个样子，后来连晚饭也不吃，等华子一起吃。若买一件东西，华子同意她就同意。比方买一个扣发的针啦，或是一块小手帕啦！若金珠同意华子也同意。夜里华子为着学校忙着编织物，她也伴着她不睡，华子也教她识字。

金珠不像从前可以任意吃着水果，现在她和小珂，华子同样，依在门外嗅一些水果香。华子的母亲和父亲骂华子，骂小珂，也同样骂着金珠。

终久又有这样的一天，金珠和母亲被驱着走了。

两个朋友，哭着分开。

汾河的圆月①

黄叶满地落着,小玉的祖母虽然是瞎子,她也确确实实承认道已经好久就是秋天了。因为手杖的尖端触到那地上的黄叶时,就起着她的手杖在初冬的早晨踏破了地面上的结着薄薄的冰片暴裂的声音似的。

"你爹今天还不回来吗?"祖母的全白的头发,就和白银丝似的在月亮下边走起路来,微微的颤抖着。

"你爹今天还不回来吗?"她的手杖格格的打着地面,落叶或瓦砾或沙上都在她的手杖下发着响或冒着烟。

"你爹,你爹,还不回来吗?"

她沿着小巷子向左边走。邻家没有不说她是疯子的,所以她一走到谁家的门前,就听到纸窗里边咯咯的笑声,或是问她:

---

① 该篇创作于一九三八年八月二十日,首刊于一九三八年八月二十六日汉口《大公报》副刊"战线"第一七七期,署名萧红。一九三八年九月六日,再刊于香港《大公报》副刊"文艺"第四〇七期,署名萧红。

"你儿子去练兵去了吗?"

她说:"是去了啦,不是吗!就为着那芦沟桥……后来人家又都说不是,说是为着'三一八'什么还是'八一三'……"

"你儿子练兵打谁呢?"

假若再接着问她,她就这样说:

"打谁……打小日本子吧……"

"你看过小日本子吗?"

"小日本子,可没见过……反正还不是黄眼珠,卷头发……说话滴拉都鲁地……像人不像人,像兽不像兽。"

"你没见过,怎么知道是黄眼珠?"

"那还用看,一想就是那么一回事……东洋鬼子,西洋鬼子,一想就都是那么一回事……看见!有眼睛的要看,没有眼睛也必得要看吗?不看见,还没听人说过……"

"你听谁说的?"

"听谁说的!你们这睁着眼睛的人,比我这瞎子还瞎……人家都说,瞎子有耳朵就行……我看你们这耳眼皆全的……耳眼皆全……皆全……"

"全不全你怎么知道日本子是卷头发……"

"嘎!别瞎说啦!把我的儿子都给卷了去啦……"

汾河边上的人对于这疯子起初感到趣味,慢慢地厌倦下来,接着就对她非常冷淡。也许偶而对她又感到趣味,但那是不常有的。今天这白头发的疯子就空索索的一边嘴在咕鲁咕鲁的像是鱼在池塘里吐着沫似的,一边向着汾河走去。

小玉的父亲是在军中病死的,这消息传到小玉家是在他父亲离开家还不到一个月的时候。祖母从那个时候,就在夜里开始摸索,嘴里就开始不断的什么时候想起来,就什么时候说着她的儿子是去练兵练死了。

可是从小玉的母亲出嫁的那一天起,她就再不说她的儿子是死了,她忽然说她的儿子是活着,并且说他就快回来了。

"你爹还不回来吗?你妈眼看着就把你们都丢下啦!"

夜里小玉家就开着门过的夜,祖父那和马铃薯一样的脸孔,好像是浮肿了,突起来的地方突得更高了。

"你爹还不回来吗?"祖母那夜依着门扇站着,她的手杖就在蟋蟀叫的地方打下去。

祖父提着水桶,到马棚里去了一次再去一次。那呼呼地,喘气的声音,就和马棚里边的马差不多了。他说:

"这还像个家吗?你半夜三更的还不睡觉!"

祖母听了他这话,带着手杖就跑到汾河边上去,那夜她就睡在汾河边上了。

小玉从妈妈走后,那胖胖的有点发黑的脸孔,常常出现在那七八家取水的井口边。尤其是在黄昏的时候,他跟着祖父饮马的水桶一块来了。马在喝水时,水桶里边发着响,并且那马还响着鼻子。而小玉只是静静的站着,看着……有的时候他竟站到黄昏以后。假若有人问他:

"小玉怎么还不回去睡觉呢?"

那孩子就用黑黑的小手搔一搔遮在额前的那片头发,而后反过来手掌向外,把手背压在脸上,或者压在眼睛上:

"妈没有啦!"他说。

直到黄叶满地飞着的秋天,小玉仍是常常站在井边,祖母仍是常常嘴里叨叨着,摸索着走向汾河。

汾河永久是那么寂寞,潺潺的流着,中间隔着一片沙滩,横在高高城墙下,在圆月的夜里,城墙背后衬着深蓝色的天空。经过河上用柴草架起的浮桥,在沙滩上印着日里经行过的战士们的脚印。天空是辽远的,高的,不可及的深远在圆月的背后,在城墙的上方悬着。

小玉的祖母坐在河边上,曲着她的两膝,好像又要说到她的儿子,这时她听到一些狗叫,一些掌声。她不知道什么是掌声,她想是一片震耳的蛙鸣。

一个救亡的小团体的话剧在村中开演了。

然而,汾河的边上仍坐着小玉的祖母,圆月把她画着深黑色的影子落在地上。

一九三八,八,二十日

朦胧的期待①

一年之中三百六十日，

日日在愁苦之中，

还不如那山上的飞鸟，

还不如那田上的蚱虫。

　　李妈从那天晚上就唱着曲子，就是当她听说金立之也要出发到前方去之后。金立之是主人家的卫兵。这事可并没有人知道，或者那另外的一个卫兵有点知道，但也说不定是李妈自己的神经过敏。

　　"李妈！李妈……"

　　当太太的声音从黑黑的树荫下面传来时，李妈就应着回答了两三声。因为她是性急爽快的人，从来是这样，现在仍是这样。可是当她

---

① 该篇创作于一九三八年十月三十一日，首刊于一九三八年十一月十八日重庆《文摘战时旬刊》第三十六期，署名萧红。一九四〇年三月，收入桂林上海杂志公司"每月文库"一辑之十初版小说集《旷野的呼喊》，署名萧红。

刚一抬脚,为着身旁的一个小竹方凳,差一点没有跌倒,于是她感到自己是流汗了,耳朵热起来,眼前冒了一阵花。她想说:

"倒霉!倒霉!"她一看她旁边站着那个另外的卫兵,她就没有说。

等她从太太那边拿了两个茶杯回来,刚要放在水里边去洗,那姓王的卫兵把头偏着:

"李妈,别心慌,心慌什么,打碎了杯子。"

"你说心慌什么……"她来到嘴边上的话没有说,像是生气的样子,把两个杯子故意的撞出叮当的响声来。

院心的草地上,太太和老爷的纸烟的火光和一朵小花似的忽然开放得红了。忽然又收缩得像一片在萎落下去的花片。萤火虫在树叶上闪飞,看起来就像凭空的毫没有依靠的被风吹着似的那么轻飘。

"今天晚上绝对不会来警报的,……"太太的椅背向后靠着,看着天空。她不大相信这天阴得十分沉重,她想要寻找空中是否还留着一个星子。

"太太,警报不是多少日子夜里不来了么?"李妈站在黑夜里就像被消灭了一样。

"不对,这几天要来的,战事一过九江,武汉空袭就多起来……"

"太太,那么这仗要打到那里?也打到湖北?"

"打到湖北是要打到湖北的,你没看见金立之都要到前方去了吗?"

"到大冶,太太,这大冶是什么地方?多远?"

"没多远,出铁的地方,金立之他们整个的特务连都到那边去。"

李妈又问:"特务连也打仗,也冲锋,就和别的兵一样?特务连不是在长官旁边保卫长官的吗?好比金立之不是保卫太太和老爷的吗?"

"紧急的时候,他们也打仗,和别的兵一样啊! 你还没听金立之说在大场他也作战过吗!"

李妈又问:"到大冶是打仗去!"又隔了一会她又说:"金立之就是作战去?"

"是的,打仗去,保卫我们的国家!"

太太没有十分回答她,她就在太太旁边静静的站了一会,听着太太和老爷谈着她所不大理解的战局,又是田家镇……又是什么镇……

李妈离开了院心经过有灯光的地方,她忽然感到自己是变大了,变得就像和院子一般大,她自己觉得她自己已经赤裸裸的摆在人们的面前。又仿佛自己偷了什么东西被人发觉了一样,她慌忙的躲在了暗处。尤其是那个姓王的卫兵,正站在老爷的门厅旁边,手里拿着个牙刷,像是在刷牙。

"讨厌鬼,天黑了,刷的什么牙……"她在心里骂着,就走进厨房去。

> 一年之中三百六十日,
> 日日在愁苦之中,
> 还不如那山上的飞鸟,
> 还不如那田上的蚱虫。
> 还不如那山上的飞鸟,
> 还不如那田上的蚱虫……

李妈在饭锅旁边这样唱着,在水筒旁边这样唱着,在晒衣服的竹竿子旁边也是这样唱着。从她的粗手指骨节流下来的水滴,把她的裤腿和她的玉蓝麻布的上衣都印着圈子。在她的深红而微黑的嘴唇上闪着一点光,好像一只油亮的甲虫伏在那里。

刺玫树的荫影在太阳下边,好像用布剪的,用笔画出来的一样爬在石阶前的砖柱上。而那葡萄藤,从架子上边倒垂下来的缠绕的枝梢,上面结着和钮扣一般大的微绿色和小琉璃似的圆葡萄,风来的时候,还有些颤抖。

李妈若是前些日子从这边走过,必得用手触一触它们,或者拿在手上,向她旁边的人招呼着:

"要吃得啦……多快呀!长得多快呀……!"

可是现在她就像没有看见它们,来往的拿着竹竿子经过的时候,她不经意的把竹竿子撞了葡萄藤,那浮浮沉沉的摇着的叶子,虽是李妈已经走过,而那荫影还在地上摇了多时。

李妈的忧郁的声音,不但从曲子声发出,就是从勺子,盘子,碗的声音,也都知道李妈是忧郁了,因为这些家具一点也不响亮。往常那响亮的厨房,好像一座音乐室的光荣的日子,只落在回忆之中。

白嫩的豆芽菜,有的还带着很长的须子,她就连须子一同煎炒起来,油菜或是白菜,她把它带着水就放在锅底上,油炸着菜的声音就像水煮的一样。而后浅浅的白色盘子的四边向外流着淡绿色的菜汤。

用围裙揩着汗,在她正对面她平日挂在墙上的那块镜子里边,反映着仿佛是受惊的,仿佛是生病的,仿佛是刚刚被幸福离弃了的年青的山羊那么沉寂。

李妈才二十五岁,头发是黑的,皮肤是坚实的,心脏的跳动也和她的健康成和谐。她的鞋尖常常是破的,因为她走路永远来不及举平她的脚,门坎上,煤堆上,石阶的边沿上,她随时随地的畅快的踢着。而现在反映在镜子里的李妈不是那个原来的李妈,而是另外的李妈了,黑了,沉重了,哑暗了。

把吃饭的家具摆齐之后,她就从桌子边退了去,她说:"不大舒服,头痛。"

她面向着栏栅外的平静的湖水站着，而后荡着。已经爬上了架的倭瓜，在黄色的花上，有蜜蜂在带着粉的花瓣上来来去去。而湖上打成片的肥大的莲花叶子，每一张的中心顶着一个圆圆的水珠，这些水珠和水银的珠子似的向着太阳，淡绿色的莲花苞和挂着红嘴的莲花苞，从肥大的叶子的旁边站了出来。

　　湖边上有人为着一点点家常的菜蔬除着草，房东的老仆人指着那边竹墙上冒着气一张排着一张的东西向李妈说：

　　"看吧！这些当兵的都是些可怜人，受了伤，自己不能动手，都是弟兄们在湖里给洗这东西，这大的毯子，不会洗净的。不信，过到那边去看看，又腥又有别的味……"

　　西边竹墙上晒着军用毯，还有些草绿色的，近乎黄色的军衣。李妈知道那是伤兵医院，从这几天起，她非常厌恶那医院，从医院走出来的用棍子当做腿的伤兵们，现在她一看了就有些害怕。所以那老头指给她看的东西，她只假装着笑笑。隔着湖，在那边湖边上洗衣服的也是兵士，并且在石头上打着洗着的衣裳发出沉重的水声来。……"金立之裹腿上的带子，我不是没给他钉起吗？真是发昏了，他一会不是来取吗？"

　　等她取了针线又来到湖边，隔湖的马路上，正过着军队，唱着歌的，混着灰尘的行列，金立之不就在那行列里边吗？李妈神经质的，自己也觉得这想头非常可笑。

　　各种流行的军歌，李妈都会唱，尤其是那句：中华民族到了最危险的时候。她每唱到这一句，她就学着军人的步伐走了几步。她非常喜欢这个歌，因为金立之喜欢。

　　可是今天她厌恶他们，她把头低下去，用眼角去看他们，而那歌声，就像黄昏时成团在空中飞着的小虫子似的，使她不能躲避。

　　"李妈……李妈。"姓王的卫兵喊着她，她假装没有听到。

"李妈！金立之来了。"

李妈相信这是骗她的话,她走到院心的草地上去,呆呆的站在那里。王卫兵和太太都看着她:

"李妈没有吃饭吗?"

她手里卷着一半裹腿,她的嘴唇发黑,她的眼睛和钉子一样的坚实,不知道钉在她面前的什么。而另外的一半裹腿,比草的颜色稍微黄一点,长长的拖在草地上,拖在李妈的脚下。

金立之晚上八点多钟来的。红的领章上又多了一点金花,原来是两个,现在是三个。在太太的房里,为着他出发到前方去,太太赏给他一杯柠檬茶。

"我不吃这茶,我只到这里……我只回来看一下。连长和我一同到街上买连里用的东西。我不吃这茶……连长在八点一刻来看老爷的。"他灵敏的看一下袖口的表:"现在八点,连长一来我就得跟连长一同归连……"

接着他就谈些个他出发到前方,到什么地方,做什么职务,特务连的连长是怎样一个好人,又是带兵多么真诚……太太和他热诚的谈着。李妈在旁边又拿太太的纸烟给金立之,她说:

"现在你来是客人了,抽一支吧!"

她又跑去把裹腿拿来,摆在桌子上,又拿在手里又打开,又卷起来……在地板上,她几乎不能停稳,就像有风的水池里走着的一张叶子。

他为什么还不来到厨房里呢?李妈故意先退出来,站在门坎旁边咳嗽了两声,而后又大声和那个王卫兵讲着连她自己也不知道是什么意思的话,她看金立之仍不出来,她又走进房去,她说:

"三个金花了,等从前方回来,大概要五个金花了。金立之今天也换了新衣裳,这衣裳也是新发的吗?"

金立之说:"新发的。"

李妈要的并不是这样的回答。李妈又说:

"现在八点五分了,太太的表准吗?"

太太只向着表看了一下,点一点头,金立之仍旧没有注意。

"这次,我们打仗全是为了国家,连长说,宁做战死鬼,勿做亡国奴,我们为了妻子,家庭,儿女,我们必须抗战到底……"

金立之站得笔直在和太太讲话。

趁着这工夫,她从太太房子里溜了出来,下了台阶,转了一个弯,她就出了小门,她去买两包烟送给他。听说,战壕里烟最宝贵。她在小巷子里一边跑着,一边想着她所要说的话:"你若回来的时候,可以先找到老爷的官厅,就一定能找到我。太太走到那里,说一定带着我走,"再告诉他:"回来的时候,你可不就忘了我,要做个有心的人,可不能够高升了忘了我……"

她在黑黑的巷子里跑着,她并不知道自己是在发烧。她想起来到夜里就越热了,真是湖北的讨厌的天气。她的背脊完全浸在潮湿里面。

"还得把这块钱给他,我留着这个有什么用呢! 下月的工钱又是五元。可是上前线去的,钱是有数的……"她隔着衣裳捏着口袋里一元钱的票子。

等李妈回来,金立之的影子都早消失在小巷子里了,她站在小巷子里喊着:

"金立之……金立之……"

远近都没有回声,她的声音还不如落在山涧里边还能得到一个空虚的反响。

和几年前的事情一样,那就是九江的家乡,她送一个年青的当红军的走了,他说他当完了红军回来娶她,他说那时一切就都好了。临走时还送给她一匹印花布,过去她在家里一看到那印花布她就要啼哭。现在她又送走这个特务连的兵士走了,他说抗战胜利了回来娶她,他说那时一切就都好了。

还得告诉他:"把我的工钱都留着将来安排我们的家。"我们的家。

但是金立之已经走了,想是连长已经来了,他归连了。

等她拿着纸烟,想起这最末的一句话的时候,她的背脊被凉风拍着,好像浸在凉水里一样,因为她站定了,她停止了,热度离开了她,跳跃和翻腾的情绪离开了她。徘徊,鼓荡着的要破裂的那一刻的人生,只是一刻把其余的人生都带走了。人在静止的时候常常冷的。所以是她不期的打了个激灵的冷战。

李妈回头看一看那黑黑的院子,她不想再走进去,可是在她前面的那黑黑的小巷子,招引着她的更没有方向。

她终归是转回身来,在那显着一点苍白的铺砖的小路上,她摸索着回来了。房间里的灯光和窗帘子的颜色,单调得就像飘在空中的一块布和闪在空中的一道光线。

李妈打开了女仆的房门,坐在她自己的床头上,她觉得虫子今夜都没有叫过,空的,什么都是不着边际的,电灯是无缘无故的悬着,床铺是无缘无故的放着,窗子和门也是无缘无故的设着……总之,一切都没有理由存在,也没有理由消灭。……

李妈最末想起来的那一句话,她不愿意反复,可是她又反复了一遍:

"把我的工钱,都留着将来安排我们的家。"

李妈早早地休息了,这是第一次,在全院子的女仆休息之前她是第一次睡得这样早,两盒红锡包香烟就睡在她枕头的旁边。

湖边上战士们的歌声,虽然是已经黄昏以后,有时候隐约的还可以听到。

　　夜里她梦见金立之从前线上回来了。"我回来安家来了,从今我们一切都好了。"他打胜了。

　　而且金立之的头发还和从前一样的黑。

　　他说:"我们一定得胜利的,我们为什么不胜利呢,没道理!"

　　李妈在梦中很温顺的笑了。

一九三八,十,三十一

逃　难①

　　这火车可怎能上去？要带东西是不可能,就单说人吧! 也得从下
边用人抬。

　　何南生在抗战之前做小学教员,他从南京逃难到陕西遇到一个朋
友是做中学校长的,于是他就做了中学教员。做中学教员这回事先不
提。就单说何南生这面貌,一看上去真使你替他发愁,两个眼睛非常
光亮而又时时在留神,凡是别人要看的东西,他却躲避着,而别人不要
看的东西,他却偷着看,他还没开口说话,他的嘴先向四边咧着,几几
乎把嘴咧成一个火柴盒形,那样子使人疑心他吃了黄莲。除了这之
外,他的脸上还有点特别的地方,就是下眼睑之下那两块豆腐块样突
起的方形筋肉,无管他在说话的时候,在笑的时候,在发愁的时候,那

①　该篇创作日期不详,首刊于一九三九年一月十八日重庆《文摘战时旬刊》第四十
　　一、四十二期合刊,署名萧红。一九三九年四月,上海《文献》月刊附刊《妇女文献》
　　转载。一九四〇年三月,收入桂林上海杂志公司"每月文库"一辑之十初版小说集
　　《旷野的呼喊》,署名萧红。

两块筋肉永久不会运动,就连他最好的好朋友,不用说,就连他的太太吧!也从没有看到他那两块砖头似的筋肉运动过。

"这是干什么……这些人,我说:中国人若有出息真他妈的……"

何南生一向反对中国人,就好像他自己不是中国人似的。抗战之前反对得更厉害,抗战之后稍稍好了一点,不过有时候仍旧来了他的老毛病。

什么是他的老毛病呢?就是他本身将要发生点困难的事情,也许这事情不一定发生,只要他一想到关于他本身的一点不痛快的事,他就对全世界怀着不满。好比他的袜子晚上脱的时候掉在地板上,差一点没给耗子咬了一个洞,又好比临走下讲台的当儿,一脚踏在一只粉笔头上,粉笔头一滚,好险没有跌了一交。总之,危险的事情若没有发生就过去了,他就越感到那危险得了不得,所以他的嘴上除掉常常说中国人怎样怎样之外,还有一句常说的就是:

"到那时候可怎么办哪……"

他一回头,又看到了那塞满着人的好像鸭笼似的火车。

"到那时候可怎么办哪?"现在他所说的到那时候可怎么办是指着到他们逃难的时候可怎么办。

何南生和他的太太送走了一个同事,还没有离开站台,他就开始不满意,他的眼睛离开那火车第一眼看到他的太太,就觉得自己的太太胖得像笨猪,这在逃难的时候多麻烦。

"看吧,到那时候可怎么办!"他心里想着:"再胖点就是一辆火车都要装不下啦!"可是他并没有说。

他又想到,还有两个孩子,还有一只柳条箱,一只猪皮箱,一个网篮,三床被子也得都带着……网篮里边还能装得下两个白铁锅。到那里还不是得烧饭呢!逃难,逃到那里还不是得先吃饭呢!不用说逃难,就说抗战吧,我看天天说抗战的逃起难来比谁都来的快,而且带着孩子老婆锅碗瓢盆一大堆。

在路上他走在他太太的前边,因为他心里一烦乱,就什么也不愿意看。他的脖子向前探着,两个肩头低落下来,两只胳臂就像用稻草做的似的,一路上连手指尖都没有弹一下。若不是看到他的两只脚还在一前一后的移进着,真要相信他是画匠铺里的纸彩人了。

这几天来何南生就替他们的家庭忧着心,而忧心得最厉害的就是从他送走那个同事,那快要压瘫人的火车的印象总不能去掉。可是也难说,就是不逃难,不抗战,什么事也没有的时候,他也总是胆战心惊的。这一抗战,他就觉得个人的幸福算完全不用希望了,他就开始做着倒霉的准备。倒霉也要准备的吗?读者们可不要稀奇!现在何南生就要做给我们看了:一九三八年三月十五日,何南生从床上起来了,第一眼他看到的,就是墙上他已准备好的日历。

"对的,是今天,今天是十五……"

一夜他没有好好睡,凡是他能够想起的,他就一件一件的无管大事小事都把它想一遍,一直听到了潼关的炮声。

敌人占了风陵渡和我们隔河炮战已经好几天了,这炮声夜里就停息,天一亮就开始,本来这炮声也没有什么可怕的,何南生也不怕,虽然他教书的那个学校离潼关几十里路,照理应该害怕,可是因为他的东西都通通整理好了,就要走了,还管他炮战不炮战呢!

他第二眼看到的就是他太太给他摆在枕头旁边的一双袜子。

"这是干什么?这是逃难哪……不是上任去呀……你知道现在袜子多少钱一双……"他喊着他的太太:"快把旧袜子给我拿来!把这新袜子给我放起来。"

他把脚尖伸进拖鞋里去,没有看见说破袜子破到什么程度,那露在后边的脚跟,他太太一看到就咧起嘴来。

"你笑什么,你笑!这有什么好笑的……还不快给孩子穿衣裳,天不早啦……上火车比登天还难,那天你还没看见。袜子破有什么好笑的,你没看到前线上的士兵呢!都光着脚。"这样说,好像他看见了,其实他也没看见。

十一点钟还有他的一点钟历史课,他没有去上,两点钟他要上车站。

他吃午饭的时候,一会看看钟,一会揩揩汗,心里一着急,所以他就出汗。学生问他几点钟开车,他就说:

"六点一班车,八点还有一班车,我是预备六点的,现在的事难说,要早去,何况我是带着他们……"他所说的"他们"是指的孩子,老婆和箱子。

因为他是学生们组织的抗战救国团的指导,临走之前还得给学生们讲几句话,他讲的什么,他没有准备,他一开头就说,他说他三五天就回来,其实他是一去就不回的。最后的一句说的是最后的胜利是我们的……其余的他说,他与陕西共存亡,他绝不逃难。

何南生的一家,在五点二十分钟的时候,算是全来到了车站:太太,孩子——一个男孩,一个女孩。——一个柳条箱,一个猪皮箱,一只网篮,三个行李包。为什么行李包这样多呢?因为他把雨伞,字纸篓,旧报纸都用一条被子裹着,算做一件行李;又把抗战救国团所发的棉制服,还有一双破棉鞋,又用一条被子包着,这又是一个行李;那第三个行李,一条被子,那里边包的东西可非常多:电灯泡,粉笔箱,羊毛刷子,扫床的扫帚,破揩布两三块,洋蜡头一大堆,算盘子一个,细铁丝两丈多,还有一团白线,还有肥皂盒盖一个,剩下又都是旧报纸。

只旧报纸他就带了五十多斤,他说:到那里还不得烧饭呢?还不得吃呢?而点火还有比报纸再好的吗?这逃难的时候,能俭省就俭省,肚子不饿就行了。

除掉这三个行李,网篮也最丰富:白铁锅,黑瓦罐,空饼干盒子,挂西装的弓形的木架,洗衣裳时挂衣裳的绳子,还有一个掉了半个边的陕西土产的痰盂,还有一张小油布,是他那个两岁的女孩夜里铺在床上怕尿了褥子用的,还有两个破洗脸盆。一个洗脸的。一个洗脚的。还有油乌的筷子笼一个,切菜刀一把,筷子一大堆,吃饭的饭碗三十多个,切菜樽三个。切菜樽和饭碗是一个朋友走留给他的。他说:逃难的时候,东西只有越逃越少,是不会越逃越多的,若可能就多带些个,没有错,丢了这个还有那个,就是扔也能够多扔几天呀!还有好几条破裤子都在网篮的底上,这个他也有准备。

他太太在装网篮的时候问他:

"这破裤子要它做什么呢?"

他说:"你看你,万事没有打算,若有到难民所去的那一天,这个不都是好的吗?"

所以何南生这一家人,在他领导之下,五点二十分钟才全体到了车站,差一点没有赶上火车——火车六点开。

何南生一边流着汗珠一边觉得这回可万事齐全了,他的心上有八分快乐,他再也想不起什么要拿而没有拿的,因为他已经跑回去三次,第一次取了一个花瓶,第二次又在灯头上拧下一个灯伞来,第三次他又取了忘记在灶台上的半盒刀牌烟。

火车站离他家很近,他回头看看那前些日子还是白的,为着怕飞机昨天才染成灰色的小房。他点起一只烟来,在站台上来回的喷着,反正就等火车来,就等这一上了。

"到那时候可怎么办哪!"照理他正该说这一句话的时候。站台上不知堆了多少箱子,包裹,还有那么一大批流着血的伤兵,还有那么一大堆吵叫着的难民。这都是要上六点钟开往西安的火车。但何南生的习惯不是这样,凡事一开头,他最害怕,总之一开头他就绝望,等到事情真来了,或是越来越近了,或是就在眼前,一到这时候,你看他就安闲得多。

火车就要来了,站台的大钟已经五点四十一分。

他又把他所有的东西看了一遍,一共是大小六件,外加热水瓶一个。

"实在没有什么东西忘记的吧!你再好好想想!"他问他的太太说。

他的女孩跌了一交,正在哭着,他太太就用手给那孩子抹鼻涕:"哟!我的小手帕忘下了呀!今天早晨洗的,就挂在院心的绳子上。我想着想着,说可别忘了,可是到底忘了,我觉得还有点什么东西,有点什么东西,可就想不起来。"

何南生早就离开太太往回跑了。

"怎么能够丢呢?你知道现在的手帕多少钱一条?"他就用那手揩着脸上的汗,"这逃难的时候,我没说过吗!东西少了可得节约,添不起。"

他刚喘上一口气来,他用手一摸口袋;早晨那双没有舍得穿的新袜子又没有了。

"这是丢在什么地方啦?他妈的……火车就要到啦……三四毛钱,又算白扔啦!"

火车误了点,六点五分钟还没到,他就趁这机会又跑回去一趟,袜子果然找到了,托在他的掌心上,他正在研究着袜子上的花纹,他听他的太太说:"你的眼镜呀……"

可不是,他一摸眼镜又没有了,本来他也不近视,也许为了好看,他戴眼镜。

他正想回去找眼镜,这时候,火车到了。

他提起箱子来,向车门奔去,他挤了半天没有挤进去,他看别人都比他来的快,也许别人的东西轻些,自己不是最先奔到车门口的吗?

怎么上不去,却让别人上去了呢?大概过了十分钟,他的箱子和他仍旧站在车厢外边。

"中国人真他妈的……真是天生中国人!"他的帽子被挤下去时,他这样骂着。

火车开出去好远了,何南生的全家仍旧完完全全地留在站台上。

"他妈的,中国人要逃不要命,还抗战呢!不如说逃战吧!"他说完了"逃战"还四边看一看,这车站上是否有自己的学生或熟人,他一看没有,于是又抖着他那被撕裂的长衫:"这还行,这还没有见个敌人的影,就吓靡魂啦!要挤死啦!好像屁股后边有大炮轰着。"

八点钟的那次开往西安的列车进站了,何南生又率领着他的全家向车厢冲去,女人叫着,孩子哭着,箱子和网篮又挤得吱咯的乱响。何南生恍恍惚惚的觉得自己是跌倒了,等他站起来,他的鼻子早就流了不少的血,血染着长衫的前胸。他太太报告说,他们只有一只猪皮箱子在人们的头顶上被挤进了车厢去。

"那里装的都是什么东西?"他着急所以连那猪皮箱子装的什么东西都弄不清了。

"你还不知道吗?不都是你的衣裳?你的西装……"

他一听这个还了得!他就问着他太太所指的那个车厢奔去,火车就开了,起初开得很慢,他还跟着跑,他还招呼着,而后只得安然的退下来。

他的全家仍旧留在站台上,和别的那些没有上得车的人们留在一起。只是他的猪皮箱子自己跑上火车去走了。

"走不了,走不了,谁让你带这些破东西呢?我看……"太太说。

"不带,不带,什么也不带……到那时候可怎么办哪!"

"让你带吧!我看你现在还带什么!"

猪皮箱不跟着主人而自己跑了,饱满的网篮在枕木旁边裂着肚子,小白铁锅瘪得非常可怜,若不是它的主人,就不能认识它了。而那个黑瓦罐竟碎成一片一片的。三个行李只剩下一个完整的,他们的两个孩子正坐在那上面休息。其余的一个行李不见了,另一个被撕裂了,那些旧报纸在站台上飞,柳条箱也不见了,记不清是别人给拿去了还是他们自己抬上车去了。

等到第三次开往西安的车,何南生的全家总算全上去了。到了西安一下火车先到他们的朋友家。

"你们来了呵! 都很好! 车上没有挤着?"

"没有,没有,就是丢点东西……还好,还好,人总算平安。"何南生的下眼睑之下的那两块不会运动的筋肉,仍旧没有运动。

"到那时候……"他又想要说到那时候可怎么办,没有说,他想算了吧! 抗战胜利之前,什么能是自己的呢? 抗战胜利之后什么不都有了吗?

何南生平静的把那一路上抱来的热水瓶放在了桌子上。

黄　河[①]

　　悲壮的黄土层茫茫的顺着黄河的北岸延展下去,河水在辽远的转弯的地方完全是银白色,而在近处,它们则扭绞着旋卷着和鱼鳞一样。帆船,那么奇怪的帆船!简直和蝴蝶的翅子一样:在边沿上,一条白的,一条蓝的,再一条灰色的,而后也许全帆是白的,也许全帆是灰色的或蓝色的,这些帆船一只排着一只,它们的行走特别迟缓,看上去就像停止了一样,除非天空的太阳,就再没有比这些镶着花边的帆更明朗的了,更能够眩惑人的感官的了。

　　载客的船也从这边继续的出发,大的,小的,还有载着货物的,载着马匹的。还有些响着铃子的,呼叫着的,乱翻着绳索的。等两只船在河心相遇的时候,水手们用着过高的喉咙,他们说些个普通话:太阳

---

① 该篇创作于一九三八年八月六日,首刊于一九三九年二月一日香港《文艺阵地》第二卷第八期,署名萧红。一九四〇年二月七日至十六日,重庆《国民公报》副刊"文群"分五期连载。一九四〇年三月,收入桂林上海杂志公司"每月文库"一辑之十初版小说集《旷野的呼喊》,署名萧红。

大不大,风紧不紧,或者说水流急不急,但也有时用过高的声音彼此约定下谁先行,谁后行。总之他们都是用着最响亮的声音,这不是为了必要,是对于黄河他们在实行着一种约束。或者对于河水起着不能控制的心情,而过高的提拔着自己。

在潼关下边,在黄土层上垒荡着的城围下边,孩子们和妇人用着和狗尾巴差不多的小得可怜的笤帚在扫着军队的运输队撒留下来稀零的,被人纷争着的,滚在平平的河滩上的几颗豆粒或麦稞。河的对面就像孩子们的玩具似的,在层层叠叠生着绒毛似的黄土层上爬着一串微黑色的小火车。小火车,平和的,又急喘的吐着白汽,仿佛一队受了伤的小母猪样的在摇摇摆摆的走着。车上同猪印子一样打上两个淡褐色的字印:同蒲。

黄河的惟一的特征,就是它是黄土的流,而不是水的流。照在河面上的阳光反射的也不强烈。船是四方形的,如同在泥上滑行,所以运行的迟滞是有理由的。

早晨,太阳也许带着风沙,也许带着晴朗来到潼关的上空,它抚摸遍了那广大的土层,它在那终年昏迷着的静止在风沙里边的土层上用晴朗给摊上一种透明和纱一样的光彩,又好像月光在八月里照在森林上一样,起着远古的,悠久的,永不能够磨灭的悲哀的雾障。在夹对的黄土床中流走的河水相同它是偷渡着敌军的关口,所以昼夜的匆忙,不停的和泥沙争斗着。年年月月,日日夜夜,时时刻刻,到后来它自己本身就绞进泥沙去了。河里只见了泥沙。所以常常被诅咒成泥河呀!野蛮的河,可怕的河,簸卷着而来的河,它会卷走一切生命的河,这河本身就是一个不幸。

现在是上午,太阳还与人的视线取着平视的角度,河面上是没有雾的,只有劳动和争渡。

正月完了,发酥的冰排流下来,互相击撞着,也像船似的,一片一片的。可是船上又像堆着雪,是堆起来的面袋子,白色的洋面。从这边河岸运转到那边河岸上去。

阎胡子的船,正上满了肥硕的袋子,预备开船了。

可是他又犯了他的老毛病,提着砂作的酒壶去打酒去了。他不放心别的撑篙的给他打酒,因为他们常常走在半路矜持不住,空嘴白舌,就仰起脖儿呷了一口,或者把钱吞下一点儿去喝碗羊汤,不足的分量,用水来补足。阎胡子只消用舌头板一压,就会发现这些年青人们的花头来的,所以回回是他自己去打酒。

水手们,备好了纤绳,备好了篙子,便盘起膝盖坐下来等。

凡是水手没有不愿意靠岸的,不管是海航或是河航。但是,凡是水手,也就没有一个愿意等人的。

因为是阎胡子的船,非等不可。

"尿骚桶,喝尿骚,一等等到骆锅腰!"一个小伙子直挺挺的靠在桅杆上立着,说完了话,便忙着脊背向下溜,直到坐在船板上,咧开大嘴在笑着。

忽然,一个人,满头大汗的,背着个小包,也没打招呼踏上了五寸宽那条小踏板,过跳上船来了。

"下去,下去! 上水船,不让客!"

"老乡……"

"下去,下去,上水船,不让客!"

"让一让吧,我帮着你们打船。……"

"这可不是打野鸭子呀,下去!"水手看看上来的是一个灰色的兵。

"老乡……"

"是,老乡,上水船,吃力气,这黄河可不同别的河……撑杆一下去就是一身汗。"

"老乡们! 我不是白坐船,当兵的还怕出力气吗! 我是过河去赶队伍的。天太早,摆渡的船那里有呢!老乡,我早早过河赶路的……"他说着就在洋面袋子上靠着身子,那近乎圆形的脸还有一点发光,那过于长的头发在帽子下面像是帽子被镶了一道黑边。

"八路军怎么单人出发的呢?"

"我是因为老婆死啦,误了几天……所以着急要快赶的。"

"哈哈!老婆死啦还上前线。"于是许多笑声跳跃在绳索和撑杆之间。

水手们因为趣味的关系,互相的高声的骂着。同时准备着张帆,准备着脱离开河岸,把这兵士似乎是忘记了,也似乎允许了他的过渡。

"这老头子打酒在酒店里睡了一觉啦……你看他那个才睡醒的样子……腿好像是经石头绊住啦……"

"不对。你说的不对,石头就挂在他的脚跟上。"

那老头子的小酒壶像一块镜子或是一片蛤蜊壳闪烁在他的胸前。微微有点温暖的阳光和黄河上常有的撩乱而没有方向的风丝在他的周围裹荡。于是他混着沙土的头发跳荡得和干草似的失去了光彩。

"往上放罢!"

这是黄河上专有的名词,若想横渡,必得先上行,而后下行。因为河水没有正路的缘故。

阎胡子的脚板一踏上船身,那种安适,把握,丝毫其他的欲望可使他不宁静的可能都不能够捉住他的。他只发了和号令似的这一句话,而后笑纹就自由的在他皱纹不太多的眼角边流展开来。而后他走下舵室去,那是一个黑黑的小屋,在船尾的舱里,里面像是供着什么神位,一个小龛子前有两条红色的小对联。

"往上放罢!"

这声音因为河上的冰排格凌凌地作响的反应显得特别粗壮和苍老。

"这船上有坐闲船的,老阎,你没看见?"

"那得让他下去,多出一分力量可不是闹着玩的……在那地方?

他在那地方?"

那灰色的兵士,他向着阳光微笑:

"在这里,在这里……"他手中拿着撑船的长杆站在船头上。

"去,去去……"阎胡子从舱里伸出一只手来:"去去去……快下去……快下去……你是官兵,是保卫国家的,可是这河上也不是没有兵船。"

阎胡子是山东人,十多年以前因为黄河涨大水逃到关东又逃到山西的。所以山东人的火性和粗鲁还在他身上常常出现。

"你是那个军队上的?"

"我是八路的。"

"八路的兵,是单个出发的吗?"

"我的老婆生病,她死啦。……我是过河去赶队伍的。"

"唔!"阎胡子的小酒壶还捏在左手上。

"那么你是山西的游击队啦……是不是?"阎胡子把酒壶放下了。

在那士兵安然的回答着的时候,那船板上完全流动着笑声,并且分不清楚那笑声是恶意的还是善意的。

"老婆死啦还打仗! 这年头……"

阎胡子走上船板来:

"你们,你们这些东西! 七嘴八舌头,赶快开船吧!"他亲手把一只面粉口袋抬起来,他说那放的不是地方,"你们可不知道,这面粉本来三十斤,因为放的不是地方,它会让你费上六十斤的力量。"他把手遮在额前,向着东方照了一下:

"天不早啦,该开船啦。"

于是撑起花色的帆来。那帆像翡翠鸟的翅子,像蓝蝴蝶的翅子。

水流和绳子似的在撑杆之间扭绞着。在船板上来回跑着的水手们把汗珠被风扫成碎沫而掠着河面。

阎胡子的船和别的运着军粮的船遥远的相距着。尾巴似的这只孤船系在那排成队的十几只船的最后。

黄河的土层是那么原始的，单纯的，干枯的，完全缺乏光彩的站在两岸。正和阎胡子那没有光彩的胡子一样，土层是被河水，风沙和年代所造成，而阎胡子那没有光彩的胡子则是受这风沙的迷漫的缘故。

"你是八路的……可是你的部队在山西的那一方面？俺家就在山西。"

"老乡！听你说话是山东口音。过来多年啦？"

"没多少年，十几年……俺家那边就是游击队保卫着……都是八路的，都是八路的……"阎胡子把棕色的酒杯在嘴唇上湿润了一下，嘴唇不断的发着光，他的喝酒，像是并没有走进喉咙去，完全和一种形式一样。但是他不断的浸染着他的嘴唇。那嘴唇在说话的时候好像两块小锡片在跳动着：

"都是八路的……俺家那方面都是八路的……"

他的胡子和春天快要脱落的牛毛似的疏散和松放。他的红的近乎赭色的脸像是用泥土塑成的，又像是在窑里边被烧炼过，显着结实，坚硬。阎胡子像是已经变成了陶器。

"八路上的……"他招呼着那兵士："你放下那撑杆吧！我看你不会撑，白费力气……这边来坐坐，喝一碗茶，……"方才他说过的那些去去去……现在变成来来来了："你来吧，这河的水性特别，与众不同，……你是白费气力，多你一个人坐船不算么！"

船行到了河心，冰排从上边流下来的声音好像古琴在骚闹着似的。阎胡子坐在舱里佛龛旁边，舵柄虽然拿在他的手中，而他留意的并不是这河上的买卖，而是"家"的回念。直到水手们提醒他船已走上了急流，他才把他关于家的谈话放下。但是没多久，又零零乱乱地继续下去……

"赵城，赵城俺住了八年啦！你说那地方要紧不要紧？去年冬天太原下来之后，说是临汾也不行了……赵城也更不行啦……说是非到风陵渡不可……这时候……就有赵城的老乡去当兵的……还有一个邻居姓王的那小伙子跟着八路军游击队去当伙夫去啦……八路军不就是你们这一路的吗？……那小伙子我还见着他来的呢！胳臂上挂着这'八路'两个字。后来又听说他也跟着出发到别的地方去了呢！……可是你说……赵城要紧不要紧？俺倒没有别的牵挂，就是俺那孩子太小，带他到这河上来吧！他又太小，不能做什么……跟他娘在家吧……又怕日本兵来到杀了他。这过河逃难的整天有，俺这船就是载面粉过来，再载着难民回去……看看那哭哭啼啼的老的小的……真是除了去当兵，干什么都没有心思！"

"老乡！在赵城你算是安家立业的人啦，那么也一定有二亩地啦？"兵士面前的茶杯在冒着气。

"那能够说到房子和地，跑了这些年还是穷跑腿……所好的就是没把老婆孩子跑去。"

"那么山东家还有双亲吗？"

"那里有啦？都给黄河的水卷去啦！"阎胡子擦了一下自己的胡子，把他旁边的酒杯放在酒壶口上，他对着舱口说：

"你见过黄河的大水吗？那是民国几年……那就铺天盖地的来了！白亮亮地，哗哗地……和野牛那么叫着……山东那黄河可不比这潼关……几百里，几十里一漫平。黄河一到潼关就没有气力啦……看这山……这大土崖子……就是它想要铺天盖地又怎能……可是山东就不行啦！……你家是那里？你到过山东？"

"我没到过，我家就是山西……洪洞……"

"家里还有什么人？咱两家是不远的……喝茶，喝茶……呵……呵……"老头子为着高兴，大声的向着河水吐了一口痰。

"我这回要赶的部队就是在赵城……洪洞的家也都搬过河来了……"

"你去的就是赵城，好！那么……"他从舵柄探出船外的那个孔道口看出去……河简直就是黄色的泥浆，滚着，翻着……绞绕着……舵就在这浊流上打击着。

"好！那么……"他站起来摇着舵柄，船就快靠岸了。

这一次渡河，阎胡子觉得渡得太快。他擦一擦眼睛，看一看对面的土层，是否来到了河岸？

"好，那么。"他想让那兵士给他的家带一个信回去，但又觉得没有什么可说的。

他们走下船来，沿着河身旁的沙地向着太阳的方向进发。无数条的光的反刺击撞着阎胡子古铜色的脸面，他的宽大的近乎方形的脚掌把沙滩印着一些圆圆洼陷。

"你说赵城可不要紧？我本想让你带一个回信去……等到饭馆喝两盅，咱二人谈谈谈说……"

风陵渡车站附近，层层转转的是一些板棚或席棚，里边冒着气，响着勺子，还有一种油香夹杂着一种咸味在那地方缭绕着。

一盘炒豆腐，一壶四两酒蹲在阎胡子的桌面上。

"你要吃什么，你只管吃……俺在这河上多少总比你们当兵的多赚两个……你只管吃……来一碗面片汤，再加半斤锅饼……先吃着，不够再来。……"

风沙的卷荡在太阳高了起来的时候，是要加甚的。席棚子像有笤帚在扫着似的，嚓嚓地在凸出凹进的响着。

阎胡子的话，和一串珠子似的咯啦咯啦的被玩弄着，大风只在席棚子间旋转，并没有把阎胡子的故事给穿着。

"……黄河的大水　来到俺山东那地方，就像几十万大军已经到了……连小孩子夜晚吵着不睡的时候，你若说'来大水啦'，他就安静了一刻。用大水吓唬孩子就像用老虎一样使他们害怕。在一个黑沉沉的夜里，大水可真的来啦；爹和娘站在房顶上，爹说'……怕不要紧，我活四十多岁，大水也来过几次，并没有卷去什么。'我和姐姐拉着娘的手……第一声我听着叫的是猪，许是那猪快到要命的时候啦，哽哽的……以后就是狗，狗跳到柴堆上……在那上头叫着……再以后就是鸡……它们那些东西乱飞着……柴堆上，墙头上，狗栏子上……反正看不见，都听得见的……别人家的也是一样。还有孩子哭，大人骂。只有鸭子，那一夜到天明也没有休息一会，比平常不涨大水的时候还高兴……鸭子不怕大水，狗也不怕，可是狗到第二天就瘦啦，……也不愿睁眼睛啦……鸭子正不一样，胖啦！新鲜啦……呱呱的叫声更大了！可是爹爹那天晚上就死啦，娘也许是第二天死的。……"

阎胡子从席棚通过了那在锅底上乱响着的炒菜的勺子而看到黄河上去。

"这边，这河并不凶。"他喝了一盅酒，筷子在辣椒酱的小碟里点了一下。他脸上的筋肉好像棕色的浮雕经过了陶器的制作那么坚硬，那么没有变动。

"小孩子的时候，就听人家说，离开这河远一点吧！去跑关东吧！（即东三省）一直到第二次的大水……那时候，我已经二十六岁……也成了家……听人说，关东是块福地，俺山东人跑关东的年年有，俺就带着老婆跑到关东去……关东俺有三间房，两三亩地……关东又变成了'满洲国'。赵城俺原本有一个叔叔，打一封信给俺，他说那边，慢慢地日本人都想法子把中国人治死，还说先治死这些穷人，依着我就不怕，可是俺老婆说俺们还有孩子啦，因此就跑到俺叔叔这来，俺叔叔做个小买卖，俺就在叔叔家帮着照料照料……慢慢地活转几个钱，租两亩地种种……俺还有个儿，俺儿一年一年的眼看着长成人啦！这几个钱没有活转着，俺叔要回山东。把小买卖也收拾啦。剩下俺一个人，这心里头可就转了圈子……山西原来和山东一样，人们也只有跑关东……要想在此地谋个生活,就好比苍蝇落在针尖上,俺山东人体性粗,这山西人体性慢……干啥事干不惯……"

"俺想,赵城可还离火线两三百里,许是不要紧……"他向着兵士:"咱中国的局面怎么样?听说日本人要夺风陵渡……俺在山西没有别的东西,就是这一只破船……"

兵士站起来,挂上他的洋瓷碗,油亮的发着光的嘴唇点燃着一支香烟,那有点胖的手骨节凹着小坑的手又在整理着他的背包。黑色的裤子,灰色的上衣,衣襟上涂着油渍和灰尘。但他脸上的表情是开展的,愉快的,平坦和希望的。他讲话的声音并不高朗,温和而宽弛,就像他在草原上生长起来的一样:

"我要赶路的,老乡!要给你家带个信吗?"

"带个信……"阎胡子感到一阵忙乱,这忙乱是从他的心底出发的,带什么呢? 这河上没有什么可告诉的。"带一个口信说……"好像这饭铺炒菜的勺子又搅乱了他。"你坐下等一等,俺想一想……"

他的头垂在他的一只手上,好像已经成熟了的转茎莲垂下头来一样。席棚子被风吸着凹进凸出的好像一大张海蜇飘在海面上。勺子声,菜刀声,被洗着的碗的声音,前前后后响着鞭子声。小驴车,马车和骡子车拖拖搭搭的载着军火或食粮来往着。车轮带起来的飞沙并不狂猖,而那狂猖着的,是跟着黄河而来的,在空中它漫卷着太阳和蓝天,在地面它则漫卷着沙尘和黄土,漫卷着所有黄河地带生长着的一切,以及死亡的一切。

潼关,背着太阳的方向站着,因为土层起伏高下,看起来,那是微黑的一大群,像是烟雾停止了,又像黑云下降,又像一大群兽类堆集着蹲伏下来。那些巨兽,并没有毛皮,并没有面貌,只相同读了埃及人沙漠的故事之后偶尔出现在夏夜的梦中的一个可怕的记忆。

风陵渡侧面向着太阳站着,所以土层的颜色有些微黄,及有些发灰,总之有一种相同在病中那种苍白的感觉,看上去,干涩,无光,无论如何不能把它制伏的那种念头,会立刻压住了你。

站在长城上会使人感到一种恐惧,那恐惧是人类历史的血流又鼓荡起来了!而站在黄河边上所起的并不是恐惧,而是对人类的一种默泣,对于病痛和荒凉永远的诅咒。

同蒲路的火车,好像几匹还没有睡醒的小蛇似的慢慢地来了一串,又慢慢地去了一串。

那兵士站起来向阎胡子说:

"我就要赶火车去……你慢慢地喝吧……再会啦……"

阎胡子把酒杯又倒满了。他看着杯子底上有些泥土,他想,这应该倒掉而不应该喝下去,但当他说完了给他带一个家信,就说他在这河上还好的时候,他忘记了那杯酒是不想喝的也就走下喉咙去了。同时他赶快撕了一块锅饼放在嘴里,喉咙像是有什么东西在涨塞着有些发痛。于是他就抚弄着那块锅饼上突起的花纹,那花纹是画的"八卦"。他还识出了那是"乾卦",那是"坤卦"。

奔向同蒲站的兵士,听到背后有呼唤他的声音:

"站住,……站住……"

他回头看时,那老头好像一只小熊似的奔在沙滩上:

"我问你,是不是中国这回打胜仗,老百姓就得日子过啦?"

八路的兵士走回来,好像是沉思了一会,而后拍着那老头的肩膀。

"是的,我们这回必胜……老百姓一定有好日子过的。"

那兵士都模糊得像画面上的粗壮的小人一样了。可是阎胡子仍旧在沙滩上站着。

阎胡子的两脚深深地陷进沙滩去,那圆圆的涡旋埋没了他的两脚了。

一九三八,八,六日,汉口

中篇小说

XIAOHONG
QUANJI

生死场[①]

一　麦场

一只山羊在大道边啮嚼榆树的根端。

城外一条长长的大道,被榆树打成荫片。走在大道中,像是走进一个荡动遮天的大伞。

山羊嘴嚼榆树皮,黏沫从山羊的胡子流延着。被刮起的这些黏沫,仿佛是胰子的泡沫,又像粗重浮游着的丝条;黏沫挂满羊腿,榆树显然是生了疮疖,榆树带着偌大的疤痕。山羊却睡在荫中,白囊一样的肚皮起起落落……

菜田里一个小孩慢慢地踱走。在草帽的盖伏下,像是一棵大形的菌类。捕蝴蝶吗?捉蚱虫吗?小孩在正午的太阳下。

[①]　该篇创作完成于一九三四年九月九日,一九三五年十二月,上海容光书局"奴隶丛书"之三初版,署名萧红。前两章,首刊于一九三四年四月二十九日至五月十七日哈尔滨《国际协报》副刊"国际公园",署名悄吟。

很短时间以内,跌步的农夫也出现在菜田里。一片白菜的颜色有些相近山羊的颜色。

毗连着菜田的南端生着青穗的高粱的林。小孩钻入高粱之群里,许多穗子被撞着在头顶打坠下来。有时也打在脸上。叶子们交结着响,有时刺痛着皮肤。那里是绿色的甜味的世界,显然凉爽一些。时间不久小孩子争斗着又走出最末的那棵植物。立刻太阳烧着他的头发,急灵的他把帽子扣起来。高空的蓝天,遮覆住菜田上跳跃着的太阳。没有一块行云。一株柳条的短枝,小孩夹在腋下,走路他的两腿膝盖远远的分开,两只脚尖向里勾着,勾得腿在抱着个盆样。跌脚的农夫早已看清是自己的孩子了,他远远地完全用喉音在问着:

"罗圈腿,唉呀! ……不能找到?"

这个孩子的名字十分象征着他。他说:"没有。"

菜田的边道,小小的地盘,绣着野菜。经过这条短道,前面就是二里半的房窝,他家门前种着一株杨树,杨树翻摆着自己的叶子。每日二里半走在杨树下,总是听一听杨树的叶子怎样响;看一看杨树的叶子怎样动摆? 杨树每天这样……他也每天停脚。今天是他第一次破例,什么他都忘记,只见跌脚跌得更深了! 每一步像在踏下一个坑去。

土屋周围,树条编做成墙,杨树一半荫影洒落到院中;麻面婆在荫影中洗濯衣裳。正午田圃间只留着寂静,惟有蝴蝶们为着花,远近的翩飞,不怕太阳烧毁它们的翅膀。一切都回藏起来,一只狗也寻着有荫的地方睡了! 虫子们也回藏不鸣!

汗水在麻面婆的脸上,如珠如豆,渐渐浸着每个麻痕而下流。麻面婆不是一只蝴蝶,她生不出磷膀来,只有印就的麻痕。

两只蝴蝶飞戏着闪过麻面婆,她用湿的手把飞着的蝴蝶打下来,一个落到盆中溺死了! 她的身子向前继续伏动,汗流到嘴了,她舐尝一点盐的味,汗流到眼睛的时候,那是非常辣,她急切用湿手揩拭一下,但仍不停的洗濯。她的眼睛好像哭过一样,揉擦出脏污可笑的圈子,若远看一点,那正合乎戏台上的丑角;眼睛大得那样可怕,比起牛的眼睛来更大,而且脸上也有不定的花纹。

土房的窗子,门,望去那和洞一样。麻面婆踏进门,她去找另一件要洗的衣服,可是在炕上,她抓到了日影,但是不能拿起,她知道她的眼睛是晕花了!好像在光明中忽然走进灭了灯的夜。她休息下来,感到非常凉爽。过了一会在席子下面她抽出一条自己的裤子。她用裤子抹着头上的汗,一面走回树荫放着盆的地方,她把裤子也浸进泥浆去。

裤子在盆中大概还没有洗完,可是挂到篱墙上了!也许已经洗完? 麻面婆做事是一件跟紧一件,有必要时,她放下一件又去做别的。

邻屋的烟筒,浓烟冲出,被风吹散着,布满全院。烟迷着她的眼睛了! 她知道家人要回来吃饭,慌张着心弦,她用泥浆浸过的手去墙角拿茅草,她沾了满手的茅草,就那样,她烧饭,她的手从来不用清水洗过。她家的烟筒也走着烟了。过了一会,她又出来取柴,茅草在手中,一半拖在地面,另一半在围裙下,她是摇拥着走。头发飘了满脸,那样,麻面婆是一只母熊了! 母熊带着草类进洞。

浓烟遮住太阳,院中一霎明暗,在空中烟和云似的。

篱墙上的衣裳在滴水滴,蒸着污浊的气。全个村庄在火中窒息。午间的太阳权威着一切了!

"他妈的,给人家偷着走了吧?"

二里半跌脚利害的时候,都是把屁股向后面斜着,跌出一定的角度来。他去拍一拍山羊睡觉的草棚,可是羊在那里?

"他妈的,谁偷了羊……混账种子!"

麻面婆听着丈夫骂,她走出来凹着眼睛:

"饭晚啦吗? 看你不回来,我就洗些个衣裳。"

让麻面婆说话,就像让猪说话一样,也许她喉咙组织法和猪相同,她总是发着猪声。

"唉呀! 羊丢啦! 我骂你那个傻老婆干什么?"

听说羊丢,她去扬翻柴堆,她记得有一次羊是钻过柴堆。但,那在冬天,羊为着取暖。她没有想一想,六月天气,只有和她一样傻的羊才要钻柴堆取暖。她翻着,她没有想。全头发洒着一些细草,她丈夫想止住她,问她什么理由,她始终不说。她为着要作出一点奇迹,为着从这奇迹,今后要人看重她。表明她不傻,表明她的智慧是在必要的时节出现,于是像狗在柴堆上要得疲乏了! 手在扒着发间的草杆,她坐下来。她意外的感到自己的聪明不够用,她意外的向自己失望。

过了一会邻人们在太阳底下四面出发,四面寻羊;麻面婆的饭锅冒着气,但,她也跟在后面。

二里半走出家门不远,遇见罗圈腿,孩子说:

"爸爸,我饿!"

二里半说:"回家去吃饭吧!"

可是二里半转身时老婆和一捆稻草似的跟在后面。

"你这老婆,来干什么? 领他回家去吃饭。"

他说着不停的向前跌走。

黄色的,近黄色的,麦地只留下短短的根苗。远看来麦地使人悲伤。在麦地尽端,井边什么人在汲水。二里半一只手遮在眉上,东西眺望,他忽然决定到那井的地方,在井沿看下去,什么也没有,用井上汲水的桶子向水底深深的探试,什么也没有,最后,绞上水桶,他伏身到井边喝水,水在喉中有声,像是马在喝。

老王婆在门前草场上休息:

"麦子打得怎样啦? 我的羊丢了!"

二里半青色的面孔为了丢羊更青色了!

咩……咩……羊叫,不是羊叫,寻羊的人叫。

林荫一排砖车经过,车夫们哗闹着。山羊的午睡醒转过来,它迷茫着用犄角在周身剔毛。为着树叶绿色的反映,山羊变成浅黄。卖瓜的人在道旁自己吃瓜。那一排砖车扬起浪般的灰尘,从林荫走上进城的大道。

山羊寂寞着,山羊完成了它的午睡,完成了它的树皮餐,而归家去了。山羊没有归家,它经过每棵高树,也听遍了每张叶子的刷鸣,山羊也要进城吗!它奔向进城的大道。

咩……咩,羊叫,不是羊叫,寻羊的人叫,二里半比别人叫出来更大声,那不像是羊叫,像是一条牛了!

最后,二里半和地邻动打,那样,他的帽子,像断了线的风筝,飘摇着下降,从他头上飘摇到远处。

"你踏碎了俺的白菜!你……你……"

那个红脸长人,像是魔王一样,二里半被打得眼睛晕花起来,他去抽拔身边的一棵小树,小树无由的被害了,那家的女人出来,送出一支搅酱缸的耙子,耙子滴着酱。

他看见耙子来了,拔着一棵小树跑回家去,草帽是那般孤独的丢在井边,草帽他不知戴过了多少年头。

二里半骂着妻子:"混蛋,谁吃你的焦饭!"

他的面孔和马脸一样长。麻面婆惊惶着,带着愚蠢的举动,她知道山羊一定没能寻到。

过了一会,她到饭盆那里哭了!"我的……羊,我一天一天喂喂……大的,我抚摸着长起来的!"

麻面婆的性情不会抱怨。她一遇到不快时,或是丈夫骂了她,或是邻人与她拌嘴,就连小孩子们扰烦她时,她都是像一摊蜡消融下来。

她的性情不好反抗,不好争斗,她的心像永远贮藏着悲哀似的,她的心永远像一块衰弱的白棉。她哭抽着,任意走到外面把晒干的衣裳搭进来,但她绝对没有心思注意到羊。

可是会旅行的山羊在草棚不断的搔痒,弄得板房的门扇快要掉落下来,门扇摔摆的响着。

下午了,二里半仍在炕上坐着。

"妈的,羊丢了就丢了吧!留着它不是好兆相。"

但是妻子不晓得养羊会有什么不好的兆相,她说:

"哼!那么白白地丢了?我一会去找,我想一定在高粱地里。"

"你还去找?你别找啦!丢就丢来吧!"

"我能找到它呢!"

"唉呀,找羊会出别的事哩!"

他脑中回旋着挨打的时候:——草帽像断了线的风筝飘摇着下落,酱耙子滴着酱。快抓住小树,快抓住小树。……二里半心中翻着这不好的兆相。

他的妻不知道这事。她朝向高粱地去了:蝴蝶和别的虫子热闹着,田地上有人工作了。她不和田上的妇女们搭话,经过留着根的麦地时,她像微点的爬虫在那里。阳光比正午钝了些,虫鸣渐多了;渐飞渐多了!

老王婆工作剩余的时间,尽是,述说她无穷的命运。她的牙齿为着述说常常切得发响,那样她表示她的愤恨和潜怒。在星光下,她的脸纹绿了些,眼睛发青,她的眼睛是大的圆形。有时她讲到兴奋的话句,她发着嘎而没有曲折的直声。邻居的孩子们会说她是一头"猫头鹰",她常常为着小孩子们说她"猫头鹰"而愤激,她想自己怎么会成个那样的怪物呢?像碎着一件什么东西似的,她开始吐痰。

孩子们的妈妈打了他们,孩子跑到一边去哭了!这时王婆她该终止她的讲说,她从窗洞爬进屋去过夜。但有时她并不注意孩子们哭,她不听见似地,她仍说着那一年麦子好;她多买了一条牛,牛又生了小牛,小牛后来又怎样?……她的讲话总是有起有落;关于一条牛,她能有无量的言词:牛是什么颜色?每天要吃多少水草?甚至要说到牛睡觉是怎样的姿势。

但是今夜院中一个讨厌的孩子也没有,王婆领着两个邻妇,坐在一条喂猪的槽子上,她们的故事便流水一般地在夜空里延展开。

天空一些云忙走,月亮陷进云围时,云和烟样,和煤山样,快要燃烧似地。再过一会,月亮埋进云山,四面听不见蛙鸣;只是萤虫闪闪着。

屋里,像是洞里,响起鼾声来,布遍了的声波旋走了满院。天边小的闪光不住的在闪合。王婆的故事对比着天空的云:

"……一个孩子三岁了,我把她摔死了,要小孩子我会成了个废物。……那天早晨……我想一想!……是早晨,我把她坐在草堆上,我去喂牛;草堆是在房后。等我想起孩子来,我跑去抱她,我看见草堆上没有孩子;我看见草堆下有铁犁的时候,我知道,这是恶兆,偏偏孩子跌在铁犁一起,我以为她还活着呀!等我抱起来的时候……啊呀!"

一条闪光裂开来,看得清王婆是一个兴奋的幽灵。全麦田,高粱地,菜圃,都在闪光下出现。妇人们被惶憾着,像是有什么冷的东西,扑向她们的脸去。闪光一过,王婆的话声又连续下去:

"……啊呀!……我把她丢到草堆上,血尽是向草堆上流呀!她的小手颤颤着,血在冒着汽从鼻子流出,从嘴里流出,好像喉管被切断了。我听一听她的肚子还有响;那和一条小狗给车轮辘死一样。我也亲眼看过小狗被车轮轧死,我什么都看过。这庄上的谁家养小孩,一遇到孩子不能养下来,我就去拿着钩子,也许用那个掘菜的刀子,把孩子从娘的肚里硬搅出来。孩子死，不算一回事，你们以为我会暴跳着哭吧？我会嚎叫吧？起先我心也觉得发颤，可是我一看见麦田在我眼前时，我一点都不后悔，我一滴眼泪都没淌下。以后麦子收成很好，麦子是我割倒的，在场上一粒一粒我把麦子拾起来，就是那年我整个秋天没有停脚，没讲闲话，像连口气也没得喘似的，冬天就来了！到冬天我和邻人比着麦粒，我的麦粒是那样大呀！到冬天我的背曲得有些利害，在手里拿着大的麦粒。可是，邻人的孩子却长起来了！……到那时候，我好像忽然才想起我的小钟。"

王婆推一推邻妇，荡一荡头：

"我的孩子小名叫小钟呀！……我接连着熬苦了几夜没能睡，什么麦粒？从那时起，我连麦粒也不怎样看重了！就是如今，我也不把什么看重。那时我才二十几岁。"

闪光相连起来，能言的幽灵默默坐在闪光中。邻妇互望着，感到有些寒冷。

狗在麦场张狂着咬过来，多云的夜什么也不能告诉人们。忽然一道闪光，看见的黄狗卷着尾巴向二里半叫去，闪光一过，黄狗又回到麦堆，草茎折动出细微的声音。

"三哥不在家里？"

"他睡着哩！"王婆又回到她的默默中，她的答话像是从一个空瓶子或是从什么空的东西发出。猪槽上她一个人化石一般地留着。

"三哥！你又和三嫂闹嘴吗？你常常和她闹嘴，那会败坏了平安的日子的。"

二里半，能宽容妻子，以他的感觉去衡量别人。

赵三点起烟火来，他红色的脸笑了笑："我没和谁闹嘴哩！"

二里半他从腰间解下烟袋，从容着说：

"我的羊丢了！你不知道吧？它又走了回来。要替我说出买主去，这条羊留着不是什么好兆相。"

赵三用粗嘎的声音大笑，大手和红色脸在闪光中伸现出来：

"哈……哈，倒不错，听说你的帽子飞到井边团团转呢！"

忽然二里半又看见身边长着一棵小树，快抓住小树，快抓住小树。他幻想终了，他知道被打的消息是传布出来，他捻一捻烟火，解辩着说：

"那家子不通人情，那有丢了羊不许找的勾当？他硬说踏了他的白菜，你看，我不能和他动打。"

摇一摇头，受着辱一般的冷没下去，他吸烟管，切心地感到羊不是好兆相，羊会伤着自己的脸面。

来了一道闪光，大手的高大的赵三，从炕沿站起，用手掌擦着眼睛。他忽然响叫：

"怕是要落雨吧！——坏啦！麦子还没打完，在场上堆着！"

赵三感到养牛和种地不足，必须到城里去发展。他每日进城，他渐渐不注意麦子，他梦想着另一桩有望的事业。

"那老婆，怎不去看麦子？麦子一定要给水冲走呢？"

赵三习惯的总以为她会坐在院心，闪光更来了！雷响，风声。一切翻动着黑夜的庄村。

"我在这里呀！到草棚拿席子来，把麦子盖起吧！"

喊声在有闪光的麦场响出，声音像碰着什么似的，好像在水上响出，王婆又震动着喉咙："快些，没有用的，睡觉睡昏啦！你是摸不到门啦！"

赵三为着未来的大雨所恐吓，没有同她拌嘴。

高粱地像要倒折，地端的榆树吹啸起来，有点像金属的声音，为着闪的原故，全庄忽然裸现，忽然又沉埋下去。全庄像是海上浮着的泡沫。邻家和距离远一点的邻家有孩子的哭声，大人在嚷吵，什么酱缸没有盖啦！驱赶着鸡雏啦！种麦田的人家嚷着麦子还没有打完啦！农家好比鸡笼，向着鸡笼投下火去，鸡们会翻腾着。

黄狗在草堆开始做窝，用腿扒草，用嘴扯草。王婆一边颤动，一边手里拿着耙子：

"该死的，麦子今天就应该打完，你进城就不见回来，麦子算是可惜啦！"

二里半在电光中走近家门，有雨点打下来，在植物的叶子上稀疏的响着。雨点打在他的头上时，他摸一下头顶而没有了草帽。关于草帽，二里半一边走路一边怨恨山羊。

早晨了，雨还没有落下。东边一道长虹悬起来；感到湿的气味的云掠过人头，东边高粱头上，太阳走在云后，那过于艳明，像红色的水晶，像红色的梦。远看高粱和小树林一般森严着；村家在早晨趁着气候的凉爽，各自在田间忙。

赵三门前，麦场上小孩子牵着马，因为是一条年青的马，它跳着荡着尾巴跟它的小主人走上场来。小马欢喜用嘴撞一撞停在场上的"石磙"，它的前腿在平滑的地上踩打几下，接着它必然像索求什么似的叫起不很好听的声来。

王婆穿的宽袖的短袄，走上平场。她的头发毛乱而且绞卷着，朝晨的红光照着她，她的头发恰像田上成熟的玉米的缨穗，红色并且蔫卷。

马儿把主人呼唤出来，它等待给它装置"石磙"，"石磙"装好的时候，小马摇着尾巴，不断的摇着尾巴，它十分驯顺和愉快。

王婆摸一摸席子潮湿一点，席子被拉在一边了；孩子跑过去，帮助她，麦穗布满平场，王婆拿着耙子站到一边。小孩欢跑着立到场子中央，马儿开始转跑。小孩在中心地点也是转着。好像画圆周时用的圆规一样,无论马儿怎样跑,孩子总在圆心的位置。因为小马发疯着。飘扬着跑它和孩子一般地贪玩,弄得麦穗溅出场外。王婆用耙子打着马,可是走了一会它游戏够了,就和厮耍着的小狗需要休息一样,休息下来。王婆着了疯一般地又挥着耙子,马暴跳起来,它跑了两个圈子,把"石磙"带着离开铺着麦穗的平场;并且嘴里咬嚼一些麦穗。系住马勒带的孩子挨骂着:

"呵!你总偷着把它拉上场,你看这样的马能打麦子吗?死了去吧!别烦我吧!"

小孩子拉马走出平场的门;到马槽子那里,去拉那个老马。把小马束好在杆子间。老马差不多完全脱了毛,小孩子不爱它,用勒带打着它走,可是它仍和一块石头或是一棵生了根的植物那样不容搬运。老马是小马的妈妈,它停下来,用鼻头偎着小马肚皮间破裂的流着血的伤口。小孩子看见他爱的小马流血,心中惨惨的眼泪要落出来,但是他没能晓得母子之情,因为他还没能看见妈妈:他是私生子。脱着光毛的老动物,催逼着离开小马,鼻头染着一些血,走上麦场。

村前火车经过河桥,看不见火车,听见隆隆的声响。王婆注意着旋上天空的黑烟。前村的人家,驱着白菜车去进城,走过王婆的场子时,从车上抛下几个柿子来,一面说:"你们是不种柿子的,这是贱东西,不值钱的东西,麦子是发财之道呀!"驱着车子的青年结实的汉子过去了;鞭子甩响着。

老马看着墙外的马不叫一声,也不响鼻子。小孩去拿柿子吃,柿子还不十分成熟,半青色的柿子,永远被人们摘取下来。

马静静地停在那里,连尾巴也不甩摆一下。也不去用嘴触一触石磙;就连眼睛它也不远看一下,同时它也不怕什么工做,工作来的时候,它就安心去开始;一些绳锁束上身时,它就跟住主人的鞭子。主人的鞭子很少落到它的皮骨,有时它过分疲惫而不能支持,行走过分缓慢;主人打了它,用鞭子,或是用别的什么,但是它并不暴跳,因为一切过去的年代规定了它。

麦穗在场上渐渐不成形了!

"来呀!在这儿拉一会马呀!平儿!"

"我不愿意和老马在一块,老马整天像睡着。"

平儿囊中带着柿子走到一边去吃,王婆怨怒着:

"好孩子呀!我管不好你,你还有爹哩!"

平儿没有理谁,走出场子,向着东边种着花的地端走去。他看着红花,吃着柿子走。

灰色的老幽灵暴怒了:"我去唤你的爹爹来管教你呀!"

她像一只灰色的大鸟走出场去。

清早的叶子们!树的叶子们,花的叶子们,闪着银珠了!太阳不着边际地轮圆在高粱棵的上端,左近的家屋在预备早饭了。

老马自己在滚压麦穗,勒带在嘴下拖着,它不偷食麦粒,它不走脱了轨,转过一个圈,再转过一个,绳子和皮条有次序的向它光皮的身子磨擦,老动物自己无声的动在那里。

种麦的人家,麦草堆得高涨起来了!福发家的草堆也涨过墙头。福发的女人吸起烟管。她是健壮而短小,烟管随意冒着烟;手中的耙子,不住的耙在平场。

侄儿打着鞭子经行在前面的林荫,静静悄悄地他唱着寞默的歌声;她为歌声感动了!耙子快要停下来,歌声仍起在林端:

"昨晨落着毛毛雨,……小姑娘,披蓑衣……小姑娘,……去打鱼。"

二　菜圃

菜圃上寂寞的大红的西红柿,红着了。小姑娘们摘取着柿子,大红大红的柿子,盛满她们的筐篮;也有的在拔青萝卜、红萝卜。

金枝听着鞭子响,听着口哨响,她猛然站起来,提好她的筐子惊惊怕怕的走出菜圃。在菜田东边,柳条墙的那个地方停下,她听一听口笛渐渐远了!鞭子的响声与她隔离着了!她忍耐着等了一会,口笛婉转地从背后的方向透过来;她又将与他接近着了!菜田上一些女人望见她,远远的呼唤:

"你不来摘柿子,干什么站到那儿?"

她摇一摇她成双的辫子,她大声摆着手说:"我要回家了!"

姑娘假装着回家,绕过人家的篱墙,躲避一切菜田上的眼睛,朝向河湾去了。筐子挂在腕上,摇摇搭搭。口笛不住的在远方催逼她,仿佛她是一块被引的铁跟住了磁石。

静静的河湾有水湿的气味,男人等在那里。

五分钟过后,姑娘仍和小鸡一般,被野兽压在那里。男人着了疯了!他的大手敌意一般地捉紧另一块肉体,想要吞食那块肉体,想要破坏那块热的肉。尽量的充涨了血管,仿佛他是在一条白的死尸上面跳动,女人赤白的圆形的腿子,不能盘结住他。于是一切音响从两个贪婪着的怪物身上创作出来。

迷迷荡荡的一些花穗颤在那里,背后的长茎草倒折了!不远的地方打柴的老人在割野草。他们受着惊扰了!发育完强的青年的汉子,带着姑娘,像猎犬带着捕捉物似的,又走下高粱地去。他的手是在姑娘的衣裳下面展开着走。

　　金枝听着鞭子响,听着口哨响,她猛然站起来,提好她的筐子惊惊怕怕的走出菜圃。在菜田东边,柳条墙的那个地方停下,她听一听口笛渐渐远了！鞭子的响声与她隔离着了！

（于绍文/图）

　　于绍文（1939—　　）：山东烟台人。擅长连环画、文学书籍插图、装帧。一九六二年毕业于北京艺术学院美术系油画专业。作品有《佛教画藏》《中国通史》《图说中国历史》,连环画《清宫演义》《三国演义》《封神演义》《人民音乐和莫扎特》等。曾获第三届全国连环画展套书作品三等奖、全国第二届书籍装帧艺术展封面设计三等奖。

吹口哨,响着鞭子,他觉得人间是温存而愉快。他的灵魂和肉体完全充实着,婶婶远远的望见他,走近一点婶婶说:

"你和那个姑娘又遇见吗?她真是个好姑娘。……唉……唉!"

婶婶像是烦躁一般紧紧靠住篱墙。侄儿向她说:

"婶娘你唉唉什么呢?我要娶她哩!"

"唉……唉……"

婶婶完全悲伤下去,她说:

"等你娶过来,她会变样,她不和原来一样,她的脸是青白色;你也再不把她放在心上,你会打骂她呀!男人们心上放着女人,也就是你这样的年纪吧!"

婶婶表示出她的伤感,用手按住胸膛,她防止着心脏起什么变化,她又说:

"那姑娘我想该有了孩子吧?你要娶她,就快些娶她。"

侄儿回答:"她娘还不知道哩!要寻一个做媒的人。"

牵着一条牛,福发回来。婶婶望见了,她急旋着走回院中,假意收拾柴栏。叔叔到井边给牛喝水,他又拉着牛走了!婶婶好像小鼠一般又抬起头来,又和侄儿讲话:

"成业,我对你告诉吧!年青的时候,姑娘的时候,我也到河边去钓鱼,九月里落着毛毛雨的早晨,我披着蓑衣坐在河沿,没有想到,我也不愿意那样;我知道给男人做老婆是坏事,可是你叔叔,他从河沿把我拉到马房去,在马房里,我什么都完啦!可是我心也不害怕,我欢喜给你叔叔做老婆。这时节你看:我怕男人,男人和石块一般硬,叫我不敢触一触他。"

"你总是唱什么落着毛毛雨,披蓑衣去打鱼……我再也不愿听这曲子,年青人什么也不可靠,你叔叔也唱这曲子哩!这时他再也不想从前了!那和死过的树一样不能再活。"

年青的男人不愿意听婶婶的话，转走到屋里，去喝一点酒。他为着酒，大胆把一切告诉了叔叔。福发起初只是摇头，后来慢慢的问着：

"那姑娘是十七岁吗？你是廿岁。小姑娘到咱们家里，会做什么活计？"

争夺着一般的，成业说：

"她长得好看哩！她有一双亮油油的黑辫子。什么活计她也能做，很有气力呢！"

成业的一些话，叔叔觉得他是喝醉了，往下叔叔没有说什么，坐在那里沉思过一会，他笑着望着他的女人：

"啊呀……我们从前也是这样哩！你忘记吗？那些事情，你忘记了吧！……哈……哈，有趣的呢，回想年青真有趣的哩。"

女人过去拉着福发的臂，去抚媚他。但是没有动，她感到男人的笑脸不是从前的笑脸，她心中被他无数生气的面孔充塞住，她没有动，她笑一下赶忙又把笑脸收了回去。她怕笑得时间长，会要挨骂。男人叫把酒杯拿过去，女人听了这话，听了命令一般把杯子拿给他。于是丈夫也昏沉的睡在炕上。

女人悄悄地蹑脚着走出了停在门边，她听着纸窗在耳边鸣，她完全无力，完全灰色下去。场院前，蜻蜓们闹着向日葵的花。但这与年青的妇人绝对隔碍着。

纸窗渐渐的发白，渐渐可以分辨出窗棂来了！进过高粱地的姑娘一边幻想着一边哭，她是那样的低声，还不如窗纸的鸣响。

她的母亲翻转身时，哼着，有时也挫响牙齿。金枝怕要挨打，连在黑暗中把眼泪也拭得干净。老鼠一般地整夜好像睡在猫的尾巴下。通夜都是这样，每次母亲翻动时，像爆裂一般地，向自己的女孩的枕头的地方骂了一句：

"该死的!"

接着她便要吐痰,通夜是这样,她吐痰,可是她并不把痰吐到地上;她愿意把痰吐到女儿的脸上。这次转身她什么也没有吐,也没骂。

可是清早,当女儿梳好头辫,要走上田的时候,她疯着一般夺下她的筐子:

"你还想摘柿子吗?金枝,你不像摘柿子吧?你把筐子都丢啦!我看你好像一点心肠也没有,打柴的人幸好是朱大爷,若是别人拾去还能找出来吗?若是别人拾得了筐子,名声也不能好听哩!福发的媳妇,不就是在河沿坏的事吗?全村就连孩子们也是传说。唉!……那是怎样的人呀?以后婆家也找不出去。她有了孩子,没法做了福发的老婆,她娘为这事羞死了似的,在村子里见人,都不能抬起头来。"

母亲看着金枝的脸色马上苍白起来,脸色变成那样脆弱。母亲以为女儿可怜了,但是她没晓得女儿的手从她自己的衣裳里边偷偷的按着肚子,金枝感到自己有了孩子一般恐怖。母亲说:

"你去吧!你可再别和小姑娘们到河沿去玩,记住,不许到河边去。"

母亲在门外看着姑娘走,她没立刻转回去,她停住在门前许多时间,姑娘眼望着加入田间的人群,母亲回到屋中一边烧饭,一边叹气,她体内像染着什么病患似的。

农家每天从田间回来才能吃早饭。金枝走回来时,母亲看见她手在按着肚子:

"你肚子疼吗?"

她被惊着了,手从衣裳里边抽出来,连忙摇着头:"肚子不疼。"

"有病吗?"

"没有病。"

于是她们吃饭。金枝什么也没有吃下去,只吃过粥饭就离开饭桌了！母亲自己收拾了桌子说：

"连一片白菜叶也没吃呢！你是病了吧？"

等金枝出门时，母亲呼唤着：

"回来，再多穿一件夹袄，你一定是着了寒，才肚子疼。"

母亲加一件衣服给她，并且又说：

"你不要上地吧？我去吧！"

金枝一面摇着头走了！披在肩上的母亲的小袄没有扣钮子，被风吹飘着。

金枝家的一片柿地，和一个院宇那样大的一片。走进柿地嗅到辣的气味，刺人而说不定是什么气味。柿秧最高的有两尺高，在枝间挂着金红色的果实。每棵，每棵挂着许多，也挂着绿色或是半绿色的一些。除了另一块柿地和金枝家的柿地接连着，左近全是菜田了！八月里人们忙着扒"土豆"；也有的砍着白菜，装好车子进城去卖。

二里半就是种菜田的人。麻面婆来回的搬着大头菜，送到地端的车子上。罗圈腿也是来回向地端跑着，有时他抱了两棵大形的圆白菜，走起来两臂像是架着两块石头样。

麻面婆看见身旁别人家的倭瓜红了。她看一下，近处没有人，起始把靠菜地长的四个大倭瓜都摘落下来了。两个和小西瓜一样大的，她叫孩子抱着。罗圈腿脸累得涨红和倭瓜一般红，他不能再抱动了！两臂像要被什么压掉一般。还没能到地端，刚走过金枝身旁，他大声求救似的：

"爹呀，西……西瓜快要摔啦，快要摔碎啦！"

他着忙把倭瓜叫西瓜。菜田许多人，看见这个孩子都笑了！凤姐望着金枝说：

"你看这个孩子，把倭瓜叫成西瓜。"

金枝看了一下，用面孔无心的笑了一下。二里半走过来，踢了孩

子一脚;两个大的果实坠地了! 孩子没有哭,发愣地站到一边。二里半骂他:

"混蛋,狗娘养的,叫你抱白菜,谁叫你摘倭瓜啦?……"

麻面婆在后面走着,她看到儿子遇了事,她巧妙的弯下身去,把两个更大的倭瓜丢进柿秧中。谁都看见她作这种事,只是她自己感到巧妙。二里半问她:

"你干的吗? 胡突虫! 错非你……"

麻面婆哆嗦了一下,口齿比平常更不清楚了:"……我没……"

孩子站在一边尖锐地嚷着:"不是你摘下来叫我抱着送上车去吗? 不认账!"

麻面婆她使着眼神,她急得要说出口来:"我是偷的呢! 该死的……别嚷叫啦,要被人抓住啦!"

平常最没有心肠看热闹的,不管田上发生了什么事,也沉埋在那里的人们,现在也来围住他们了! 这里好像唱着武戏,戏台上耍着他们一家三人。二里半骂着孩子:

"他妈的混账,不能干活,就能败坏,谁叫你摘倭瓜?"

罗圈腿那个孩子,一点也不服气的跑过去,从柿秧中把倭瓜滚弄出来了! 大家都笑了,笑声超过人头。可是金枝好像患着传染病的小鸡一般,霎着眼睛蹲在柿秧下,她什么也没有理会,她逃出了眼前的世界。

二里半气愤得几乎不能呼吸,等他说出"倭瓜"是自家种的,为着留种子时候,麻面婆站在那里才松了一口气,她以为这没有什么过错,偷摘自己的倭瓜。她仰起头来向大家表白:"你们看,我不知道,实在不知道倭瓜是自家的呢!"

麻面婆不管自己说话好笑不好笑,挤过人围,结果把倭瓜抱到车子那里。于是车子走向进城的大道,弯腿的孩子拐歪着跑在后面。

马,车,人渐渐消失在道口了!

田间不断的讲着偷菜棵的事。关于金枝也起着流言:

"那个丫头也算完啦!"

"我早看她起了邪心,看她摘一个柿子要半天工夫;昨天把柿筐都忘在河沿!"

"河沿不是好人去的地方。"

凤姐身后,两个中年的妇人坐在那里扒胡萝卜。可是议论着,有时也说出一些淫污的话,使凤姐不大明白。

金枝的心总是悸动着,时间和苍蝇缕着丝线那样绵长;心境坏到极点。金枝脸色脆弱朦胧得像罩着一块面纱。她听一听口哨还没有响。辽阔的可以看到福发家的围墙,可是她心中的哥儿却永不见出来。她又继续摘柿子,无论青色的柿子她也摘下。她没能注意到柿子的颜色,并且筐子也满着了! 她不把柿子送回家去,一些杂色的柿子,被她散乱的铺了满地。那边又有女人故意大声议论她:

"上河沿去跟男人,没羞的,男人扯开她的裤子?……"

金枝关于眼前的一切景物和声音,她忽略过去;她把肚子按得那样紧,仿佛肚子里面跳动了! 忽然口哨传来了! 她站起来,一个柿子被踏碎,像是被踏碎的蛤蟆一样,发出水声。她被跌倒了,口哨也跟着消灭了! 以后无论她怎样听,口哨也不再响了。

金枝和男人接触过三次;第一次还是在两个月以前,可是那时母亲什么也不知道,直到昨天筐子落到打柴人手里,母亲算是渺渺茫茫的猜度着一些。

金枝过于痛苦了,觉得肚子变成个可怕的怪物,觉得里面有一块硬的地方,手按得紧些,硬的地方更明显。等她确信肚子有了孩子的时候,她的心立刻发呕一般颤索起来,她被恐怖把握着了。奇怪的,两个蝴蝶叠落着贴落在她的膝头。金枝看着这邪恶的一对虫子而不拂去它。金枝仿佛是米田上的稻草人。

母亲来了,母亲的心远远就系在女儿的身上。可是她安静的走来,远看她的身体几乎呈出一个完整的方形,渐渐可以辨得出她尖形的脚在袋口一般的衣襟下起伏的动作。在全村的老妇人中什么是她的特征呢?她发怒和笑着一般,眼角集着愉悦的多形的纹绉。嘴角也完全愉快着,只是上唇有些差别,在她真正愉快的时候,她的上唇短了一些。在她生气的时候,上唇特别长,而且唇的中央那一小部分尖尖的,完全像鸟雀的嘴。

母亲停住了。她的嘴是显着她的特征,——全脸笑着,只是嘴和鸟雀的嘴一般。因为无数青色的柿子惹怒她了!金枝在沉想的深渊中被母亲踢打了:

"你发傻了吗?啊……你失掉了魂啦?我撕掉你的辫子……"

金枝没有挣扎,倒了下来:母亲和老虎一般捕住自己的女儿。金枝的鼻子立刻流血。

她小声骂她,大怒的时候她的脸色更畅快笑着,慢慢的掀着尖唇,眼角的线条更加多的组织起来。

"小老婆,你真能败毁。摘青柿子。昨夜我骂了你,不服气吗?"

母亲一向是这样,很爱护女儿,可是当女儿败坏了菜棵,母亲便去爱护菜棵了。农家无论是菜棵,或是一株茅草也要超过人的价值。

该睡觉的时候了!火绳从门边挂手巾的铁丝线上倒垂下来,屋中听不着一个蚊虫飞了!夏夜每家挂着火绳。那绳子缓慢而绵长的燃着。惯常了,那像庙堂中燃着的香火,沉沉的一切使人无所听闻,渐渐催人入睡。艾蒿的气味渐渐织入一些疲乏的梦魂去。蚊虫被艾蒿烟驱走。金枝同母亲还没有睡的时候,有人来在窗外,轻慢的咳嗽着。

母亲忙点灯火,门响开了!是二里半来了。无论怎样母亲不能把灯点着,灯心处,着水的炸响,母亲手中举着一枝火柴,把小灯列得和

　　迷迷荡荡的一些花穗颤在那里,背后的长茎草倒折了! 不远的地方打柴的老人在割野草。他们受着惊扰了! 发育完强的青年的汉子,带着姑娘,像猎犬带着捕捉物似的,又走下高粱地去。

(丁绍文/图)

眉头一般高,她说:

"一点点油也没有了呢!"

金枝到外房去倒油。这个期间,他们谈说一些突然的事情。母亲关于这事惊恐似的,坚决的,感到羞辱一般的荡着头:

"那是不行,我的女儿不能配到那家子人家。"

二里半听着姑娘在外房盖好油罐子的声音,他往下没有说什么。金枝站在门限向妈妈问:"豆油没有了,装一点水吧?"

金枝把小灯装好,摆在炕沿,燃着了!可是二里半到她家来的意义是为着她,她一点不知道。二里半为着烟袋向倒悬的火绳取火。

母亲,手在按住枕头,她像是想什么,两条直眉几乎相连起来。女儿在她身边向着小灯垂下头。二里半的烟火每当他吸过了一口便红了一阵。艾蒿烟混加着烟叶的气味,使小屋变做地下的窖子一样黑重!二里半作窖一般的咳嗽了几声。金枝把流血的鼻子换上另一块棉花。因为没有言语,每个人起着微小的潜意识的动作。

就这样坐着,灯火又响了。水上的浮油烧尽的时候,小灯又要灭,二里半沉闷着走了!二里半为人说媒被拒绝,羞辱一般的走了。

中秋节过去,田间变成残败的田间;太阳的光线渐渐从高空忧郁下来,阴湿的气息在田间到处撩走。南部的高粱完全睡倒下来,接接连连的望去,黄豆秧和揉乱的头发一样蓬蓬在地面,也有的地面完全拔秃着的。

早晨和晚间都是一样,田间憔悴起来。只见车子,牛车和马车轮轮滚滚的载满高粱的穗头,和大豆的杆秧。牛们流着口涎愚直的挂下着,发出响动的车子前进。

福发的侄子驱着一条青色的牛,向自家的场院载拖高粱。他故意绕走一条曲道,那里是金枝的家门,她心涨裂一般的惊慌,鞭子于是响来了。

金枝放下手中红色的辣椒,向母亲说:

"我去一趟茅屋。"

于是老太太自己串辣椒,她串辣椒和纺织一般快。

金枝的辫子毛毛着,脸是完全充了血。但是她患着病的现象,把她变成和纸人似的,像被风飘着似的出现房后的围墙。

你害病吗?倒是为什么呢?但是成业是乡村长大的孩子,他什么也不懂得问。他丢下鞭子,从围墙宛如飞鸟落过墙头,用腕力掳住病的姑娘;把她压在墙角的灰堆上,那样他不是想要接吻她,也不是想要热情的讲些情话,他只是被本能支使着想要动作一切。金枝打斯着一般的说:

"不行啦! 娘也许知道啦,怎么媒人还不见来?"

男人回答:

"嗳,李大叔不是来过吗? 你一点不知道! 他说你娘不愿意。明天他和我叔叔一道来。"

金枝按着肚子给他看,一面摇头:"不是呀! ……不是呀! 你看到这个样子啦!"

男人完全不关心,他小声响起:"管他妈的,活该愿意不愿意,反正是干啦!"

他的眼光又失常了,男人仍被本能不停的要求着。

母亲的咳嗽声,轻轻的从薄墙透出来。墙外青牛的角上挂着秋空的游丝。

母亲和女儿在吃晚饭,金枝呕吐起来,母亲问她:"你吃了苍蝇吗?"

她摇头,母亲又问:"是着了寒吧! 怎么你总有病呢? 你连饭都咽不下去。不是有痨病啦!?"

母亲说着去按女儿的腹部,手在夹衣上来回的摸了阵。手指四张着在肚子上思索了又思索:

"你有了痨病吧? 肚子里有一块硬呢! 有痨病人的肚子才是硬一块。"

女儿的眼泪要垂流一般的挂到眼毛的边缘。最后滚动着从眼毛走下来了! 就是在夜里,金枝也起来到外边去呕吐,母亲迷蒙中听着叫娘的声音。窗上的月光差不多和白昼一般明,看得清金枝的半身拖在炕下,另半身是弯在枕上。头发完全埋没着脸面。等母亲拉她手的时候,她抽扭着说起:

"娘……把女儿嫁给福发的侄子吧! 我肚里不是……病,是……"

到这样时节母亲更要打骂女儿了吧? 可不是那样,母亲好像本身有了罪恶,听了这话,立刻麻木着了,很长的时间她像不存在一样。过了一刻母亲用她从不用过温和的声调说:

"你要嫁过去吗? 二里半那天来说媒,我是顶走他的,到如今这事怎么办呢?"

母亲似乎是平息了一下她又想说,但是泪水塞住了她的嗓子,像是女儿窒息了她的生命似的,好像女儿把她羞辱死了!

三　老马走进屠场

老马走上进城的大道,"私宰场"就在城门的东边。那里的屠刀正张着,在等待这个残老的动物。

老王婆不牵着她的马儿,在后面用一条短枝驱着它前进。

大树林子里有黄叶回旋着,那是些呼叫着的黄叶。望向林子的那端,全林的树棵,仿佛是关落下来的大伞。凄沉的阳光,晒着所有的秃树。田间望遍了远近的人家。深秋的田地好像没有感觉的光了毛的皮革远近平铺着。夏季埋在植物里的家屋,现在明显的好像突出地面一般,好像新从地面突出。

深秋带来的黄叶,赶走了夏季的蝴蝶。一张叶子落到王婆的头上,叶子是安静的伏贴在那里。王婆驱着她的老马,头上顶着飘落的黄叶;老马,老人,配着一张老的叶子,他们走在进城的大道。

道口渐渐看见人影,渐渐看见那个人吸烟,二里半迎面来了。他长形的脸孔配起摆动的身子来,有点像一个驯顺的猿猴。他说:"唉呀! 起得太早啦! 进城去有事吗? 怎么驱着马进城,不装车粮拉着?"

振一振袖子,把耳边的头发向后抚弄一下,王婆的手颤抖着说了:"到日子了呢! 下汤锅去吧!"王婆什么心情也没有,她看着马在吃道旁的叶子,她用短枝驱着又前进了。

二里半感到非常悲痛。他痉挛着了。过了一个时刻转过身来,他赶上去说:"下汤锅是下不得的,……下汤锅是下不得……"但是怎样办呢? 二里半连半句语言也没有了! 他扭歪着身子跨到前面,用手摸一摸马儿的鬃发。老马立刻响着鼻子了! 它的眼睛哭着一般,湿润而模糊。悲伤立刻掠过王婆的心孔。哑着嗓子,王婆说:"算了吧! 算了吧! 不下汤锅,还不是等着饿死吗?"

深秋秀叶的树,为了惨厉的风变,脱去了灵魂一般吹啸着。马行在前面,王婆随在后面,一步一步屠场近着了;一步一步风声送着老马归去。

王婆她自己想着:一个人怎么变得这样利害? 年青的时候,不是常常为着送老马或是老牛进过屠场吗? 她颤寒起来,幻想着屠刀要像穿过自己的背脊,于是,手中的短枝脱落了! 她茫然晕昏地停在道旁,头发舞着好像个鬼魂样。等她重新拾起短枝来,老马不见了! 它到前

　　深秋秃叶的树,为了惨厉的风变,脱去了灵魂一般吹啸着。马行在前面,王婆随在后面,一步一步屠场近着了;一步一步风声送着老马归去。

(于绍文/图)

面小水沟的地方喝水去了！这是它最末一次饮水吧！老马需要饮水，它也需要休息，在水沟旁倒卧下了！它慢慢呼吸着。王婆用低音，慈和的音调呼唤着："起来吧！走进城去吧，有什么法子呢?"马仍然仰卧着。王婆看一看日午了，还要赶回去烧午饭，但，任她怎样拉缰绳，马仍是没有移动。

王婆恼怒着了！她用短枝打着它起来。虽是起来，老马仍然贪恋着小水沟。王婆因为苦痛的人生，使她易于暴怒，树枝在马儿的脊骨上断成条块。

又安然走在大道上了！经过一些荒凉的家屋，经过几座颓败的小庙。一个小庙前躺着个死了的小孩，那是用一捆谷草束扎着的。孩子小小的头顶露在外面，可怜的小脚从草梢直伸出来；他是谁家的孩子睡在这旷野的小庙前？

屠场近着了，城门就在眼前，王婆的心更翻着不停了。

五年前它也是一匹年青的马，为了耕种，伤害得只有毛皮蒙遮着骨架。现在它是老了！秋末了！收割完了！无有用处了！只为一张马皮，主人忍心把它送进屠场。就是一张马皮的价值，地主又要从王婆的手里夺去。

王婆的心自己感觉得好像悬起来；好像要掉落一般，当她看见板墙钉着一张牛皮的时候。那一条小街尽是一些要摊落的房屋；女人啦，孩子啦，散集在两旁。地面踏起的灰粉，污没着鞋子；冲上人的鼻孔。孩子们拾起土块，或是垃圾团打击着马儿，王婆骂道：

"该死的呀！你们这该死的一群。"

这是一条短短的街。就在短街的尽头，张开两张黑色的门扇。再走近一点，可以发见门扇斑斑点点的血印。被血痕所恐吓的老太婆好像自己踏在刑场了！她努力镇压着自己，不让一些年青时所见到刑场上的回忆翻动。但，那回忆却连续的开始织张：——一个小伙子倒下来了，一个老头也倒下来了！挥刀的人又向第三个人作着式子。

仿佛是箭，又像火刺烧着王婆，她看不见那一群孩子在打马，她忘记怎样去骂那一群顽皮的孩子。走着，走着，立在院心了。四面板墙钉住无数张毛皮。靠近房檐立了两条高杆，高杆中央横着横梁；马蹄或是牛蹄折下来用麻绳把两只蹄端扎连在一起，做一个叉形挂在上面，一团一团的肠子也搅在上面；肠子因为日久了，干成黑色不动而僵直的片状的绳索。并且那些折断的腿骨，有的从折断处涔滴着血。

在南面靠墙的地方也立着高杆，杆头晒着在蒸气的肠索。这是说，那个动物是被杀死不久哩！肠子还热着呀！

满院在蒸发腥气，在这腥味的人间，王婆快要变做一块铅了！沉重而没有感觉了！

老马——棕色的马，它孤独的站在板墙下，它借助那张钉好的毛皮在搔痒。此刻它仍是马，过一会它将也是一张皮了！

一个大眼睛的恶面孔跑出来。裂着胸襟。说话时，可见他胸膛在起伏：

"牵来了吗？啊！价钱好说，我好来看一下。"

王婆说："给几个钱我就走了！不要麻烦啦。"

那个人打一打马的尾巴，用脚踢一踢马蹄；这是怎样难忍的一刻呀！

王婆得到三张票子，这可以充纳一亩地租。看着钱比较自慰些，她低着头向大门出去，她想还余下一点钱到酒店去买一点酒带回去，她已经跨出大门，后面发着响声：

"不行，不行，……马走啦！"

王婆回过头来，马又走在后面；马什么也不知道，仍想回家。屠场中出来一些男人，那些恶面孔们，想要把马抬回去，终于马躺在道旁了！像树根盘结在地中。无法，王婆又走回院中，马也跟回院中。她给马搔着头顶,它渐渐卧在地面了!渐渐想睡着了!忽然王婆站起来向大门奔走。在道口听见一阵关门声。

她那有心肠买酒?她哭着回家,两只袖子完全湿透。那好像是送葬归来一般。

家中地主的使人早等在门前,地主们就连一块铜板也从不舍弃在贫农们的身上,那个使人取了钱走去。

王婆半日的痛苦没有代价了!王婆一生的痛苦也都是没有代价。

四　荒山

冬天,女人们像松树子那样容易结聚,在王婆家里满炕坐着女人。五姑姑在编麻鞋,她为着笑,弄得一条针丢在席缝里,她寻找针的时候,做出可笑的姿势来,她像一个灵活的小鸽子站起来在炕上跳着走,她说:

"谁偷了我的针?小狗偷了我的针?"

"不是呀!小姑爷偷了你的针!"

新娶来的菱芝嫂嫂,总是爱说这一类的话。五姑姑走过去要打她。

"莫要打,打人将要找一个麻面的姑爷。"

王婆在厨房里这样搭起声来;王婆永久是一阵忧默,一阵欢喜,与乡村中别的老妇们不同。她的声音又从厨房打来:

"五姑姑编成几双麻鞋了?给小丈夫要多多编几双呀!"

五姑姑坐在那里做出表情来,她说:

"那里有你这样的老太婆,快五十岁了,还说这样话!"

王婆又庄严点说:

"你们都年青,那里懂得什么,多多编几双吧!小丈夫才会希罕哩。"

　　大家哗笑着了！但五姑姑不敢笑，心里笑，垂下头去，假装在席上找针。等菱芝嫂把针还给五姑姑的时候，屋子安然下来，厨房里王婆用刀刮着鱼鳞的声响，和窗外雪擦着窗纸的声响，混杂在一起了。

　　王婆用冷水洗着冻冰的鱼，两只手像个胡萝卜样。她走到炕沿，在火盆边烘手。生着斑点在鼻子上新死去丈夫的妇人放下那张小破布，在一堆乱布里去寻更小的一块；她速速的穿补。她的面孔有点像王婆，腮骨很高，眼睛和琉璃一般深嵌在好像小洞似的眼眶里。并且也和王婆一样，眉峰是突出的。那个女人不喜欢听一些妖艳的词句，她开始追问王婆：

　　"你的第一家那个丈夫还活着吗？"

　　两只在烘着的手，有点腥气；一颗鱼鳞掉下去，小小发出响声，微微上腾着烟。她用盆边的灰把烟埋住，她慢慢摇着头，没有回答那个问话。鱼鳞烧的烟有点难耐，每个人皱一下鼻头，或是用手揉一揉鼻头。生着斑点的寡妇，有点后悔，觉得不应该问这话。墙角坐着五姑姑的姐姐，她用麻绳穿着鞋底的沙音单调地起落着。

　　厨房的门，因为结了冰，破裂一般地鸣叫。

　　"呀！怎么买这些黑鱼？"

　　大家都知道是打鱼村的李二婶子来了。听了声音，就可以想像她梢长的身子。

　　"真是快过年了？真有钱买这些鱼？"

　　在冷空气中，音波响得很脆；刚踏进里屋，她就看见炕上坐满着人："都在这儿聚堆呢！小老婆们！"

　　她生得这般瘦，腰，临风就要折断似的；她的奶子那样高，好像两个对立的小岭。斜面看她的肚子似乎有些不平起来。靠着墙给孩子吃奶的中年妇人，望察着而后问：

"二婶子,不是又有了呵?"

二婶子看一看自己的腰身说:

"像你们呢! 怀里抱着,肚子里还装着……"

她故意在讲骗话,过了一会她坦白地告诉大家:

"那是三个月了呢? 你们还看不出?"

菱芝嫂在她肚皮上摸了一下,她邪昵地浅浅地笑了:

"真没出息,整夜尽搂着男人睡吧?"

"谁说? 你们新媳妇,才那样。"

"新媳妇……? 哼! 倒不见得!"

"像我们都老了! 那不算一回事啦,你们年青,那才了不得哪! 小丈夫才会新鲜哩!"

每个人为了言词的引诱,都在幻想着自己,每个人都有些心跳;或是每个人的脸发烧。就连没出嫁的五姑姑都感着神秘而不安! 她羞羞迷迷地经过厨房回家去了! 只留下妇人们在一起,她们言调更无边际了! 王婆也加入这一群妇人的队伍,她却不说什么,只是帮助着笑。

在乡村永久不晓得,永久体验不到灵魂,只有物质来充实她们。

李二婶子小声问菱芝嫂;其实小声人们听得更清!

"一夜几回呢?"

菱芝嫂她毕竟是新嫁娘,她猛然羞着了! 不能开口。李二婶子的奶子颤动着,用手去推动菱芝嫂:

"说呀! 你们年青,每夜要有那事吧?"

在这样的当儿二里半的婆子进来了! 二婶子推撞菱芝嫂一下:

"你快问问她!"

"你们一夜几回?"

那个傻婆娘一向说话是有头无尾:

"十多回。"

全屋人都笑得流着眼泪了！孩子从母亲的怀中起来，大声的哭号。

李二婶子静默一会，她站起来说：

"月英要吃咸黄瓜，我还忘了，我是来拿黄瓜。"

李二婶子，拿了黄瓜走了，王婆去烧晚饭，别人也陆续着回家了。王婆自己在厨房里炸鱼。为了烟，房中也不觉得寂寞。

鱼摆在桌子上，平儿也不回来，平儿的爹爹也不回来，暗色的光中王婆自己吃饭，热气作伴着她。

月英是打鱼村最美丽的女人。她家也最贫穷，和李二婶子隔壁住着。她是如此温和，从不听她高声笑过，或是高声吵嚷。生就的一对多情的眼睛，每个人接触她的眼光，好比落到绵绒中那样愉快和温暖。

可是现在那完全消失了！每夜李二婶子听到隔壁惨厉的哭声；十二月严寒的夜，隔壁的哼声愈见浓重了！

山上的雪被风吹着像要埋蔽这傍山的小房似的。大树号叫，风雪向小房遮蒙下来。一株山边斜歪着的大树，倒折下来。寒月怕被一切声音扑碎似的，退缩到天边去了！这时候隔壁透出来的声音，更哀楚。

"你……你给我一点水吧！我渴死了！"

声音弱得柔惨欲断似的：

"嘴干死了！……把水碗给我呀！"

一个短时间内仍没有回应，于是那屡弱哀楚的小响不再作了！啜泣着哼着，隔壁像是听到她流泪一般，滴滴点点地。

日间孩子们集聚在山坡，缘着树枝爬上去，顺着结冰的小道滑下来，他们有各样不同的姿势：——倒滚着下来，两腿分张着下来，也有冒险的孩子,把头向下,脚伸向空中溜下来。常常他们要跌破流血回家。冬天,对于村中的孩子们,和对于花果同样暴虐。他们每人的耳朵春天要脓涨起来,手或是脚都裂开条口,乡村的母亲们对于孩子们永远和对敌人一般。当孩子把爹爹的棉帽偷着戴起跑出去的时候,妈妈追在后面打骂着夺回来,妈妈们摧残孩子永久疯狂着。

王婆约会五姑姑来探望月英。正走过山坡,平儿在那里。平儿偷穿着爹爹的大毡靴子;他从山坡逃奔了!靴子好像两只大熊掌样挂在那个孩子的脚上。平儿蹒跚着了!从上坡滚落着了!可怜的孩子带着那样黑大不相称的脚,球一般滚转下来,跌在山根的大树杆上。王婆宛如一阵风落到平儿的身上;那样好像山间的野兽要猎食小兽一般凶暴。终于王婆提了靴子,平儿赤着脚回家,使平儿走在雪上,好像使他走在火上一般不能停留。任孩子走得怎样远,王婆仍是说着:

"一双靴子要穿过三冬,踏破了那里有钱买?你爹进城去都没穿哩!"

月英看见王婆还不及说话,她先哑了嗓子,王婆把靴子放在炕下,手在抹擦鼻涕:

"你好了一点?脸孔有一点血色了!"

月英把被子推动一下,但被子仍然伏盖在肩上,她说:

"我算完了,你看我连被子都拿不动了!"

月英坐在炕的当心。那幽黑的屋子好像佛龛,月英好像佛龛中坐着的女佛。用枕头四面围住她,就这样过了一年。一年月英没能倒下睡过。她患着瘫病,起初她的丈夫替她请神,烧香,也跑到土地庙前索药。后来就连城里的庙也去烧香;但是奇怪的是月英的病并不为这些香烟和神鬼所治好。以后做丈夫的觉得责任尽到了,并且月英一个月比一个月加病,做丈夫的感着伤心!他嘴里骂:

"娶了你这样老婆,真算不走运气!好像娶家个小祖宗来,供奉着你吧!"

起初因为她和他分辩,他还打她。现在不然了,绝望了!晚间他从城里卖完青柴回来,烧饭自己吃,吃完便睡下,一夜睡到天明;坐在一边那个受罪的女人一夜呼唤到天明。宛如一个人和一个鬼安放在一起,彼此不相关联。

月英说话只有舌尖在转动。王婆靠近她,同时那一种难忍的气味更强烈了!更强烈的从那一堆污浊的东西,发散出来。月英指点身后说:

"你们看看,这是那死鬼给我弄来的砖,他说我快死了!用不着被子了!用砖依住我,我全身一点肉都瘦空。那个没有天良的,他想法折磨我呀!"

五姑姑觉得男人太残忍,把砖块完全抛下炕去,月英的声音欲断一般又说:

"我不行啦!我怎么能行,我快死啦!"

她的眼睛,白眼珠完全变绿,整齐的一排前齿也完全变绿,她的头发烧焦了似的,紧贴住头皮。她像一头患病的猫儿,孤独而无望。

王婆给月英围好一张被子在腰间,月英说:

"看看我的身下,脏污死啦!"

王婆下地用条枝拢了盆火,火盆腾着烟放在月英身后。王婆打开她的被子时,看见那一些排泄物淹浸了那座小小的骨盆。五姑姑扶住月英的腰,但是她仍然使人心楚的在呼唤!

"唉哟,我的娘!……唉哟疼呀!"

她的腿像一双白色的竹竿平行着伸在前面。她的骨架在炕上正确的做成一个直角,这完全用线条组成的人形,只有头阔大些,头在身子上仿佛是一个灯笼挂在杆头。

王婆用麦草揩着她的身子,最后用一块湿布为她擦着。五姑姑在背后把她抱起来,当擦臀部下时,王婆觉得有小小白色的东西落到手上,会蠕行似的。借着火盆边的火光去细看,知道那是一些小蛆虫,也知道月英的臀下是腐了,小虫在那里活跃。月英的身体将变成小虫们的洞穴!王婆问月英:

"你的腿觉得有点痛没有?"

月英摇头。王婆用冷水洗她的腿骨,但她没有感觉,整个下体在那个瘫人像是外接的,是另外的一件物体。当给她一杯水喝的时候,王婆问:

"牙怎么绿了?"

终于五姑姑到隔壁借一面镜子来,同时她看了镜子,悲痛沁人心魂地她大哭起来。但面孔上不见一点泪珠,仿佛是猫忽然被斩轧,她难忍的声音,没有温情的声音,开始低嘎。

她说:"我是个鬼啦!快些死了吧!活埋了我吧!"

她用手来撕头发,脊骨摇扭着。一个长久的时间她忙乱的不停。现在停下了,她是那样无力,头是歪地横在肩上;她又那样微微的睡去。

王婆提了靴子走出这个傍山的小房。荒寂的山上有行人走在天边,她昏旋了!为着强的光线,为着瘫人的气味,为着生,老,病,死的烦恼,她的思路被一些烦恼的波所遮拦。

五姑姑当走进大门时向王婆打了个招呼。留下一段更长的路途,给那个经验过多样人生的老太婆去走吧!

王婆束紧头上的蓝布巾,加快了速度,雪在脚下也相伴而狂速地呼叫。

三天以后,月英的棺材抬着横过荒山而奔着埋葬去,葬在荒山下。

死人死了！活人计算着怎样活下去。冬天女人们预备夏季的衣裳；男人们计虑着怎样开始明年的耕种。

那天赵三进城回来，他披着两张羊皮回家。王婆问他：

"那里来的羊皮？——你买的吗？……那来的钱呢……？"

赵三有什么事在心中似的，他什么也没言语。摇闪的经过炉灶，通红的火光立刻鲜明着他，走出去了。

夜深的时候他还没有回来。王婆命令平儿去找他。平儿的脚已是难于行动，于是王婆就到二里半家去，他不在二里半家。他到打鱼村去了。赵三阔大的喉咙从李青山家的窗纸透出，王婆知道他又是喝过了酒。当她推门的时候她就说：

"什么时候了？还不回家去睡？"

这样立刻全屋别的男人们也把嘴角合起来。王婆感到不能意料了。青山的女人也没在家，孩子也不见。赵三说：

"你来干么？回去睡吧！我就去……去……"

王婆看一看赵三的脸神，看一看周围也没有可坐的地方，她转身出来，她的心徘徊着：

——青山的媳妇怎么不在家呢？这些人是在做什么？

又是一个晚间。赵三穿好新制成的羊皮小袄出去。夜半才回来。披着月亮敲门。王婆知道他又是喝过了酒，但他睡的时候，王婆一点酒味也没嗅到。那么出去做些什么呢？总是愤怒的归来。

李二婶子拖了她的孩子来了，她问。

"是地租加了价吗？"

王婆说："我还没听说。"

李二婶子做出一个确定的表情：

"是的呀！你还不知道吗？三哥天天到我家去和他爹商量这事。我看这种情形非出事不可，他们天天夜晚计算着，就连我，他们也躲着。昨夜我站在窗外才听到他们说哩！'打死他吧！那是一块恶祸。'你想他们是要打死谁呢？这不是要出人命吗？"

李二婶子抚着孩子的头顶，有一点哀怜的样子：

"你要劝说三哥，他们若是出了事，像我们怎样活？孩子还都小着哩！"

五姑姑和别的村妇们带着她们的小包袱，约会着来的，踏进来的时候，她们是满脸盈笑。可是立刻她们转变了，当她们看见李二婶子和王婆默无言语的时候。

也把事件告诉了她们，她们也立刻忧郁起来，一点闲情也没有！一点笑声也没有，每个人痴呆地想了想，惊恐地探问了几句。五姑姑的姐姐，她是第一个扭着大圆的肚子走出去，就这样一个连着一个寂寞的走去。她们好像群聚的鱼似的，忽然有钓竿投下来，她们四下分行去了！

李二婶子仍没有走，她为的是嘱告王婆怎样破坏这件险事。

赵三这几天常常不在家吃饭；李二婶子一天来过三四次：

"三哥还没回来？他爹爹也没回来。"

一直到第二天下午赵三回来了，当进门的时候，他打了平儿，因为平儿的脚病着，一群孩子集到家来玩。在院心放了一点米，一块长板用短条棍架着，条棍上系着根长绳，绳子从门限拉进去，雀子们去啄食谷粮，孩子们蹲在门限守望，什么时候雀子满集成堆时，那时候，孩子们就抽动绳索。许多饥饿的麻雀丧亡在长板下。厨房里充满了雀毛的气味，孩子们在灶堂里熟食过许多雀子。

赵三焦烦着，他看着一只鸡被孩子们打住。他把板子给踢翻了！他坐在炕沿上燃着小烟袋，王婆把早饭从锅里摆出来。他说：

"我吃过了！"

于是平儿来吃这些残饭。

"你们的事情预备得怎样了？能下手便下手。"

他惊疑。怎么会走漏消息呢？王婆又说：

"我知道的，我还能弄支枪来。"

他无从想像自己的老婆有这样的胆量。王婆真的找来一支老洋炮。可是赵三还从没用过枪。晚上平儿睡了以后王婆教他怎样装火药，怎样上炮子。

赵三对于他的女人慢慢感着可以敬重！但是更秘密一点的事情总不向她说。

忽然从牛棚里发现五个新镰刀。王婆意度这事情是不远了！

李二婶子和别的村妇们挤上门来探听消息的时候，王婆的头沉埋一下，她说：

"没有那回事，他们想到一百里路外去打围，弄得几张兽皮大家分用。"

是在过年的前夜，事情终于发生了！北地端鲜红的血染着雪地；但事情做错了！赵三近些日子有些失常，一条梨木杆打折了小偷的腿骨。他去呼唤二里半，想要把那小偷丢在土坑去，用雪埋起来。二里半说：

"不行，开春时节，土坑发现死尸，传出风声，那是人命哩！"

村中人听着极痛的呼叫，四面出来寻找。赵三拖着独腿人转着弯跑，但他不能把他掩藏起来。在赵三惶恐的心情下，他愿意寻到一个井把他放下去。赵三弄了满手血。

惊动了全村的人，村长进城去报告警所。

于是赵三去坐监狱，李青山他们的"镰刀会"少了赵三也就衰弱了！消灭了！

正月末赵三受了主人的帮忙，把他从监狱提放出来。那时他头发很长,脸也灰白了些,他有点苍老。

为着给那个折腿的小偷做赔偿,他牵了那条仅有的牛上市去卖;小羊皮袄也许是卖了?再不见他穿了!

晚间李青山他们来的时候,赵三忏悔一般地说:

"我做错了!也许是我该招的灾祸:那是一个天将黑的时候,我正喝酒,听着平儿大喊有人丢柴。刘二爷前些日子来说要加地租,我不答应,我说我们联合起来不给他加,于是他走了!过了几天他又来,说:非加不可。再不然叫你们滚蛋!我说好啊!等着你吧!那个管事的,他说:你还要造反?不滚蛋,你们的草堆,就要着火!我只当是那个小子来点着我的柴堆呢!拿着杆子跑出去就把腿给打断了!打断了也甘心,谁想那是一个小偷?哈哈!小偷倒霉了!就是治好,那也是跛子了!"

关于"镰刀会"的事情他像忘记了一般,李青山问他:

"我们应该怎样铲除刘二爷那恶棍?"

是赵三说的话:

"打死他吧!那个恶祸。"

还是从前他说的话,现在他又不那样说了:

"铲除他又能怎样?我招灾祸,刘二爷也向东家(地主)说了不少好话。从前我是错了!也许现在是受了责罚!"

他说话时不像从前那样英气了!脸上有点带着忏悔的意味。羞惭和不安了。王婆坐在一边,听了这话她后脑上的小发卷也像生着气:

"我没见过这样的汉子,起初看来还像一块铁,后来越看越是一堆泥了!"

赵三笑了:"人不能没有良心!"

于是好良心的赵三天天进城,弄一点白菜担着给东家送去,弄一点地豆也给东家送去。为着送这一类菜,王婆同他激烈地吵打,但他绝对保持着他的良心。

有一天少东家出来,站在门阶上像训诲着他一般:

"好险!若不为你说一句话,三年大狱你可怎么蹲呢?那个小偷他算没走好运吧!你看我来着手给你办,用不着给他接腿,让他死就完啦。你把卖牛的钱也好省下,我们是'地东''地户'那有看着过去的……"

说话的中间,间断了一会,少东家把话尾落到别处去:

"不过今年地租是得加。左近地邻不都是加了价吗?地东地户年头多了,不过得……少加一点。"

过不了几天小偷从医院抬出来,可真的死了就完了!把赵三的牛钱归还一半,另一半少东家说是用做杂费了。

二月了。山上的积雪现出毁灭的色调。但荒山上却有行人来往。渐渐有送粪的人担着担子行过荒凉的山岭。农民们蛰伏的虫子样又醒过来。渐渐送粪的车子也忙着了!只有赵三的车子没有牛挽,平儿冒着汗和爹爹并架着车辕。

地租就这样加成了!

五 羊群

平儿被雇做了牧羊童。他追打群羊跑遍山坡。山顶像是开着小花一般,绿了!而变红了!山顶拾野菜的孩子,平儿不断的戏弄她们,他单独的赶着一只羊去吃她们筐子里拾得的野菜。有时他选一条大身体的羊,像骑马一样的骑着来了!小的女孩们吓得哭着,她们看他像个猴子坐在羊背上。平儿从牧羊时起,他的本领渐渐得以发展。他把羊赶到荒凉的地方去,招集村中所有的孩子练习骑羊。每天那些羊和不喜欢行动的猪一样散遍在旷野。

行在归途上,前面白茫茫的一片,他在最后的一个羊背上,仿佛是大将统治着兵卒一般,他手耍着鞭子,觉得十分得意。

"你吃饱了吗?午饭。"

赵三对儿子温和了许多。从遇事以后他好像是温顺了。

那天平儿正戏耍在羊背上,在进大门的时候,羊疯狂的跑着,使他不能从羊背跳下,那样他像耍着的羊背上张狂的猴子。一个下雨的天气,在羊背上进大门的时候,他把小孩撞倒,主人用拾柴的耙子把他打下羊背来。仍是不停,像打着一块死肉一般。

夜里,平儿不能睡,辗翻着不能睡,爹爹动着他庞大的手掌拍抚他:

"跑了一天!还不困倦,快快睡吧!早早起来好上工!"

平儿在爹爹温顺的手下,感到委屈了!

"我挨打了!屁股疼。"

爹爹起来,在一个纸包里取出一点红色的药粉给他涂擦破口的地方。

爹爹是老了!孩子还那样小,赵三感到人活着没有什么意趣了。第二天平儿去上工被辞退回来,赵三坐在厨房用谷草正织鸡笼,他说:

"好啊!明天跟爹爹去卖鸡笼吧!"

天将明,他叫着孩子:

"起来吧,跟爹爹去卖鸡笼。"

王婆把米饭用手打成坚实的团子,进城的父子装进衣袋去,算做午餐。

第一天卖出去的鸡笼很少,晚间又都背着回来。王婆弄着米缸响:

"我说多留些米吃,你偏要卖出去……又吃什么呢?……又吃什么呢？"

老头子把怀中的铜板给她，她说：

"不是今天没有吃的，是明天呀？"

赵三说："明天，那好说，明天多卖出几个笼子就有了！"

一个上午，十个鸡笼卖出去了！只剩三个大些的，堆在那里。爹爹手心上数着票子，平儿在吃饭团。

"一百枚还多着，我们该去喝碗豆腐脑来！"

他们就到不远的那个布棚下，蹲在担子旁吃着冒气的食品。是平儿先吃，爹爹的那碗才正在上面倒醋。平儿对于这食品是怎样新鲜呀！一碗豆腐脑是怎样舒畅着平儿的小肠子呀！他的眼睛圆圆地把一碗豆腐脑吞食完了！

那个叫卖人说："孩子再来一碗吧！"

爹爹惊奇着："吃完了？"

那个叫卖人把勺子放下锅去说："再来一碗算半碗的钱吧！"

平儿的眼睛溜着爹爹把碗给过去。他喝豆腐脑作出大大的抽响来。赵三却不那样，他把眼光放在鸡笼的地方，慢慢吃，慢慢吃终于也吃完了！他说：

"平儿，你吃不下吧？倒给我碗点。"

平儿倒给爹爹很少很少。给过钱爹爹去看守鸡笼。平儿仍在那里，孩子贪恋着一点点最末的汤水，头仰向天，把碗扣在脸上一般。

菜市上买菜的人经过，若注意一下鸡笼，赵三就说：

"买吧！仅是十个铜板。"

终于三个鸡笼没有人买，两个分给爹爹，留下的一个，在平儿的背上突起着。经过牛马市，平儿指嚷着：

"爹爹，咱们的青牛在那儿。"

大鸡笼在背上荡动着，孩子去看青牛。赵三笑了，向那个卖牛人说：

"又出卖吗?"

说着这话,赵三无缘的感到酸心。到家他向王婆说:

"方才看见那条青牛在市上。"

"人家的了,就别提了。"王婆整天的不耐烦。

卖鸡笼渐渐的赵三会说价了;慢慢的坐在墙根他会招呼了! 也常常给平儿买一两块红绿的糖球吃。后来连饭团也不用带。

他弄些铜板每天交给王婆,可是她总不喜欢,就像无意之中把钱放起来。

二里半又给说妥一家,叫平儿去做小伙计。孩子听了这话,就生气。

"我不去,我不能去,他们好打我呀!"平儿为了卖鸡笼所迷恋:

"我还是跟爹爹进城。"

王婆绝对主张孩子去做小伙计。她说:

"你爹爹卖鸡笼你跟着做什么?"

赵三说:"算了吧,不去不去吧。"

铜板兴奋着赵三,半夜他也是织鸡笼,他向王婆说:

"你就不好也来学学,一种营生呢? 还好多织几个。"

但是王婆仍是去睡,就像对于他织鸡笼,怀着不满似的。就像反对他织鸡笼似的。

平儿同情着父亲,他愿意背鸡笼,多背一个。爹爹说:

"不要背了! 够了!"

他又背一个,临出门时他又找个小一点的提在手里,爹爹问:

"你能拿动吗? 送回两个去吧,卖不完啊!"

有一次从城里割一斤肉回来,吃了一顿像样的晚餐。

村中妇人羡慕王婆：

"三哥真能干哩！把一条牛卖掉，不能再种粮食，可是这比种粮食更好，更能得钱。"

经过二里半门前，平儿把罗圈腿也领进城去。平儿向爹爹要了铜板给小朋友买两片油煎馒头。又走到敲铜锣搭着小棚的地方去挤撞，每人花一个铜板看一看"西洋景"（街头影戏）。那是从一个嵌着小玻璃镜，只容一只眼睛的地方看进去，里面有一张放大的画片活动着。打仗的，拿着枪的，很快又换上一张别样的。耍画片的人一面唱，一面讲：

"这又是一片洋人打仗。你看'老毛子'夺城，那真是哗啦啦！打死的不知多少……"

罗圈腿嚷着看不清，平儿告诉他："你把眼睛闭起一个来！"

可是不久这就完了！从热闹的，孩子热爱着的城里把他们又赶出来。平儿又被装进这睡着一般的乡村。原因，小鸡初生卵的时节已经过去。家家把鸡笼全预备好了。

平儿不愿跟着，赵三自己进城，减价出卖。后来折本卖。最后他也不去了。厨房里鸡笼靠墙高摆起来。这些东西从前会使赵三欢喜，现在会使他生气。

平儿又骑在羊背上去牧羊。但是赵三是受了挫伤！

六　刑罚的日子

房后的草堆上，温暖在那里蒸腾起了。全个农村跳跃着泛滥的阳光。小风开始荡漾田禾。夏天又来到人间，叶子上树了！假使树会开花，那么花也上树了！

房后草堆上，狗在那里生产。大狗四肢在颤颤，全身抖擞着。经过一个长时间,小狗生出来。

暖和的季节,全村忙着生产。大猪带着成群的小猪喳喳的跑过,也有的母猪肚子那样大,走路时快要接触着地面,它多数的乳房有什么在充实起来。

那是黄昏时候,五姑姑的姐姐她不能再延迟,她到婆婆屋中去说:

"找个老太太来吧!觉着不好。"

回到房中放下窗帘和幔帐。她开始不能坐稳,她把席子卷起来,就在草上爬行。收生婆来时,她乍望见这房中,她就把头扭着。她说:

"我没见过,像你们这样大户人家,把孩子还要养到草上。'压柴,压柴,不能发财。'"

家中的婆婆把席下的柴草又都卷起来,土炕上掘起着灰尘。光着身子的女人,和一条鱼似的,她爬在那里。

黄昏以后,屋中起着烛光。那女人是快生产了,她小声叫号了一阵,收生婆和一个邻居的老太婆架扶着她,让她坐起来,在炕上微微的移动。可是罪恶的孩子,总不能生产,闹着夜半过去,外面鸡叫的时候,女人忽然苦痛得脸色灰白,脸色转黄,全家人不能安定。为她开始预备葬衣,在恐怖的烛光里四下翻寻衣裳,全家为了死的黑影所骚动。

赤身的女人,她一点不能爬动,她不能为生死再挣扎最后的一刻。天渐亮了。恐怖仿佛是僵尸,直伸在家屋。

五姑姑知道姐姐的消息,来了,正在探询:

"不喝一口水吗?她从什么时候起?"

一个男人撞进来,看形象是一个酒疯子。他的半面脸,红而肿起,走到幔帐的地方,他吼叫:

"快给我的靴子!"

女人没有应声,他用手撕扯幔帐,动着他厚肿的嘴唇:

"装死吗？我看看你还装死不装死！"

说着他拿起身边的长烟袋来投向那个死尸。母亲过来把他拖出去。每年是这样，一看见妻子生产他便反对。

日间苦痛减轻了些，使她清明了！她流着大汗坐在幔帐中，忽然那个红脸鬼，又撞进来，什么也不讲，只见他怕人的手中举起大水盆向着帐子抛来。最后人们拖出去他。

大肚子的女人，仍涨着肚皮，带着满身冷水无言的坐在那里。她几乎一动不敢动，她仿佛是在父权下的孩子一般怕着她的男人。

她又不能再坐住，她受着折磨，产婆给换下她着水的上衣。门响了她又慌张了，要有神经病似的。一点声音不许她哼叫，受罪的女人，身边若有洞，她将跳进去！身边若有毒药，她将吞下去，她仇视着一切，窗台要被她踢翻。她愿意把自己的腿弄断，宛如进了蒸笼，全身将被热力所撕碎一般呀！

产婆用手推她的肚子：

"你再刚强一点，站起来走走，孩子马上就会下来的，到了时候啦！"

走过一个时间，她的腿颤颤得可怜。患着病的马一般，倒了下来。产婆有些失神色，她说：

"媳妇子怕要闹事，再去找一个老太太来吧！"

五姑姑回家去找妈妈。

这边孩子落产了，孩子当时就死去！用人拖着产妇站起来，立刻孩子掉在炕上，像投一块什么东西在炕上响着。女人横在血光中，用肉体来浸着血。

窗外，阳光晒满窗子，屋内妇人为了生产疲乏着。

田庄上绿色的世界里，人们晒着汗滴。

四月里,鸟雀们也孵雏了!常常看见黄嘴的小雀飞下来,在檐下跳跃着啄食。小猪的队伍逐渐肥起来,只有女人在乡村夏季更贫瘦,和耕种的马一般。

刑罚,眼看降临到金枝的身上,使她短的身材,配着那样大的肚子,十分不相称。金枝还不像个妇人,仍和一个小女孩一般。但是肚子膨胀起了!快做妈妈了,妇人们的刑罚快擒着她。

并且她出嫁还不到四个月,就渐渐会诅咒丈夫,渐渐感到男人是严凉的人类!那正和别的村妇一样。

坐在河边沙滩上,金枝在洗衣服。红日斜照着河水,对岸林子的倒影,随逐着红波模糊下去!

成业在后边,站在远远的地方:

"天黑了呀!你洗衣裳,懒老婆,白天你做什么来?"

天还不明,金枝就摸索着穿起衣裳。在厨房,这大肚子的小女人开始弄得厨房蒸着气。太阳出来,铲地的工人肩着锄头回来。堂屋挤满着黑黑的人头,吞饭,吞汤的声音,无纪律地在响。

中午又烧饭;晚间烧饭,金枝过于疲乏了!腿子痛得折断一般。天黑下来卧倒休息一刻。在她迷茫中她坐起来,知道成业回来了!努力掀起在睡的眼睛,她问:

"才回来?"

过了几分钟,她没有得到答话。只看男人解脱衣裳,她知道又要挨骂了!正相反,没有骂,金枝感到背后温热一些,男人努力低音向她说话:

"…………"

金枝被男人朦胧着了!

立刻,那和灾难一般,跟着快乐而痛苦追来了。金枝不能烧饭。村中的产婆来了!她在炕角苦痛着脸色,她在那里受着刑罚,王婆来帮助她把孩子生下来。王婆摇着她多经验的头颅：

"危险，昨夜你们必定是不安着的。年青什么也不晓得，肚子大了，是不许那样的。容易丧掉性命！"

十几天以后金枝又行动在院中了！小金枝在屋中哭唤她。

牛或是马在不知觉中忙着栽培自己的痛苦。夜间乘凉的时候，可以听见马或是牛棚做出异样的声音来。牛也许是为了自己的妻子而角斗，从牛棚撞出来了。木杆被撞掉，狂张着，成业去拾了把子猛打疯牛。于是又安然被赶回棚里。

在乡村，人和动物一起忙着生，忙着死……

二里半的婆子和李二婶子在地端相遇：

"啊呀！你还能弯下腰去？"

"你怎么样？"

"我可不行了呢？"

"你什么时候的日子？"

"就是这几天。"

外面落着毛毛雨。忽然二里半的家屋吵叫起来！傻婆娘一向生孩子是闹惯了的，她大声哭，她怨恨男人：

"我说再不要孩子啦！没有心肝的，这不都是你吗？我算死在你身上！"

惹得老王婆扭着身子闭住嘴笑。过了一会傻婆娘又滚转着高声嚷叫：

"肚子疼死了，拿刀快把我肚子给割开吧！"

吵叫声中看得见孩子的圆头顶。

在这时候，五姑姑变青脸色，走进门来，她似乎不会说话，两手不住的扭绞：

"没有气了！小产了,李二婶子快死了呀!"

王婆就这样丢下麻面婆赶向打鱼村去。另一个产婆来时,麻面婆的孩子已在土炕上哭着。产婆洗着刚会哭的小孩。

等王婆回来时,窗外墙根下,不知谁家的猪也正在生小猪。

七　罪恶的五月节

五月节来临,催逼着两件事情发生:王婆服毒,小金枝惨死。

弯月相同弯刀刺上林端。王婆散开头发,她走向房后柴栏,在那儿她轻开篱门。柴栏外是墨沉沉的静甜的,微风不敢惊动这黑色的夜画;黄瓜爬上架了! 玉米响着雄宽的叶子,没有蛙鸣,也少虫声。

王婆披着散发,幽魂一般的,跪在柴草上,手中的杯子放到嘴边。一切涌上心头,一切诱惑她。她平身向草堆倒卧过去。被悲哀汹淘着大哭了。

赵三从睡床上起来,他什么都不清楚,柴栏里,他带点愤怒对待王婆:

"为什么？在发疯!"

他以为她是闷着刺到柴栏去哭。

赵三撞到草中的杯子了,使他立刻停止一切思维。他跑到屋中,灯光下,发现黑色浓重的液体东西在杯底。他先用手拭一拭,再用舌尖拭一拭,那是苦味。

"王婆服毒了!"

次晨村中嚷着这样的新闻。村人凄静的断续的来看她。

赵三不在家,他跑出去,乱坟岗子上,给她寻个位置。

乱坟岗子上活人为死人掘着坑子了,坑子深了些,二里半先跌下去。下层的湿土,翻到坑子旁边,坑子更深了! 大了! 几个人都跳下去,铲子不住的翻着,坑子埋过人腰。外面的土堆涨过人头。

坟场是死的城廓,没有花香,没有虫鸣,即使有花,即使有虫,那都是唱奏着别离歌,陪伴着说不尽的死者永久的寂寞。

乱坟岗子是地主施舍给贫苦农民们死后的住宅。但活着的农民,常常被地主们驱逐,使他们提着包袱,提着小孩,从破房子再走进更破的房子去。有时被逐着在马棚里借宿。孩子们哭闹着马棚里的妈妈。

赵三去进城,突然的事情打击着他,使他怎样柔弱呵!遇见了打鱼村进城卖菜的车子,那个驱车人麻麻烦烦的讲一些:

"菜价低了,钱帖毛荒。粮食也不值钱。"

那个车夫打着鞭子,他又说:

"只有布匹贵,盐贵。慢慢一家子连咸盐都吃不起啦!地租是增加,还叫老庄活不活呢?"

赵三跳上车,低了头坐在车尾的辕边。两条衰乏的腿子,凄凉的挂下,并且摇荡。车轮在辙道上哐啷的牵响。

城里,大街上拥挤着了!菜市过量的纷嚷。围着肉铺,人们吵架一般。忙乱的叫卖童,手中花色的葫芦随着空气而跳荡,他们为了"五月节"而癫狂。

赵三他什么也没看见,好像街上的人都没有了!好像街是空街。但是一个小孩跟在后面:

"过节了,买回家去,给小孩玩吧!"

赵三不听见这话,那个卖葫芦的孩子,好像自己不是孩子,自己是大人了一般,他追逐。

"过节了!买回家去给小孩玩吧!"

柳条枝上各色花样的葫芦好像一些被系住的蝴蝶跟住赵三在后面跑。

一家棺材铺,红色的,白色的,门口摆了多多少少,他停在那里。

孩子也停止追逐。

一切预备好！棺材停在门前,掘坑的铲子停止翻扬了!

窗子打开,使死者见一见最后的阳光。王婆跳突着胸口,微微尚有一点呼吸,明亮的光线照拂着她素静的打扮。已经为她换上一件黑色棉裤和一件浅色短单衫。除了脸是紫色,临死她没有什么怪异的现象,人们吵嚷说:

"抬吧! 抬她吧!"

她微微尚有一点呼吸,嘴里吐出一点点的白沫,这时候她已经被抬起来了。外面平儿急叫:

"冯丫头来了! 冯丫头!"

母女们相逢太迟了! 母女们永远永远不会再相逢了! 那个孩子手中提了小包袱,慢慢慢慢走到妈妈面前。她细看一看,她的脸孔快要接触到妈妈脸孔的时候,一阵清脆的暴裂的声浪嘶叫开来。她的小包袱滚滚着落地。

四围的人,眼睛和鼻子感到酸楚和湿浸。谁能止住被这小女孩唤起的难忍的酸痛而不哭呢? 不相关联的人混同着女孩哭她的母亲。

其中新死去丈夫的寡妇哭得最利害,也最哀伤。她几乎完全哭着自己的丈夫,她完全幻想是坐在她丈夫的坟前。

男人们嚷叫:"抬呀! 该抬了。收拾妥当再哭!"

那个小女孩感到不是自己家,身边没有一个亲人,她不哭了。

服毒的母亲眼睛始终是张着,但她不认识女儿,她什么也不认识了! 停在厨房板块上,口吐白沫,她微微心坎尚有一点跳动。

赵三坐在炕沿,点上烟袋。女人们找一条白布给女孩包在头上,平儿把白带束在腰间。

赵三不在屋的时候,女人们便开始问那个女孩:

"你姓冯的那个爹爹多咱死的?"

"死两年多。"

"你亲爹呢?"

"早回山东了!"

"为什么不带你们回去?"

"他打娘,娘领着哥哥和我到了冯叔叔家。"

女人们探问王婆旧日的生活,她们为王婆感动。那个寡妇又说:

"你哥怎不来? 回家去找他来看看娘吧!"

包白头的女孩,把头转向墙壁,小脸孔又爬着眼泪了! 她努力咬住嘴唇,小嘴唇偏张开,她又张着嘴哭了! 接受女人们的温情使她大胆一点,走到娘的近边,紧紧摄住娘的冰寒的手指,又用手给妈妈抹擦唇上的泡沫。小心恐只为母亲所惊扰,她带来的包袱踏在脚下。女人们又说:

"家去找哥哥来看看你娘吧!"

一听说哥哥,她就要大哭,又勉强止住。那个寡妇又问:

"你哥哥不在家吗?"

她终于用白色的包头布拢络住脸孔大哭起来了。借了哭势,她才敢说到哥哥:

"哥哥前天死了呀:官项捉去枪毙的。"

包头布从头上扯掉。孤独的孩子癫痫着一般用头摇着母亲的心窝哭:

"娘呀……娘呀……"

她再什么也不会哭诉,她还小呢!

女人们彼此说:"哥哥多咱死的? 怎么没听……"

赵三的烟袋出现在门口,他听清她们议论王婆的儿子。赵三晓得那小子是个"红胡子"。怎样死的,王婆服毒不是听说儿子枪毙才自杀的吗? 这只有赵三晓得。他不愿意叫别人知道,老婆自杀还关联着某个匪案,他觉得当土匪无论如何是有些不光明。

摇起他的烟袋来,他僵直的空的声音响起,用烟袋催逼着女孩:

"你走好啦!她已死啦!没有什么看的,你快走回你家去!"

小女孩被爹爹抛弃,哥哥又被枪毙了,带来包袱和妈妈同住,妈妈又死了,妈妈不在,让她和谁生活呢?

她昏迷地忘掉包袱,只顶了一块白布,离开妈妈的门庭。离开妈妈的门庭,那有点像丢开她的心让她远走一般。

赵三因为他年老。他心中裁判着年青人:

"私妍妇人,有钱可以,无钱怎么也去妍?没见过。到过节,那个淫妇无法过节,使他去抢,年青人就这样丧掉性命。"

当他看到也要丧掉性命的自己的老婆的时候,他非常仇恨那个枪毙的小子。当他想起去年冬天,王婆借来老洋炮的那回事,他又佩服人了:

"久当胡子哩!不受欺侮哩!"

妇人们燃柴,锅渐渐冒气。赵三捻着烟袋他来去踱走。过一会他看看王婆仍少少有一点气息,气息仍不断绝。他好像为了她的死等待得不耐烦似的,他困倦了,依着墙瞌睡。

长时间死的恐怖,人们不感到恐怖!人们集聚着吃饭、喝酒,这时候王婆在地下作出声音,看起来,她紫色的脸变成淡紫。人们放下杯子,说她又要活了吧?

不是那样,忽然从她的嘴角流出一些黑血,并且她的嘴唇有点像是起动,终于她大吼两声,人们瞪住眼睛说她就要断气了吧!

许多条视线围着她的时候,她活动着想要起来了!人们惊慌了!女人跑在窗外去了!男人跑去拿挑水的扁担。说她是死尸还魂。

喝过酒的赵三勇猛着:

"若让她起来,她会抱住小孩死去,或是抱住树,就是大人她也有力量抱住。"

赵三用他的大红手贪婪着把扁担压过去。扎实的刀一般的切在王婆的腰间。她的肚子和胸膛突然增涨，像是鱼泡似的。她立刻眼睛圆起来，像发着电光。她的黑嘴角也动了起来，好像说话，可是没有说话，血从口腔直喷，射了赵三的满单衫。赵三命令那个人：

"快轻一点压吧！弄得满身血。"

王婆就算连一点气息也没有了！她被装进等在门口的棺材里。

后村的庙前，两个村中无家可归的老头，一个打着红灯笼，一个手提水壶，领着平儿去报庙。绕庙走了三周，他们顺着毛毛的行人小道回来，老人念一套成谱调的话，红灯笼伴了孩子头上的白布，他们回家去。平儿一点也不哭，他只记住那年妈妈死的时候不也是这样报庙吗？

王婆的女儿却没能同来。

王婆的死信传遍全村，女人们坐在棺材边大大的哭起！扭着鼻涕，号啕着：哭孩子的，哭丈夫的，哭自己命苦的，总之，无管有什么冤屈都到这里来送了！村中一有年岁大的人死，她们，女人之群们，就这样做。

将送棺材上坟场！要钉棺材盖了！

王婆终于没有死，她感到寒凉，感到口渴，她轻轻说：

"我要喝水！"

但她不知道，她是睡在什么地方。

五月节了，家家门上挂起葫芦。二里半那个傻婆子屋里有孩子哭着，她却蹲在门口拿刷马的铁耙子给羊刷毛。

二里半跛着脚。过节，带给他的感觉非常愉快。他在白菜地看见白菜被虫子吃倒几棵。若在平日他会用短句咒骂虫子，或是生气把白菜用脚踢着。但是现在过节了,他一切愉快着,他觉得自己是应该愉快。走在地边他看一看柿子还没有红,他想摘几个青柿子给孩子吃吧! 过节了!

全村表示着过节,菜田和麦地,无管什么地方都是静静的,甜美的。虫子们也仿佛比平日会唱了些。

过节渲染着整个二里半的灵魂。他经过家门没有进去,把柿子扔给孩子又走了! 他要趁起这样愉快的日子会一会朋友。

左近邻居的门上都挂了纸葫芦,他经过王婆家,那个门上摆荡着的是绿色的葫芦。再走,就是金枝家。金枝家,门外没有葫芦,门里没有人了! 二里半张望好久:孩子的尿布在锅灶旁被风吹着,飘飘的在浮游。

小金枝来到人间才够一月,就被爹爹摔死了:婴儿为什么来到这样的人间? 使她带了怨悒回去! 仅仅是这样短促呀! 仅仅是几天的小生命!

小小的孩子睡在许多死人中,他不觉得害怕吗? 妈妈走远了! 妈妈啜泣听不见了!

天黑了! 月亮也不来为孩子做伴。

五月节的前些日子,成业总是进城跑来跑去。家来和妻子吵打。他说:

"米价落了! 三月里买的米现在卖出去折本一少半。卖了还债也不足,不卖又怎么能过节?"

并且他渐渐不爱小金枝,当孩子夜里把他吵醒的时候,他说:

"拼命吧! 闹死吧!"

过节的前一天,他家什么也没预备,连一斤面粉也没买。烧饭的时候豆油罐子什么也倒流不出。

成业带着怒气回家,看一看还没有烧菜。他厉声嚷叫:

"啊!像我……该饿死啦,连饭也没得吃……我进城……我进城。"

孩子在金枝怀中吃奶。他又说:

"我还有好的日子吗?你们累得我,使我做强盗都没有机会。"

金枝垂了头把饭摆好,孩子在旁边哭。

成业看着桌上的咸菜和粥饭,他想了一刻又不住的说起:

"哭吧!败家鬼,我卖掉你去还债!"

孩子仍哭着,妈妈在厨房里,不知是扫地,还是收拾柴堆。爹爹发火了:

"把你们都一块卖掉,要你们这些吵家鬼有什么用……"

厨房里的妈妈和火柴一般被燃着:

"你像个什么?回来吵打,我不是你的冤家,你会卖掉,看你卖吧!"

爹爹飞着饭碗!妈妈暴跳起来。

"我卖,我摔死她吧!……我卖什么!"

就这样小生命被截止了!

王婆听说金枝的孩子死,她要来看看,可是她只扶了杖子立起又倒卧下来。她的腿骨被毒质所侵还不能行走。

年青的妈妈过了三天她到乱坟岗子去看孩子。但那能看到什么呢?被狗扯得什么也没有。

成业他看到一堆草染了血,他幻想是捆小金枝的草吧!他俩背向着流过眼泪。

乱坟岗子不知晒干多少悲惨的眼泪?永年悲惨的地带,连个乌鸦也不落下。

成业又看见一个坟窟,头骨在那里重见天日。

走出坟场,一些棺材,坟堆,死寂死寂的印象催迫着他们加快着步速。

八 蚊虫繁忙着

她的女儿来了! 王婆的女儿来了!

王婆能够拿着鱼竿坐在河沿钓鱼了! 她脸上的纹褶没有什么增多或减少。这证明她依然没有什么变动,她还必须活下去。

晚间河边蛙声震耳。蚊子从河边的草丛出发,嗡声喧闹的队伍,迷漫着每个家庭。日间太阳也炎热起来! 太阳烧上人们的皮肤,夏天,田庄上人们怨恨太阳和怨恨一个恶毒的暴力者一般。全个田间,一个大火球在那里滚转。

但是王婆永久欢迎夏天。因为夏天有肥绿的叶子,肥的园林,更有夏夜会唤起王婆诗意的心田,她该开始向着夏夜述说故事。今夏她什么也不说了! 她偎在窗下和睡了似的,对向幽邃的天空。

蛙鸣震碎人人的寂寞;蚊虫骚扰着不能停息。

这相同平常的六月,这又是去年割麦的时节。王婆家今年没种麦田。她更忧伤而悄默了! 当举着钓竿经过作浪的麦田时,她把竿头的绳线缭绕起来,她仰了头,望着高空,就这样眯也不眯的经过麦田。

王婆的性情更恶劣了! 她又酗酒起来。她每天钓鱼。全家人的衣服她不补洗,她只每夜烧鱼,吃酒,吃得醉疯疯的,满院,满屋她旋走;她渐渐要到树林里去旋走。

有时在酒杯中她想起从前的丈夫,她痛心看见来在身边孤独的女儿,总之在喝酒以后她更爱烦想。

现在她近于可笑,和石块一般沉在院心,夜里她习惯于院中睡觉。

在院中睡觉被蚊虫迷绕着,正像蚂蚁群拖着已腐的苍蝇。她是再也没有心情了吧!再也没有心情生活!

王婆被蚊虫所食,满脸起着云片,皮肤肿起来。

王婆在酒杯中也回想着女儿初来的那天,女儿横在王婆怀中:

"妈呀!我想你是死了!你的嘴吐着白沫,你的手指都凉了呀!……哥哥死了,妈妈也死了,让我到那里去讨饭吃呀!……他们把我赶出时,带来的包袱都忘下啦,我哭……哭昏啦……妈妈,他们坏心肠,他们不叫我多看你一刻……"

后来孩子从妈妈怀中站起来时,她说出更有意义的话:

"我恨死他们了!若是哥哥活着,我一定告诉哥哥把他打死。"

最后那个女孩,拭干眼泪说:

"我必定要像哥哥,……"

说完她咬一下嘴唇。

王婆思想着女孩怎么会这样烈性呢?或者是个中用的孩子?

王婆忽然停止酗酒,她每夜,开始在林中教训女儿,在静的林里,她严峻的说:

"要报仇。要为哥哥报仇,谁杀死你的哥哥?"

女孩子想:"官项杀死哥哥的。"她又听妈妈说:

"谁杀死哥哥,你要杀死谁,……"

女孩想过十几天以后,她向妈妈踌躇着:

"是谁杀死哥哥?妈妈明天领我去进城,找到那个仇人,等后来什么时候遇见他我好杀死他。"

孩子说了孩子话,使妈妈笑了!使妈妈心痛。

王婆同赵三吵架的那天晚上,南河的河水涨出了河床。南河沿嚷着:

"涨大水啦!涨大水啦!"

人们来往在河边,赵三在家里也嚷着:

"你快叫她走,她不是我家的孩子,你的崽子我不招留。快——"

第二天家家的麦子送上麦场。第一场割麦,人们要吃一顿酒来庆祝。赵三第一年不种麦,他家是静悄悄的。有人来请他,他坐到别人欢说着的酒桌前,看见别人欢说,看见别人收麦,他红色的大手在人前窘迫着!不住的胡乱的扭搅,可是没有人注意他,种麦人和种麦人彼此谈说。

河水落了却带来众多的蚊虫。夜里蛤蟆的叫声,好像被蚊子的嗡嗡的压住似的。日间蚊群也是忙飞。只有赵三非常哑默。

九 传染病

乱坟岗子,死尸狼藉在那里。无人掩埋,野狗活跃在尸群里。

太阳血一般昏红;从朝至暮蚊虫混同着蒙雾充塞天空。高粱,玉米和一切菜类被人丢弃在田圃,每个家庭是病的家庭,是将要绝灭的家庭。

全村静悄了。植物也没有风摇动它们。一切沉浸在雾中。

赵三坐在南地端出卖五把新镰刀。那是组织"镰刀会"时剩下的。他正看着那伤心的遗留物,村中的老太太来问他:

"我说……天象,这是什么天象?要天崩地陷了。老天爷叫人全死吗?嗳……"

老太婆离去赵三,曲背立即消失在雾中,她的语声也像隔远了似的:

"天要灭人呀!……老天早该灭人啦!人世尽是强盗,打仗,杀害,这是人自己招的罪……"

渐渐远了!远处听见一个驴子在号叫,驴子号叫在山坡吗?驴子号叫在河沟吗？

什么也看不见，只能听闻：那是，二里半的女人作嘎的不愉悦的声音来近赵三。赵三为着镰刀所烦恼，他坐在雾中，他用烦恼的心思在妒恨镰刀，他想：

"青牛是卖掉了！麦田没能种起来。"

那个婆子向他说话，但他没有注意到。那个婆子被脚下的土块跌倒，她起来时慌张着，在雾层中看不清她怎样张惶。她的音波织起了网状的波纹，和老大的蚊音一般：

"三哥，还坐在这里？家怕是有'鬼子'来了，就连小孩子，'鬼子'也要给打针，你看我把孩子抱出来，就是孩子病死也甘心，打针可不甘心。"

麻面婆离开赵三去了！抱着她未死的，连哭也不会哭的孩子沉没在雾中。

太阳变成暗红的放大而无光的圆轮，当在人头。昏茫的村庄埋着天然灾难的种子，渐渐种子在滋生。

传染病和放大的太阳一般勃发起来，茂盛起来！

赵三踏着死蛤蟆走路；人们抬着棺材在他身边暂时现露而滑过去！一个歪斜面孔的小脚女人跟在后面，她小小的声音哭着。又听到驴子叫，不一会驴子闪过去，背上驮着一个重病的老人。

西洋人，人们叫他"洋鬼子"，身穿白外套，第二天雾退时，白衣人来到赵三的窗外，他嘴上挂着白囊，说起难懂的中国话：

"你的，病人的有？我的治病好，来。快快的。"

那个老的胖一些的，动一动胡子，眼睛胖得和猪眼一般，把头探着窗子望。

赵三着慌说没有病人，可是终于给平儿打针了！

"老鬼子"向那个"小鬼子"说话，嘴上的白囊一动一动的。管子，药瓶和亮刀从提包倾出，赵三去井边提一壶冷水。那个"鬼子"开始擦他通孔的玻璃管。

平儿被停在窗前的一块板上，用白布给他蒙住眼睛。隔院的人们都来看着，因为要晓得"鬼子"怎样治病，"鬼子"治病究竟怎样可怕。

玻璃管从肚脐下一寸的地方插下，五寸长的玻璃管只有半段在肚皮外闪光。于是人们捉紧孩子，使他仰卧不得摇动。"鬼子"开始一个人提起冷水壶，另一个对准那个长长的橡皮管顶端的漏水器。看起来"鬼子"像修理一架机器。四面围观的人好像有叹气的，好像大家一起在缩肩膀。孩子只是作出"呀！呀"的短叫，很快一壶水灌完了！最后在滚涨的肚子上擦一点黄色药水，用小剪子剪一块白绵贴住破口。就这样白衣"鬼子"提了提包轻便的走了！又到别人家去。

又是一天晴朗的日子，传染病患到绝顶的时候！女人们抱着半死的小孩子，女人们始终惧怕打针，惧怕白衣的"鬼子"用水壶向小孩肚里灌水。她们不忍看那肿涨起来奇怪的肚子。

恶劣的传闻布遍着：

"李家的全家死了！""城里派人来验查，有病象的都用车子拉进城去，老太婆也拉，孩子也拉，拉去打药针。"

人死了听不见哭声，静悄的抬着草捆或是棺材向着乱坟岗子走去，接接连连的，不断……

过午二里半的婆子把小孩送到乱坟岗子去！她看到别的几个小孩有的头发蒙住白脸，有的被野狗拖断了四肢，也有几个好好的睡在那里。

野狗在远的地方安然的嚼着碎骨发响。狗感到满足，狗不再为着追求食物而疯狂，也不再猎取活人。

平儿整夜呕着黄色的水，绿色的水，白眼珠满织着红色的丝纹。

赵三喃喃着走出家门,虽然全村的人死了不少,虽然庄稼在那里衰败,镰刀他却总想出卖,镰刀放在家里永久刺着他的心。

十 十年

十年前村中的山,山下的小河,而今依旧十年前,河水静静的在流,山坡随着季节而更换衣裳;大片的村庄生死轮回着和十年前一样。

屋顶的麻雀仍是那样繁多。太阳也照样暖和。山下有牧童在唱童谣,那是十年前的旧调:"秋夜长,秋风凉,谁家的孩儿没有娘,谁家的孩儿没有娘,……月亮满西窗。"

什么都和十年前一样,王婆也似没有改变,只是平儿长大了!平儿和罗圈腿都是大人了!

王婆被凉风飞着头发,在篱墙外远听从山坡传来的童谣。

十一 年盘转动了

雪天里,村人们永没见过的旗子飘扬起,升上天空!

全村寂静下去,只有日本旗子在山岗临时军营门前,振荡的响着。

村人们在想:这是什么年月?中华国改了国号吗?

十二 黑色的舌头

宣传"王道"的旗子来了!带着尘烟和骚闹来的。

宽宏的夹树道;汽车闹嚣着了!

田间无际限的浅苗湛着青色。但这不再是静穆的村庄,人们已经失去了心的平衡。草地上汽车突起着飞尘跑过,一些红色绿色的纸片播着种子一般落下来。小茅房屋顶有花色的纸片在起落。附近大道旁的枝头挂住纸片,在飞舞嘶嘎。从城里出发的汽车又追踪着驰来。车上站着威风飘扬的日本人,高丽人,也站着威扬的中国人。车轮突飞的时候,车上每人手中的旗子摆摆有声,车上的人好像生了翅膀齐飞过去。那一些举着日本旗子作出媚笑杂样的人,消失在道口。

那一些"王道"的书篇飞到山腰去,河边去……

王婆立在门前,二里半的山羊下垂它的胡子。老羊轻轻走过正在繁茂的树下。山羊不再寻什么食物,它倦困了!它过于老,全身变成土一般地色毛。它的眼睛模糊好像垂泪似的。山羊完全幽默和可怜起来;拂摆着长胡子走向洼地。

对着前面的洼地,对着山羊,王婆追踪过去痛苦的日子。她想把那些日子捉回,因为今日的日子还不如昨日。洼地没人种,上岗那些往日的麦田荒乱在那里。她在伤心的追想。

日本飞机拖起狂大的嗡鸣飞过,接着天空翻飞着纸片。一张纸片落在王婆头顶的树枝,她取下看了看丢在脚下。飞机又过去时留下更多的纸片。她不再睬理一下那些纸片,丢在脚下来复的乱踏。

过了一会,金枝的母亲经过王婆,她手中捉住两只公鸡,她问王婆说:

"日子算是没法过了!可怎么过?就剩两只鸡,还得快快去卖掉!"

王婆问她:"你进城去卖吗?"

"不进城谁家肯买?全村也没有几只鸡了!"

她向王婆耳语了一阵:

"日本子恶得很!村子里的姑娘都跑空了!年青的媳妇也是一样。我听说王家屯一个十三岁的小丫头叫日本了弄去了!半夜三更弄走的。"

"歇一歇腿再走吧!"王婆说。

　　王婆立在门前,二里半的山羊下垂它的胡子。老羊轻轻走过正在繁茂的
树下。山羊不再寻什么食物,它倦困了! 它过于老,全身变成土一般地色毛。

(于绍文/图)

她俩坐在树下。大地上的虫子并不鸣叫,只是她俩惨淡而忧伤的谈着。

公鸡在手下不时振动着膀子。太阳有点正中了!树影做成圆形。

村中添设出异样的风光,日本旗子,日本兵。人们开始讲究这一些:"王道"啦!日"满"亲善啦!快有"真龙天子"啦!

在"王道"之下,村中的废田多起来,人们在广场上忧郁着徘徊。

那老婆说到最后:

"我这些年来,都是养鸡,如今连个鸡毛也不能留,连个'啼明'的公鸡也不让留下。这是什么年头?……"

她震动一下袖子,有点癫狂似的,她立起来,踏过前面一块不耕的废田,废田患着病似的,短草在那婆婆的脚下不愉快的没有弹力的被踏过。

走得很远,仍可辨出两只公鸡是用那个挂下的手提着,另外一只手在面部不住的抹擦。

王婆睡下的时候,她听见远处好像有女人尖叫。打开窗子听一听……

再听一会警笛器叫起来,枪鸣起来,远处的人家闯入什么魔鬼了吗?

"你家有人没有?"

当夜日本兵,中国警察搜遍全村。这是搜到王婆家。她回答:

"有什么人?没有。"

他们掩住鼻子了在屋中转了 个弯出去了。于电灯发青的光线乱闪着,临走出门栏,一个日本兵在铜帽子下面说中国话:

"也带走她。"

王婆完全听见他说的是什么：

"怎么也带女人吗?"她想,"女人也要捉去枪毙吗?"

"谁稀罕她,一个老婆子!"那个中国警察说。

中国人都笑了! 日本人也瞎笑。可是他们不晓得这话是什么意思,别人笑,他们也笑。

真的,不知他们牵了谁家的女人,曲背和猪一般被他们牵走。在稀薄乱动的手电灯绿色的光线里面,分辨不出这女人是谁!

还没走出栏门他们就调笑那个女人。并且王婆看见那个日本"铜帽子"的手在女人的屁股上急忙的爬了一下。

十三 你要死灭吗?

王婆以为又是假装搜查到村中捉女人,于是她不想到什么恶劣的事情上去,安然的睡了! 赵三那老头子也非常老了! 他回来没有惊动谁也睡了!

过了夜,日本宪兵在门外轻轻敲门,走进来的,看样像个中国人,他的长靴染了湿淋淋的露水,从口袋取出手巾,摆出泰然的样子坐在炕沿慢慢擦他的靴子,访问就在这时开始:

"你家昨夜没有人来过? 不要紧。你要说实话。"

赵三刚起来,意识有点不清,不晓得这是什么事情要发生。于是那个宪兵把手中的帽子用力抖了一下,不是柔和而不在意的态度了: "混蛋! 你怎么不知道? 等带去你就知道了!"

说了这样话并没带他去。王婆一面在扣衣纽一面抢说:

"问的是什么人? 昨夜来过几个'老总',搜查没有什么就走了!"

那个军官样的把态度完全是对着王婆,用一种亲昵的声音问:

"老太太请告诉吧! 有赏哩!"

王婆的样子仍是没有改变。那人又说：

"我们是捉胡子,有胡子乡民也是同样受害,你没见着昨天汽车来到村子宣传'王道'吗?'王道'叫人诚实。老太太说了吧!有赏呢?"

王婆面对着窗子照上来的红日影,她说：

"我不知道这回事。"

那个军官又想大叫,可是停住了,他的嘴唇困难的又动几下：

"'满洲国'要把害民的胡子扫清,知道胡子不去报告,查出来枪毙!"这时那个长靴人用斜眼神侮辱赵三一下。接着他再不说什么,等待答复,终于他什么也没得到答复。

还不到中午,乱坟岗子多了三个死尸,其中一个是女尸。

人们都知道那个女尸,就是在北村一个寡妇家搜出的那个"女学生"。

赵三听得别人说"女学生"是什么"党"。但是他不晓得什么"党"做什么解释。当夜在喝酒以后把这一切密事告诉了王婆,他也不知那"女学生"倒有什么密事,到底为什么才死? 他只感到不许传说的事情神秘,他也必定要说。

王婆她十分不愿意听,因为这件事发生,她担心她的女儿,她怕是女儿的命运和那个"女学生"一般样。

赵三的胡子白了! 也更稀疏,喝过酒,脸更是发红,他任意把自己摊散在炕角。

平儿担了大捆的绿草回来,晒干可以成柴,在院心他把绿草铺平。进屋他不立刻吃饭,透汗的短衫脱在身边,他好像愤怒似的,用力来拍响他多肉的肩头,嘴里长长的吐着呼吸。过了长时间爹爹说：

"你们年青人应该有些胆量。这不是叫人死吗? 亡国了! 麦地不能种了,鸡犬也要死净。"

老头子说话像吵架一般。王婆给平儿缝汗衫上的大口,她感动了,想到亡国,把汗衫缝错了!她把两个袖口完全缝住。

赵三和一个老牛般样,年青时的气力全都消灭,只回想"镰刀会",又告诉平儿:

"那时候你还小着哩!我和李青山他们弄了个'镰刀会'。勇得很!可是我受了打击,那一次使我碰壁了,你娘去借只洋炮来,谁知还没有用洋炮,就是一条棍子出了人命,从那时起就倒霉了!一年不如一年活到如今。"

"狗,到底不是狼,你爹从出事以后,对'镰刀会'就没趣了!青牛就是那年卖的。"

她这样抢白着,使赵三感到羞耻和愤恨。同时自己为什么当时就那样卑小?心脏发燃了一刻,他说着使自己满意的话。

"这下子东家也不东家了!有日本子,东家也不好干什么!"

他为着充血的轻便的身子,他向树林那面去散步,那儿有树林,林梢在青色的天边图出美调的和舒卷着的云一样的弧线。青的天幕在前面直垂下来,曲卷的树梢花边一般的嵌上天幕。田间往日的蝶儿在飞,一切野花还不曾开。小草房一座一座的摊落着,有的留下残墙在晒阳光,有的也许是被炸弹带走了屋盖。房身整整齐齐地摆在那里。

赵三阔大开胸膛,他呼吸田间透明的空气。他不愿意走了,停脚在一片荒芜的、过去的麦地旁。就这样不多一时,他又感到烦恼,因为他想起往日自己的麦田而今丧尽在炮火下,在日本兵的足下必定不能够再长起来,他带着麦田的忧伤又走过一片瓜田,瓜田也不见了种瓜的人,瓜田尽被一些蒿草充塞。去年看守瓜地小房,依然存在;赵三倒在小房下的短草梢头。他欲睡了!朦胧中看见一些"高丽"人从大树林穿过。视线从地平面直发过去,那一些"高丽"人仿佛是走在天边。

假如没有乱插在地面的家屋,那么赵三他觉得自己是躺在天边了!

阳光迷住他的眼睛,使他不能再远看了!听得见村狗在远方无聊的吠叫。

如此荒凉的旷野,野狗也不到这里巡行。独有酒烧胸膛的赵三到这里巡行,但是他无有目的,任意足尖踏到什么地点,他走过无数秃田,他觉得过于可惜,点一点头,摆一摆手,不住的叹着气走回家去。

村中的寡妇多起来,前面是三个寡妇,其中的一个尚拉着她的孩子走。

红脸的老赵三走近家门又转弯了!他是那样信步而无主的走!忧伤在前面招示他,忽然间一个大凹洞,踏下脚去。他未曾注意这个,好像他一心要完成长途似的,继续前进。那里更有炸弹的洞穴,但不能阻碍他的去路,因为喝酒,壮年的血气鼓动他。

在一间破房子里,一只母猫正在哺乳一群小猫。他不愿看这些,他更走,没有一个熟人与他遇见。直到天西烧红着云彩,他滴血的心,垂泪的眼睛竟来到死去的年青时伙伴们的坟上,不带酒祭奠他们,只是无话坐在朋友们之前。

亡国后的老赵三,蓦然念起那些死去的英勇的伙伴!留下活着的老的,只有悲愤而不能走险了,老赵三不能走险了!

那是个繁星的夜,李青山发着疯了!他的哑喉咙,使他讲话带着神秘而紧张的声色。这是第一次他们大型的集会。在赵三家里,他们像在举行什么盛大的典礼,庄严与静肃。人们感到缺乏空气一般,人们连鼻子也没有一个作响。屋了不燃灯,人们的眼睛和夜里的猫眼一般,闪闪有磷光而发绿。

王婆的尖脚,不住的踏在窗外,她安静的手下提了一只破洋灯罩,她时时准备着把玻璃灯罩摔碎。她是个守夜的老鼠，时时防备猫来。她到篱笆外绕走一趟，站在篱笆外听一听他们的谈论高低，有没有危险性？手中的灯罩她时刻不能忘记。

屋中李青山固执而且浊重的声音继续下去：

"在这半月里，我才真知道人民革命军真是不行，要干人民革命军那就必得倒霉，他们尽是些'洋学生'，上马还得用人抬上去。他们嘴里就会狂喊'退却'。二十八日那夜外面下小雨，我们十个同志正吃饭，饭碗被炸碎了哩！派两个出去寻炸弹的来路。大家来想一想，两个'洋学生'跑出去，唉！丧气，被敌人追着连帽子都跑丢了，'学生'们常常给敌人打死。……"

罗圈腿插嘴了："革命军还不如红胡子有用？"

月光照进窗来太暗了！当时没有人能发见罗圈腿发问时是个什么奇怪的神情。

李青山又在开始：

"革命军纪律可真利害，你们懂吗？什么叫纪律？那就是规矩。规矩太紧，我们也受不了。比方吧：屯子里年青青的姑娘眼望着不准去……哈哈！我吃了一回苦，同志打了我十下枪柄哩！"

他说到这里，自己停下笑起来，但是没敢大声。他继续下去。

二里半对于这些事情始终是缺乏兴致，他在一边瞌睡，老赵三用他的烟袋锅撞一下在睡的缺乏政治思想的二里半，并且赵三大不满意起来：

"听着呀！听着，这是什么年头还睡觉？"

王婆的尖脚乱踏着地面作响一阵，人们听一听，没听到灯罩的响声，知道日本兵没有来，同时人们感到严重的气氛。李青山的计划严重着发表。

李青山是个农人，他尚分不清该怎样把事弄起来，只说着：

"屯子里的小伙子招集起来,起来救国吧! 革命军那一群'学生'是不行。只有红胡子才有胆量。"

老赵三他的烟袋没有燃着,丢在炕上,急快的拍一下手他说:

"对! 招集小伙子们,起名也叫革命军。"

其实赵三完全不能明白,因为他还不曾听说什么叫做革命军,他无由得到安慰,他的大手掌快乐的不停的摺着胡子。对于赵三这完全和十年前组织"镰刀会"同样兴致,也是暗室,也是静悄悄的讲话。

老赵三快乐得终夜不能睡觉,大手掌翻了个终夜。

同时站在二里半的墙外可以数清他鼾声的拍子。

乡间,日本人的毒手努力毒化农民,就说要恢复"大清国",要做"忠臣","孝子","节妇"。可是另一方面,正相反的势力也增长着。

天一黑下来就有人越墙藏在王婆家中,那个黑胡子的人每夜来,成为王婆的熟人。在王婆家吃夜饭,那人向她说:

"你的女儿能干得很,背着步枪爬山爬得快呢! 可是……已经……"

平儿蹲在炕下,他吸爹爹的烟袋。轻微的一点妒嫉横过心面。他有意弄响烟袋在门扇上,他走出去了。外面是阴沉全黑的夜,他在黑色中消灭了自己。等他忧悒着转回来时,王婆已是在垂泪的境况。

那夜老赵三回来得很晚,那是因为他逢人便讲亡国,救国,义勇军,革命军,……这一些出奇的字眼,所以弄得回来这样晚。快鸡叫的时候了! 赵三的家没有鸡,全村听不见往日的鸡鸣。只有褪色的月光在窗上,"三星"不见了,知道天快明了。

他把儿子从梦中唤醒,他告诉他得意的宣传工作:东村那个寡妇怎样把孩子送回娘家预备去投义勇军。小伙子们怎样准备集合。老头子好像已在衙门里做了官员一样,摇摇摆摆着他讲话时的姿势,摇摇摆摆着他自己的心情,他整个的灵魂在阔步!

稍微沉静一刻,他问平儿:

"那个人来了没有?那个黑胡子的人?"

平儿仍回到睡中,爹爹正鼓动着生力,他却睡了!爹爹的话在他耳边,像蚊虫嗡叫一般的无意义。赵三立刻动怒起来,他觉得他光荣的事业,不能有人承受下去,感到养了这样的儿子没用,他失望。

王婆一点声息也不作出,像是在睡般的。

明朝,黑胡子的人,忽然走来,王婆又问他:

"那孩子死的时候,你到底是亲眼看见她没有?"

他弄着骗术一般:

"老太太你怎么还不明白?不是老早就对你讲么?死了就死了吧!革命就不怕死,那是露脸的死啊……比当日本狗的奴隶活着强得多哪!"

王婆常常听他们这一类人说"死"说"活"……她也想死是应该,于是安静下去,用她昨夜为着泪水所浸蚀的眼睛观察那熟人急转的面孔。终于她接受了!那所有那人从囊中取出来的小本子和小字,充满在上面像黑点一般的零散的纸张,她全接受了!另外还有发亮的小枪一支也递给王婆。那个人急忙着要走,这时王婆又不自禁的问:

"她也是枪打死的吗?"

那人开门急走出去了!因为急走,那人没有注意到王婆。

王婆往日里,她不知恐怖,常常把那一些别人带来的小本子放在厨房里。有时她竟任意丢在席子下面。今天她却减少了胆量,她想那些东西若被搜查着,日本兵的刺刀会通刺了自己。她好像觉着自己的遭遇要和女儿一样似的,尤其是手掌里的小枪。她被恫吓着慢慢颤栗起来。女儿也一定被同样的枪杀死。她终止了想,她知道当前的事开始紧急。

赵三仓皇了脸回来,王婆没有理他走向后面柴堆那儿。柴草不似每年,那是烧空了! 在一片平地上稀疏的生着马蛇菜。她开始掘地洞;听村狗在狂咬,她有些心慌意乱,把镰刀头插进土去无力拔出。她好像要倒落一般:全身受着什么压迫要把肉体解散了一般。过了一刻难忍昏迷的时间,她跑去呼唤她的老同伴。可是当走到房门又急转回来,她想起别人的训告:

——重要的事情谁也不能告诉,两口子也不能告诉。

那个黑胡子的人,向她说过的话也使她回想了一遍:

——你不要叫赵三知道,那老头子说不定和小孩子似的。

等她埋好之后,日本兵连续来过十几个。多半只戴了铜帽,连长靴都没穿就来了。人们知道他们又是在弄女人。

王婆什么观察力也失去了! 不自觉的退缩在赵三的背后,就连那永久带着笑脸,常来王婆家搜查的日本官长,她也不认识了。临走时那人向王婆说"再见",她直直迟疑着而不回答一声。

"拔"——"拔",就是出发的意思,老婆们给男人在搜集衣裳或是鞋袜。

李青山派人到每家去寻个公鸡,没得寻到,有人提议把二里半的老山羊杀了吧! 山羊正走在李青山门前,或者是歇凉,或者是它走不动了! 它的一只独角塞进篱墙的缝隙,小伙子们去抬它,但是无法把独角弄出。

二里半从门口经过,山羊就跟在后面回家去了! 二里半说:

"你们要杀就杀吧! 早晚还不是给日本子留着吗!"

李二婶子在一边说:

"日本子可不要它，老得不成样。"

二里半说："日本子不要它，老也老死了！"

人们宣誓的日子到了！没有寻到公鸡，决定拿老山羊来代替。小伙子们把山羊抬着，在杆上四脚倒挂下去，山羊不住哀叫。二里半可笑的悲哀的形色跟着山羊走来，他的跌脚仿佛是一步一步把地面踏陷。波浪状的行走，愈走愈快！他的老婆疯狂的想把他拖回去，然而不能做到，二里半惶惶的走了一路。山羊被抬过一个山腰的小曲道。山羊被升上院心铺好红布的方桌。

东村的寡妇也来了！她在桌前跪下祷告了一阵，又到桌前点着两只红蜡烛。蜡烛一点着，二里半知道快要杀羊了。

院心除了老赵三那尽是一些年青的小伙子在走转。他们袒露胸臂，强壮而且凶横。

赵三总是向那个东村的寡妇说，他一看见她便宣传她。他一遇见事情，就不像往日那样贪婪吸他的烟袋。说话表示出庄严，连胡子也不动荡一下：

"救国的日子就要来到。有血气的人不肯当亡国奴，甘愿做日本刺刀下的屈死鬼。"

赵三只知道自己是中国人。无论别人他解讲了多少遍，他总不能明白他在中国人中是站在怎样的阶级。虽然这样，老赵三也是非常进步，他可以代表整个的村人在进步着，那就是他从前不晓得什么叫国家，从前也许忘掉了自己是那国的国民！

他不开言了！静站在院心，等待宏壮悲愤的典礼来临。

来到三十多人，带来重压的大会，可真的触到赵三了！使他的胡子也感到非常重要而不可挫碰一下。

四月里晴朗的天空从山脊流照下来，房周的大树群在正午垂曲的立在太阳下。畅明的天光与人们共同宣誓。

寡妇们和亡家的独身汉在青山喊过口号之后完全用膝头曲倒在天光之下。羊的脊背流过天光,桌前的大红蜡烛在壮默的人头前面燃烧。李青山的大个子直立在桌前:"弟兄们! 今天是什么日子! 知道吗? 今天……我们去敢死……决定了……就是把我们的脑袋挂满了整个村子所有的树梢也情愿,是不是啊? ……是不是……? 弟兄们……?"

回声先从寡妇们传出:"是呀! 千刀万剐也愿意!"

哭声刺心一般痛,哭声方锥一般落进每个人的胸膛。一阵强烈的悲酸掠过低垂的人头,苍苍然蓝天欲坠了!

老赵三立到桌子前面,他不发声,先流泪:

"国……国亡了! 我……我也……老了! 你们还年青,你们去救国吧! 我的老骨头再……再也不中用了! 我是个老亡国奴,我不会眼见你们把日本旗撕碎,等着我埋在坟里……也要把中国旗子插在坟顶,我是中国人! ……我要中国旗子,我不当亡国奴,生是中国人,死是中国鬼……不……不是亡……亡国奴……"

浓重不可分解的悲酸,使树叶垂头。赵三在红蜡烛前用力鼓了桌子两下,人们一起哭向苍天了! 人们一起向苍天哭泣。大群的人起着号啕!

就这样把一只匣枪装好子弹摆在众人前面。每人走到那只枪口就跪倒下去"盟誓":

"若是心不诚,天杀我,枪杀我,枪子是有灵有圣有眼睛的啊!"

寡妇们也是盟誓。也是把枪口对准心窝说话。只有二里半在人们宣誓之后快要杀羊时他才回来。从什么地方他捉只公鸡来! 只有他没曾宣誓,对于国亡,他似乎没什么伤心,他领着山羊,就回家去。

别人的眼睛,尤其是老赵三的眼睛在骂他:

"你个老跛脚的物,你,你不想活吗?……"

十四　到都市里去

临行的前夜,金枝在水缸沿上磨剪刀,而后用剪刀撕破死去孩子的尿布。年青的寡妇是住在妈妈家里。

"你明天一定走吗?"

在睡的身边的妈妈被灯光照醒,带着无限怜惜在已决定的命运中求得安慰似的。

"我不走,过两天再走。"金枝答她。

又过了不多时老太太醒来,她再不能睡,当她看见女儿不在身边而在地心洗濯什么的时候,她坐起来问着:

"你是明天走吗?再住三两天不能够吧!"

金枝在夜里收拾东西,母亲知道她是要走。金枝说:

"娘,我走两天,就回来,娘……不要着急!"

老太太像在摸索什么,不再发声音。

太阳很高很高了,金枝尚偎在病母亲的身边,母亲说:

"要走吗?金枝!走就走吧!去赚些钱吧!娘不阻碍你。"母亲的声音有些惨然:

"可是要学好,不许跟着别人学,不许和男人打交道。"

女人们再也不怨恨丈夫。她向娘哭着:

"这不都是小日本子吗?挨千刀的小日本子!不走等死吗?"

金枝听老人讲,女人独自行路要扮个老相,或丑相,束上一条腰带她把油罐子挂在身边,盛米的小桶也挂在腰带上,包着针线和一些碎布的小包袱塞进米桶去,装做讨饭的老婆,用灰尘把脸涂得很脏并有条纹。

临走时妈妈把自己耳上的银环摘下,并且说:

"你把这个带去吧!放在包袱里,别叫人给你抢去,娘一个钱也没有,若饿肚时,你就去卖掉,买个干粮吃吧!"走出门去还听母亲说:"遇见日本子,你快伏在蒿子下。"

金枝走得很远,走下斜坡,但是娘的话仍是那样在耳边反复:"买个干粮吃。"她心中乱乱的幻想,她不知走了多远,她像从家向外逃跑一般,速步而不回头。小道也尽是生着短草,即便是短草也障碍金枝赶路的脚。

日本兵坐着马车,口里吸烟,从大道跑过。金枝有点颤抖了!她想起母亲的话,很快躺在小道旁的蒿子里。日本兵走过,她心跳着站起,她四面惶惶在望:母亲在那里?家乡离开她很远,前面又来到一个生疏的村子,使她感觉到走过无数人间。

红日快要落过天边去,人影横到地面杆子一般瘦长。踏过去一条小河桥,再没有多少路途了!

哈尔滨城渺茫中有工厂的烟囱插入云天。

金枝在河边喝水,她回头望向家乡,家乡遥远而不可见。只是高高的山头,山下分辨不清是烟是树,母亲就在烟树荫中。

她对于家乡的山是那般难舍,心脏在胸中飞起了!金枝感到自己的心已被摘掉不知抛向何处!她不愿走了,强行过河桥又入小道。前面哈尔滨城在招示她,背后家山向她送别。

小道不生蒿草,日本兵来时,让她躲身到地缝中去吗?她四面寻找,为了心脏不能平衡,脸面过量的流汗,她终于被日本兵寻到:

"你的……站住。"

金枝好比中了枪弹,滚下小沟去,日本兵走近,看一看她脏污的样子。他们和肥鸭一般,嘴里发响摆动着身子,没有理她走过去了!他们走了许久许久,她仍没起来,以后她哭着,木桶扬翻在那里,小包袱从木桶滚出。她重新走起时身影在地面越瘦越长起来,和细线似的。

金枝在夜的哈尔滨城,睡在一条小街阴沟板上。那条街是小工人和洋车夫们的街道。有小饭馆,有最下等的妓女,妓女们的大红裤子时时在小土房的门前出现。闲散的人,做出特别姿态,慢慢和大红裤子们说笑,后来走进小房去,过一会又走出来。但没有一个人理会破乱的金枝,她好像一个垃圾桶,好像一个病狗似的堆偎在那里。

这条街连警察也没有,讨饭的老婆和小饭馆的伙计吵架。

满天星火,但那都疏远了!那是与金枝绝缘的物体。半夜过后金枝身边来了一条小狗,也许小狗是个受难的小狗?这流浪的狗它进木桶去睡。金枝醒来仍没出太阳,天空多星充塞着。

许多街头流浪人,尚挤在饭馆门前,等候着最后的施舍。

金枝腿骨断了一般酸痛,不敢站起。最后她也挤进要饭人堆去,等了好久,伙计不见送饭出来,四月里露天宿睡打着透心的寒颤,别人看她的时候,她觉得这个样子难看,忍了饿又来在原处。

夜的街头,这是怎样的人间?金枝小声喊着娘,身体在阴沟板上不住的抽泣。绝望着,哭着,但是她和木桶里睡的小狗一般同样不被人注意,人间好像没有他们存在。天明,她不觉得饿,只是空虚,她的头脑空空尽尽了!在街树下,一个缝补的婆子,她遇见对面去问:

"我是新来的,新从乡下来的……"

看她作窘的样子那个缝婆没理她,面色在清凉的早晨发着淡白走去。

卷尾的小狗偎依着木桶好像偎依妈妈一般,早晨小狗大约感到太寒。

小饭馆渐渐有人来往。一堆白热的馒头从窗口堆出。

"老婶娘,我新从乡下来,……我跟你去,去赚几个钱吧!"

第二次,金枝成功了,那个婆子领她走,一些搅扰的街道,发出浊气的街道,她们走过。金枝好像才明白,这里不是乡间了,这里只是生疏,隔膜,无情感。一路除了饭馆门前的鸡,鱼,和香味,其余她都没有看见似的,都没有听闻似的。

　　"你就这样把袜子缝起来。"

　　在一个挂金牌的"鸦片专卖所"的门前,金枝打开小包,用剪刀剪了块布角,缝补不认识的男人的破袜。那婆子又在教她:

　　"你要快缝,不管好坏,缝住,就算。"

　　金枝一点力量也没有,好像愿意赶快死似的,无论怎样努力眼睛也不能张开。一部汽车擦着她的身边驰过,跟着警察来了,指挥她说:

　　"到那边去!这里也是你们缝穷的地方?"

　　金枝忙仰头说:"老总,我刚从乡下来,还不懂得规矩。"

　　在乡下叫惯了老总,她叫警察也是老总,因为她看警察也是庄严的样子,也是腰间佩枪。别人都笑她,那个警察也笑了。老缝婆又教说她:

　　"不要理他,也不必说话,他说你,你躲后一步就完。"

　　她,金枝立刻觉得自己发羞,看一看自己的衣裳也不和别人同样,她立刻讨厌从乡下带来的破罐子,用脚踢了罐子一下。

　　袜子补完,肚子空虚的滋味不见终止,假若得法,她要到无论什么地方去偷一点东西吃。很长时间她停住针,细看那个立在街头吃饼干的孩子,一直到孩子把饼干的最末一块送进嘴去,她仍在看。

　　"你快缝,缝完吃午饭,……可是你吃了早饭没有?"

　　金枝感到过于亲热,好像要哭出来似的,她想说:

　　"从昨夜就没吃一点东西,连水也没喝过。"

　　中午来到,她们和从"鸦片馆"出来那些游魂似的人们同行着。女工店有一种特别不流通的气息,使金枝想到这又不是乡村,但是那一些停滞的眼睛,黄色脸,直到吃过饭,大家用水盆洗脸时她才注意到,全屋五丈多长,没有隔壁,墙的四周涂满了臭虫血,满墙拖长着黑色紫色的血点。一些污秽发酵的包袱围墙堆集着。这些多样的女人,好像每个患着病似的,就在包袱上枕了头讲话:

"我那家子的太太,待我不错,吃饭都是一样吃,那怕吃包子我也一样吃包子。"

别人跟住声音去羡慕她。过了一阵又是谁说她被公馆里的听差扭一下嘴巴。她说她气病了一场,接着还是不断的乱说。这一些烦烦乱乱的话金枝尚不能明白,她正在细想什么叫公馆呢?什么是太太?她用遍了思想而后问一个身边在吸烟的剪发的妇人:

"'太太'不就是老太太吗?"

那个妇人没答她,丢下烟袋就去呕吐。她说吃饭吃了苍蝇。可是全屋通长的板炕,那一些城市的女人,她们笑得使金枝生厌,她们是前仆后折的笑。她们为着笑这个乡下女人彼此兴奋得拍响着肩膀,笑得过甚的竟流起眼泪来。金枝却静静坐在一边。等夜晚睡觉时,她向初识那个老太太说:

"我看哈尔滨倒不如乡下好,乡下姐妹很和气,你看午间她们笑我拍着掌哩!"

说着她卷紧一点包袱,因为包袱里面藏着赚得的两角钱纸票,金枝枕了包袱,在都市里的臭虫堆中开始睡觉。

金枝赚钱赚得很多了!在裤腰间缝了一个小口袋,把两元钱的票子放进去,而后缝住袋口。女工店向她收费用时她同那人说:

"晚几天给不行吗?我还没赚到钱。"她无法又说:

"晚上给吧!我是新从乡下来的。"

终于那个人不走,她的手摆在金枝眼下。女人们也越集越多,把金枝围起来。她好像在耍把戏一般招来这许多观众,其中有一个三十多岁的胖子,头发完全脱掉,粉红色闪光的头皮,独超出人前,她的脖子装好颤丝一般,使闪光的头颅轻便而随意的在转,在颤,她就向金枝说:

"你快给人家!怎么你没有钱?你把钱放在什么地方我都知道。"

金枝生气,当着大众把口袋撕开,她的票子四分之三觉得是损失了!被人夺走了!她只剩五角钱。她想:

"五角钱怎样送给妈妈?两元要多少日子再赚得?"

她到街上去上工很晚。晚间一些臭虫被打破,发出袭人的臭味,金枝坐起来全身搔痒,直到搔出血来为止。

楼上她听着两个女人骂架,后来又听见女人哭,孩子也哭。

母亲病好了没有?母亲自己拾柴烧吗?下雨房子流水吗?渐渐想得恶化起来:她若死了不就是自己死在炕上无人知道吗?

金枝正在走路,脚踏车响着铃子驰过她,立刻心脏膨胀起来,好像汽车要轧上身体,她终止一切幻想了。

金枝知道怎样赚钱,她去过几次独身汉的房舍,她替人缝被,男人们问她:

"你丈夫多大岁数咧?"

"死啦!"

"你多大岁数?"

"二十七。"

一个男人拖着拖鞋,散着裤口,用他奇怪的眼睛向金枝扫了一下,奇怪的嘴唇跳动着:

"年轻轻的小寡妇哩!"

她不懂在意这个,缝完,带了钱走了。有一次走出门时有人喊她:

"你回来……你回来。"

给人以奇怪感觉的急切的呼叫，金枝也懂得应该快走，不该回头。晚间睡下时，她向身边的周大娘说：

"为什么缝完，拿钱走时他们叫我？"

周大娘说："你拿人家多少钱？"

"缝一个被子，给我五角钱。"

"怪不得他们叫你！不然为什么给你那么多钱？普通一张被两角。"

周大娘在倦乏中只告诉她一句：

"缝穷婆谁也逃不了他们的手。"

那个全秃的亮头皮的妇人在对面的长炕上类似尖巧的呼叫，她一面走到金枝头顶，好像要去抽拔金枝的头发。弄着她的胖手指：

"唉呀！我说小寡妇，你的好运气来了！那是又来财又开心。"

别人被吵醒开始骂那个秃头：

"你该死的，有本领的野兽，一百个男人也不怕，一百个男人你也不够。"

女人骂着彼此在交谈，有人在大笑，不知谁在一边重复了好几遍：

"还怕！一百个男人还不够哩！"

好像闹着的蜂群静了下去，女人们一点嗡声也停住了，她们全体到梦中去。

"还怕！一百个男人还不够哩！"不知谁，她的声音没有人接受，空洞的在屋中走了一周，最后声音消灭在白月的窗纸上。

金枝站在一家俄国点心铺的纱窗外。里面格子上各式各样的油黄色的点心，肠子，猪腿，小鸡，这些吃的东西，在那里发出油亮。最后她发现一个整个的肥胖的小猪，竖起耳朵伏在一个长盘里。小猪四周摆了一些小白菜和红辣椒。她要立刻上去连盘子都抱住,抱回家去快给母亲看。不能那样做,她又恨小日本子,若不是小日本子搅闹乡村,自家的母猪不是早生了小猪吗?"布包"在肘间渐渐脱落,她不自觉的在铺门前站不安定,行人道上人多起来,她碰撞着行人。一个漂亮的俄国女人从点心铺出来,金枝连忙注意到她透孔的鞋子下面染红的脚趾甲;女人走得很快,比男人还快,使她不能再看。

人行道上:克——克——的大响,大队的人经过,金枝一看见铜帽子就知道是日本兵,日本兵使她离开点心铺快快跑走。

她遇到周大娘向她说:

"一点活计也没有,我穿这一件短衫,再没有替换的,连买几尺布钱也留不下,十天一交费用,那就是一块五角。又老,眼睛又花,缝的也慢,从没人领我到家里去缝。一个月的饭钱还是欠着,我住得年头多了!若是新来,那就非被赶出去不可。"她走一条横道又说:"新来的一个张婆,她有病都被赶走了。"

经过肉铺,金枝对肉铺也很留恋,她想买一斤肉回家也满足。母亲半年多没尝过肉味。

松花江,江水不住的流,早晨还没有游人,舟子在江沿无聊的彼此骂笑。

周大娘坐在江边。怅然了一刻,接着擦她的眼睛,眼泪是为着她末日的命运在流。江水轻轻拍着江岸。

金枝没被感动,因为她刚来到都市,她还不晓得都市。

金枝为着钱,为着生活,她小心的跟了一个独身汉去到他的房舍。刚踏进门,金枝看见那张床,就害怕,她不坐在床边,坐在椅子上先缝被褥。那个男人开始慢慢和她说话,每一句话使她心跳。可是没有什么，金枝觉得那人很同情她。接着就缝一件夹衣的袖口，夹衣是从那个人身上立刻脱下的，等到袖口缝完时，那男人从腰带间一个小口袋取出一元钱给她，那男人一面把钱送过去，一面用他短胡子的嘴向金枝扭了一下，他说：

"寡妇有谁可怜你？"

金枝是乡下女人，她还看不清那人是假意同情，她轻轻受了"可怜"字眼的感动，她心有些波荡，停在门口，想说一句感谢的话，但是她不懂说什么，终于走了！她听道旁大水壶的笛子在耳边叫，面包作坊门前取面包的车子停在道边，俄国老太太花红的头巾驰过她。

"嗳！回来……你来，还有衣裳要缝。"

那个男人涨红了脖子追在后面。等来到房中，没有事可做，那个男人像猿猴一般，袒露出多毛的胸膛，去用厚手掌闩门去了！而后他开始解他的裤子，最后他叫金枝：

"快来呀……小宝贝。"他看一看金枝吓住了，没动："我叫你是缝裤子，你怕什么？"

缝完了，那人给她一元票，可是不把票子放到她的手里，把票子摔到床底，让她弯腰去取，又当她取得票子时夺过来让她再取一次。

金枝完全摆在男人怀中，她不是正音嘶叫：

"对不起娘呀！……对不起娘……"

她无助的嘶狂着，圆眼睛望一望锁住的门不能自开，她不能逃走，事情必然要发生。

女工店吃过晚饭，金枝好像踏着泪痕行走，她的头过分的迷昏，心脏落进污水沟中似的，她的腿骨软了，松懈了，爬上炕取她的旧鞋，和一条手巾，她要回乡，马上躺到娘身上去哭。

炕尾一个病婆，垂死时被店主赶走，她们停下那件事不去议论，金枝把她们的趣味都集中来。

"什么勾当？这样着急？"第一个是周大娘问她。

"她一定进财了！"第二个是秃头胖子猜说。

周大娘也一定知道金枝赚到钱了，因为每个新来的第一次"赚钱"都是过分的羞恨。羞恨摧毁她，忽然患着传染病一般。

"惯了就好了！那怕什么！弄钱是真的，我连金耳环都赚到手里。"

秃胖子用好心劝她，并且手在扯着耳朵。别人骂她：

"不要脸，一天就是你不要脸！"

旁边那些女人看见金枝的痛苦，就是自己的痛苦，人们慢慢四散，去睡觉了，对于这件事情并不表示新奇和注意。

金枝勇敢的走进都市，羞恨又把她赶回了乡村，在村头的大树枝上发现人头。一种感觉通过骨髓麻寒她全身的皮肤，那是怎样可怕血浸的人头！

母亲拿着金枝的一元票子，她的牙齿在嘴里埋没不住，完全外露。她一面细看票子上的花纹，一面快乐有点不能自制的说：

"来家住一夜明日就走吧！"

金枝在炕沿捶打酸痛的腿骨；母亲不注意女儿为什么不欢喜，她只跟了一张票子想到另一张，在她想许多票子不都可以到手吗？她必须鼓励女儿：

"你应该洗洗衣裳收拾一下，明天一早必得要行路的，在村子里是没有出头露面之日。"

为了心切她好像责备着女儿一般，简直对于女儿没有热情。

一扇窗子立刻打开，拿着枪的黑脸孔的人竟跳进来，踏了金枝的左腿一下。那个黑人向棚顶望了望，他熟习的爬向棚顶去，王婆也跟着走来，她多日不见金枝而没说一句话，宛如她什么也看不见似的。

一直爬上棚顶去。金枝和母亲什么也不晓得,只是爬上去。直到黄昏恶消息仍没传来,他们和爬虫样才从棚顶爬下。王婆说:"哈尔滨一定比乡下好,你再去就在那里不要回来,村子里日本子越来越恶,他们捉大肚女人,破开肚子去破'红枪会'(义勇军的一种),活鲜鲜的小孩从肚皮流出来。为这事,李青山把两个日本子的脑袋割下挂到树上。"

金枝鼻子作出哼声:

"从前恨男人,现在恨小日本子。"最后她转到伤心的路上去:"我恨中国人呢?除外我什么也不恨。"

王婆的学识有点不如金枝了!

十五 失败的黄色药包

开拔的队伍在南山道转弯时,孩子在母亲怀中向父亲送别。行过大树道,人们滑过河边,他们的衣装和步伐看起来不像一个队伍,但衣服下藏着猛壮的心。这些心把他们带走,他们的心铜一般凝结着出发。最末一刻大山坡还未曾遮没最后的一个人,一个抱在妈妈怀中的小孩他呼叫"爹爹"。孩子的呼叫什么也没得到,父亲连手臂也没摇动一下,孩子好像把声响撞到了岩石。

女人们一进家屋,屋子好像空了!房屋好像修造在天空,素白的阳光在窗上,却不带来一点意义。她们不需要男人回来,只需要好消息。消息来时,是五天过后,老赵三赤着他显露筋骨的脚奔向李二婶子去告诉:

"听说青山他们被打散啦!"显然赵三是手足无措,他的胡子也震惊起来,似乎忙着要从他的嘴巴跳下。

"真的有人回来了吗?"

李二婶子的喉咙变做细长的管道,使声音出来做出多角形。

"真的平儿回来啦!"赵三说。

严重的夜,从天上走下。日本兵团剿打鱼村,白旗屯,和三家子……

平儿正在王寡妇家,他休息在情妇的心怀中。外面狗叫,听到日本人说话,平儿越墙逃走;他埋进一片蒿草中,蛤蟆在脚间跳。

"非拿住这小子不可,怕是他们和义勇军接连。"

在蒿草中他听清这是谁们在说:"走狗们。"

平儿也听清他的情妇被拷打:

"男人那里去啦?——快说,再不说枪毙!"

他们不住骂:"你们这些母狗,猪养的。"

平儿完全赤身,他走了很远。他去扯衣襟拭汗,衣襟没有了,在腿上扒了一下,于是才发现自己的身影落在地面和光身的孩子一般。

二里半的麻婆子被杀。罗圈腿被杀,死了两个人,村中安息两天。第三天又是要死人的日子。日本兵满村窜走,平儿到金枝家棚顶去过夜。金枝说:

"不行呀!棚顶方才也来小鬼子翻过。"

平儿于是在田间跑着,枪弹不住向他放射,平儿的眼睛不会转弯,他听有人近处叫:"拿活的,拿活的。……"

他错觉的听到了一切,他遇见一扇门推进去,一个老头在烧饭,平儿快流眼泪了:

"老伯伯,救命,把我藏起来吧! 快救命吧!"

老头子说:"什么事?"

"日本子捉我。"

平儿鼻子流血,好像他说到日本子才流血。他向全屋四面张望,就像连一条缝也没寻到似的,他转身要跑,老人捉住他,出了后门,盛

粪的长形的笼子在门旁,掀起粪笼老人说:

"你就爬进去,轻轻喘气。"

老人用粥饭涂上纸条把后门封起来,他到锅边吃饭。粪笼下的平儿听见来人和老人讲话,接着他便听到有人在弄门扇,门就要开了,自己就要被捉了!他想要从笼子跳出来。但,很快那些人,那些魔鬼去了!

平儿从安全的粪笼出来,满脸粪屑,白脸染着红血条,鼻子仍然流血,他的样子已经很可惨。

李青山这次他信任"革命军"有用,逃回村来他不同别人一样带回衰丧的样子,他在王婆家说:

"革命军所好是他不混乱干事,他们有纪律,这回我算相信,红胡子算完蛋:自己纷争,乱撞胡撞。"

这次听众很少,人们不相信青山。村人天生容易失望,每个人容易失望。每个人觉得完了!只有老赵三,他不失望,他说:

"那么再组织起来去当革命军吧!"

王婆觉得赵三说话和孩子一般可笑。但是她没笑他。她的身边坐着戴男人帽子的当过胡子救过国的女英雄说:

"死的就丢下,那么受伤的怎样了?"

"受微伤的不都回来了吗!受重伤那就管不了,死就是啦!"

正这时北村一个老婆婆疯了似的哭着跑来和李青山拼命。她捧住头,像捧住一块石头般的投向墙壁,嘴中发出短句:

"李青山。……仇人……我的儿子让你领走去丧命。"

人们拉开她,她有力挣扎,比一条疯牛更有力:

"就这样不行,你把我给小日本子送去吧!我要死,……到应死的时候了!……"

她就这样不住的捉她的头发，慢慢她倒下来，她换不上气来，她轻轻拍着王婆的膝盖：

"老姐姐，你也许知道我的心，十九岁守寡，守了几十年，守这个儿子；……我那些挨饿的日子呀！我跟孩子到山坡去割毛草，大雨来了，雨从山坡把娘儿两个拍滚下来，我的头，在我想是碎了，谁知道？还没死……早死早完事。"

她的眼泪一阵湿热湿透王婆的膝盖，她开始轻轻哭：

"你说我还守什么？……我死了吧！有日本子等着，菱花那丫头也长不大，死了吧！"

果然死了，房梁上吊死的。三岁孩子菱花小脖颈和祖母并排悬着，高挂起正像两条瘦鱼。

死亡率在村中又在开始快速，但是人们不怎样觉察，患着传染病一般的全村又在昏迷中挣扎。

"爱国军"从三家子经过，张着黄色旗，旗上有红字"爱国军"。人们有的跟着去了！他们不知道怎样爱国，爱国又有什么用处，只是他们没有饭吃啊！

李青山不去，他说那也是胡子编成的。老赵三为着"爱国军"和儿子吵架：

"我看你是应该去，在家若是传出风声去有人捉拿你。跟去混混，到最末就是杀死一个日本鬼子也上算，也出出气。年青气壮，出一口气也是好的。"

老赵三一点见识也没有，他这样盲动的说话使儿子不佩服，平儿同爹爹讲话总是把眼睛绕着圈子斜视一下，或是不调协的抖一两下肩头，这样对待他，他非常不愿意接受，有时老赵三自己想：

"老赵三怎不是个小赵三呢！"

十六　尼姑

金枝要做尼姑去。

尼姑庵红砖房子就在山尾那端。她去开门没能开，成群的麻雀在院心啄食，石阶生满绿色的苔藓，她问一个邻妇，邻妇说：

"尼姑在事变以后，就不见，听说跟造房子的木匠跑走的。"

从铁门栏看进去，房子还未上好窗子，一些长短的木块尚在院心，显然可以看见正房里，凄凉的小泥佛在坐着。

金枝看见那个女人肚子大起来，金枝告诉她说：

"这样大的肚子你还敢出来？你没听说小日本子把大肚女人弄去破'红枪会'吗？日本子把女人肚子割开，去带着上阵，他们说红枪会什么也不怕，就怕女人；日本子叫'红枪会'做'铁孩子'呢！"

那个女人立刻哭起来。

"我说不嫁出去，妈妈不许，她说日本子就要姑娘，看看，这回怎么办？孩子的爹爹走就没见回来，他是去当'义勇军'。"

有人从庙后爬出来，金枝她们吓着跑。

"你们见了鬼吗？我是鬼吗？……"

往日美丽的年青的小伙子，和死蛇一般爬回来。五姑姑出来看见自己的男人，她想到往日受伤的马，五姑姑问他："'义勇军'全散了吗？"

"全散啦！全死啦！就连我也死啦！"他用一只胳膊打着草梢轮回：

"养汉老婆，我弄得这个样子，你就一句亲热的话也没有吗？"

五姑姑垂下头，和睡了的向日葵花一般。大肚子的女人回家去了！金枝又走向那里去？她想出家庙庵早已空了！

十七　不健全的腿

"'人民革命军'在那里?"二里半突然问起赵三说。这使赵三想:"二里半当了走狗吧?"他没对他告诉。二里半又去问青山。青山说:

"你不要问,再等几天跟着我走好了!"

二里半急迫着好像他就要跑到革命军去。青山长声告诉他:

"革命军在磐石,你去得了吗? 我看你一点胆量也没有,杀一只羊都不能够。"接着他故意羞辱他似的:

"你的山羊还好啊?"

二里半为了生气,他的白眼球立刻多过黑眼球,他的热情立刻在心里结成冰。李青山不与他再多说一句,望向窗外天边的树,小声摇着头,他唱起小调来。二里半临出门,青山的女人流汗在厨房向他说:

"李大叔,吃了饭走吧!"

青山看到二里半可怜的样子,他笑说:

"回家做什么,老婆也没有了,吃了饭再说吧!"

他自己没有了家庭,他贪恋别人的家庭。当他拾起筷子时,很快一碗麦饭吃下去了,接连他又吃两大碗,别人还不吃完,他已经在抽烟了! 他一点汤也没喝,只吃了饭就去抽烟。

"喝些汤,白菜汤很好。"

"不喝,老婆死了三天,三天没吃干饭哩!"二里半摇着头。

青山忙问:"你的山羊吃了干饭没有?"

二里半吃饱饭,好像一切都有希望。他没生气,照例自己笑起来。他感到满意离开青山家,在小道不断的抽他的烟火,天色茫茫的并不引起他悲哀,蛤蟆在小河边一声声的哇叫。河边的小树随了风在骚闹,他踏着往日自己的菜田,他振动着往日的心波。菜田连棵菜也不生长。

那边的人家老太太和小孩们载起暮色来在田上匍匐。他们相遇在地端,二里半说:

"你们在掘地吗? 地下可有宝物? 若有我也蹲下掘吧!"

一个很小的孩子发出脆声:"拾麦穗呀!"孩子似乎是快乐,老祖母在那边已叹息了:

"有宝物?……我的老天爷? 孩子饿得乱叫,领他们来拾几粒麦穗,回家给他们做干粮吃。"二里半把烟袋给老太太吸,她拿过烟袋,连擦都没有擦,就放进嘴去。显然她是熟习吸烟,并且十分需要。她把肩膀抬得高高,她紧合了眼睛,浓烟不住从嘴冒出,从鼻孔冒出。那样很危险,好像她的鼻子快要着火。

"一个月也多了,没得摸到烟袋。"

她像仍不愿意舍弃烟袋,理智勉强了她。二里半接过去把烟袋在地面响着。

人间已是那般寂寞了! 天边的红霞没有鸟儿翻飞,人家的篱墙没有狗儿吠叫。

老太太从腰间慢慢取出一个纸团,纸团慢慢在手下舒展开,而后又折平。

"你回家去看看吧! 老婆,孩子都死了! 谁能救你,你回家去看看吧! 看看就明白啦!"

她指点那张纸,好似指点符咒似的。

天更黑了! 黑得和帐幕紧逼住人脸。最小的孩子,走几步,就抱住祖母的大腿,他不住的嚷着:

"奶奶,我的筐满了,我提不动呀!"

祖母为他提筐,拉着他。那几个大一些的孩子卫队似的跑在前面。到家,祖母点灯看时,满筐蒿草,蒿草从筐沿要流出来,而没有麦

穗,祖母打着孩子的头笑了:

"这都是你拾得的麦穗吗?"祖母把笑脸转换哀伤的脸,她想:"孩子还不能认识麦穗,难为了孩子!"

五月节:虽然是夏天,却像吹起秋风来。二里半熄了灯,雄壮着从屋檐出现,他提起切菜刀,在墙角,在羊棚,就是院外白树下,他也搜遍。他要使自己无牵无挂,好像非立刻杀死老羊不可。

这是二里半临行的前夜:

老羊鸣叫着回来,胡子间挂了野草,在栏棚处擦得栏栅响。二里半手中的刀,举得比头还高,他朝向栏杆走去。

菜刀飞出去,喳啦的砍倒了小树。

老羊走过来,在他的腿间搔痒。二里半许久许久的摸抚羊头,他十分羞愧:好像耶稣教徒一般向羊祷告。

清早他像对羊说话,在羊棚喃喃了一阵,关好羊栏,羊在栏中吃草。

五月节,晴明的青空。老赵三看这不像个五月节样:麦子没长起来,嗅不到麦香,家家门前没挂纸葫芦。他想这一切是变了!变得这样速!去年的五月节,清清明明的,就在眼前似的,孩子们不是捕蝴蝶吗?他不是喝酒吗?

他坐在门前一棵倒折的树干上,凭吊这已失去的一切。

李青山的身子经过他,他扮成"小工"模样,赤足卷起裤口,他说给赵三:

"我走了!城里有人候着,我就要去……"

青山没提到五月节。

二里半远远跛脚奔来,他青色马一样的脸孔,好像带着笑容。他说:

　　老羊走过来,在他的腿间搔痒。二里半许久许久的摸抚羊头,他十分羞愧:好像耶稣教徒一般向羊祷告。

(于绍文/图)

二里半的手,在羊毛上惜别,他流泪的手,最后一刻摸着羊毛。

(荒烟/图)

荒烟(1920—1989):本姓张,广东兴宁人。擅长木刻。一九三九年在香港《大公报》发表第一幅木刻创作《雾中行军》,随后在茅盾主编的《文艺阵地》半月刊上连续发表萧红小说《生死场》木刻插图。早期木刻作品《末一颗子弹》,套色木刻《汉水铁桥工地》《水仙花》,均为中国美术馆收藏。

"你在这里坐着，我看你快要朽在这根木头上，……"

二里半回头看时，被关在栏中的老羊，居然随在身后，立刻他的脸更拖长起来：

"这条老羊……替我养着吧！赵三哥！你活一天替我养一天吧！……"

二里半的手，在羊毛上惜别，他流泪的手，最后一刻摸着羊毛。

他快走，跟上前面李青山去。身后老羊不住哀叫，羊的胡子慢慢在摆动……

二里半不健全的腿颠跌着颠跌着，远了！模糊了！山岗和树林，渐去渐遥。羊声在遥远处伴着老赵三茫然的嘶鸣。

一九三四，九，九日

附 录

《生死场》序言

鲁　迅

　　记得已是四年前的事了,时维二月,我和妇孺正陷在上海闸北的火线①中,眼见中国人的因为逃走或死亡而绝迹。后来仗着几个朋友的帮助,这才得进平和的英租界,难民虽然满路,居人却很安闲。和闸北相距不过四五里罢,就是一个这么不同的世界,——我们又怎么会想到哈尔滨。

　　这本稿子的到了我的桌上,已是今年的春天,我早重回闸北,周围又复熙熙攘攘的时候了。但却看见了五年以前,以及更早的哈尔滨。这自然还不过是略图,叙事和写景,胜于人物的描写,然而北方人民的对于生的坚强,对于死的挣扎,却往往已经力透纸背;女性作者的细致的观察和越轨的笔致,又增加了不少明丽和新鲜。精神是健全的,就是深恶文艺和功利有关的人,如果看起来,他不幸得很,他也难免不能毫无所得。

　　听说文学社曾经愿意给她付印,稿子呈到中央宣传部书报检查委

---

①　上海闸北的火线:指一九三二年上海"一·二八"事变中,日军由租界向闸北一带
　　进攻,挑起战事。

员会那里去，搁了半年，结果是不许可。人常常会事后才聪明，回想起来，这正是当然的事：对于生的坚强和死的挣扎，恐怕也确是大背"训政"①之道的。今年五月，只为了《略谈皇帝》②这一篇文章，这一个气焰万丈的委员会就忽然烟消火灭，便是"以身作则"的实地大教训。

奴隶社③以汗血换来的几文钱，想为这本书出版，却又在我们的上司"以身作则"的半年之后，还要我写几句序。然而这几天，却又谣言蜂起，闸北的熙熙攘攘的居民，又在抱头鼠窜了，路上是络绎不绝的行李车和人，路旁是黄白两色的外人，含笑在赏鉴这礼让之邦的盛况。自以为居于安全地带的报馆的报纸，则称这些逃命者为"庸人"或"愚民"。我却以为他们也许是聪明的，至少，是已经凭着经验，知道了煌煌的官样文章之不可信。他们还有些记性。

现在是一九三五年十一月十四日的夜里，我在灯下再看完了《生死场》，周围像死一般寂静，听惯的邻人的谈话声没有了，食物的叫卖声也没有了，不过偶有远远的几声犬吠。想起来，英法租界当不是这情形，哈尔滨也不是这情形；我和那里的居人，彼此都怀着不同的心情，住在不同的世界。然而我的心现在却好像古井中水，不生微波，麻木的写了以上那些字。这正是奴隶的心！——但是，如果还是扰乱了读者的心呢？那么，我们还决不是奴才。

不过与其听我还在安坐中的牢骚话，不如快看下面的《生死场》，她才会给你们以坚强和挣扎的力气。

---

① 训政：指一九三一年六月，国民党政府颁布的《训政时期约法》。
② 《略谈皇帝》：指一九三五年上海《新生》周刊第二卷第十五期发表的易水（艾寒松）《闲话皇帝》。因文中涉及日本天皇，当时日本驻上海总领事向国民党政府施加压力，《新生》周刊被查封，该刊主编杜重远被法院判处一年零两个月徒刑。国民党中央宣传委员会图书杂志审查委员会因"失责"被撤销。
③ 奴隶社：一九三五年，鲁迅为编辑几名文学青年作品而拟定的一个社团名称。后以该社团的名义，先后出版叶紫的《丰收》、萧军的《八月的乡村》、萧红的《生死场》。

《生死场》读后记

　　我看到过有些文章提到了萧洛诃夫（Sholokof）在《被开垦了的处女地》①里所写的农民对于牛对于马的情感，把它们送到集体农场去以前的留恋，惜别，说那画出了过渡期的某一类农民底魂魄。《生死场》底作者是没有读过《被开垦了的处女地》的，但她所写的农民们底对于家畜（羊、马、牛）的爱着，真实而又质朴，在我们已有的农民文学里面似乎还没有见过这样动人的诗片。

　　不用说，这里的农民底运命是不能够和走向地上乐园的苏联的农民相比的：蚁子似的生活着，糊糊涂涂的生殖，乱七八糟的死亡，用自己底血汗自己底生命肥沃了大地，种出食粮，养出畜类，勤勤苦苦地蠕动在自然的暴君和两只脚的暴君底威力下面。

　　但这样混混沌沌的生活是也并不能长久继续的。卷来了"黑色的舌头"，飞来了宣传"王道"的汽车和飞机，日本旗替代了中国旗。

---

① 萧洛诃夫现译肖洛霍夫（1905—1984），前苏联作家。著有长篇小说《静静的顿河》、《新垦地》（旧译《被开垦了的处女地》）等。《被开垦了的处女地》分为两部，第一部出版于一九三二年，第二部出版于一九六〇年。此处指第一部。

偌大的东北四省轻轻地失去了。日本人为什么抢了去的？中国的治者阶级为什么让他们抢了去的？抢的是要把那些能够肥沃大地的人民做成压榨得更容易更直接的奴隶，让他们抢的是为了表示自己底驯服，为了取得做奴才的地位。

然而被抢去了的人民却是不能够"驯服"的。要么，被刻上"亡国奴"的烙印，被一口一口地吸尽血液，被强奸，被杀害。要么，反抗。这以外，到都市去也罢，到尼庵去也罢，都走不出这个人吃人的世界。

在苦难里倔强的老王婆固然站起了，但忏悔过的"好良心"的老赵三也站起了，甚至连那个在世界上只看得见自己底一匹山羊的谨慎的二里半也站起了……到寡妇们回答出"是呀！千刀万剐也愿意!"的时候，老赵三流泪的喊着"等着我埋在坟里……也要把中国旗子插在坟顶，我是中国人！……我要中国旗子，我不当亡国奴，生是中国人，死是中国鬼……不……不是亡……亡国奴……"的时候每个人跪在枪口前面盟誓说："若是心不诚，天杀我，枪杀我，枪子是有灵有圣有眼睛的啊!"的时候，这些蚁子一样的愚夫愚妇们就悲壮的站上了神圣的民族战争底前线。蚁子似的为死而生的他们现在是巨人似的为生而死了。

这写的只是哈尔滨附近的一个偏僻的村庄，而且是觉醒底最初的阶段，然而这里面是真实的受难的中国农民，是真实的野生的奋起。它"显示着中国的一份和全部，现在和未来，死路与活路"(鲁迅序《八月的乡村》语)。

使人兴奋的是，这本不但写出了愚夫愚妇底悲欢苦恼而且写出了蓝空下的血迹模糊的大地和流在那模糊的血土上的铁一样重的战斗意志的书，却是出自一个青年女性底手笔。在这里我们看到了女性的纤细的感觉也看到了非女性的雄迈的胸境。前者充满了全篇，只就后者举两个例子：

山上的雪被风吹着像要埋蔽这傍山的小房似的。大树号叫,风雪向小房遮蒙下来。一株山边斜歪着的大树,倒折下来。寒月怕被一切声音扑碎似的,退缩到天边去了! 这时候隔壁透出来的声音,更哀楚。

上面叙述过的,宣誓时寡妇们回答了"是呀! 千刀万剐也愿意!"以后,接着写:

　　哭声刺心一般痛! 哭声方锥一般落进每个人的胸膛。一阵强烈的悲酸掠过低垂的人头,苍苍然蓝天欲坠了!

老赵三流泪的喊着死了,也要把中国旗子插在坟顶以后,接着写:

　　浓重不可分解的悲酸,使树叶垂头。赵三在红蜡烛前用力鼓了桌子两下,人们一起哭向苍天了! 人们一起向苍天哭泣。大群的人起着号啕!

　　这是用钢戟向晴空一挥似的笔触,发着颤响,飘着光带,在女性作家里面不能不说是创见了。
　　然而,我并不是说作者没有她底短处或弱点。第一,对于题材的组织力不够,全篇现得是一些散漫的素描,感不到向着中心的发展,不能使读者得到应该能够得到的紧张的迫力。第二,在人物底描写里面,综合的想象的加工非常不够。个别的看来,她底人物都是活的,但每个人物底性格都不凸出,不大普遍,不能够明确的跳跃在读者底前面。第三,语法句法太特别了,有的是由于作者所要表现的新鲜的意境,有的是由于被采用的方言,但多数却只是因为对于修辞的锤炼不够。我想,如果没有这几个弱点,这一篇不是以精致见长的史诗就会使读者感到更大的亲密,受到更强的感动罢。

当然,这只是我这样的好事者底苛求,这只是写给作者和读者的参考,在目前,我们是应该以作者底努力为满足的。由于《八月的乡村》和这一本,我们才能够真切的看见了被抢去的土地上的被讨伐的人民,用了心的激动更紧的和他们拥合。

一九三五,一一,二二晨二时

《生死场》重版前记①

萧　军

这小说在此次和《八月的乡村》一同重版以前,出版社方面要我在校改《八月的乡村》以后,顺便把《生死场》也代校看一下,我接受了这一要求。

校看过程中,除开代改了几个不重要的错、讹字而外,在本文方面并没有什么改动或增删。这由于它已经属于历史性的文献了,而且作者逝世已经有了几十年,还是以存真为好,由我今天来擅自改动是不适宜的。

由于《八月的乡村》我曾写了一篇重版《前记》,出版社方面认为我也应该为《生死场》的重版写几句话,因为这两本小说,当初从创作到出版……是具有"血缘"性关系的。我思量了一下,也终于接受下这一任务,理由是这样:

第一、这两本小说全是在一九三四年间,写成于青岛。

---

① 　本文为黑龙江人民出版社一九八〇年五月版《生死场》序。

第二、它们全是属于"奴隶社"的《奴隶丛书》之一。

第三、它们的题材、史实、故事、主题……在总的方面来说，全是反映了我国东北数省人民，在日本帝国主义侵入以后，所遭受的折磨与痛苦，生与死的挣扎，以及忍恨而起和敌人进行血的斗争的英雄事迹，……这对于后来全国抗日战争的兴起和展开是发挥过它们一定的积极作用的。

第四、它们全由鲁迅先生给作了《序言》，介绍给不愿做奴隶的亿万中国人民。

第五、由于本人和书的作者，曾经有过六年共同生活，共同工作，共同斗争……的历史过程，借此机会写几句话，也表达对这位故人和战友的一点纪念情谊！同时对于萧红的读者们，使他们对于这位短命的文艺作家创作生活和艺术特点，特别是对于《生死场》这部小说的理解，会有些参酌之用。

《生死场》的成因

一九三二年秋，这时我们已经有了一个"家"，正住在哈尔滨道里的"商市街"二十五号。

新年要到了，一家报社要出版一份《新年征文》的特刊。我和当时几位青年朋友们全鼓励萧红写一篇征文试一试，她写了，也被刊出了，题名可能就是《王阿嫂之死》（已记忆不清），这就是她正式从事文笔生涯的开始罢，——当年她是二十一岁。

由于第一篇文章被刊载了（还拿到一些微薄的稿费），又得到了熟人们的鼓励，这就坚定了她的自信心，就不断写了一些故事和短篇，它们也陆续在各个报纸上被刊载了……。

到一九三三年秋季，我们把一年来发表过的——可能也有未发表过的——短文和小说,由自己选成了一个集子。这集子,包括她的五篇散文和小说;我的六篇散文和小说,又从几位热心的朋友那里借到几十元钱,找了一家画报印刷厂,自费、"非法"出版了。集名定为《跋涉》——只印了一千本。

一九三四年夏,我们由哈尔滨出走到了青岛。

在青岛,我为一家报纸担任副刊编辑维持生活,同时续写我的《八月的乡村》。

这时,萧红表示她也要写一篇较长的小说,我鼓励了她,于是她就开手写作了。

她写一些,我就看一些,随时提出我的意见和她研究,商量,……而后再由她改写……。在这一意义上来说,我应该是她的第一个读者,第一个商量者,第一个批评者和提意见者。

这期间,我曾去上海一次,回来以后,她居然把这小说写成了,——这是一九三四年的九月九日。

从头代她看了一遍,斟酌删改了一些地方和字句,然后就由她用薄棉纸复写了两份,以待寻找可能出版的机会。当然也知道这机会是很渺茫的。

以后不久,我开始和鲁迅先生建立了通讯关系。在通讯一开始,我也就把《生死场》的抄本寄给了鲁迅先生。

这小说的名称也确是费了一番心思在思索、研究……了一番,最后还是由我代她确定下来,——定名为《生死场》。因为本文中有如下的几句话:

"在乡村,人和动物一起忙着生,忙着死……。"还有:

"大片的村庄,生死轮回着和十年前一样……。"

事实上这全书所写的,无非是在这片荒茫的大地上,沦于奴隶地位的被剥削、被压迫、被辗轧,……的人民,每年、每月、每日、每时、每刻……在生与死两条界限上辗转着,挣扎着,……或者悄然地死去;或者是浴血斗争着……的现实和故事。

《生死场》的出版过程

一九三四年十月间我们到了上海以后,鲁迅先生曾托人把这部稿子送到各方面去"兜售",希望能找到一处可以公开出版的书店来接受出版它。遗憾的是,它旅行了快近一年,结果是出路没有的。

这时期,叶紫的《丰收》(奴隶丛书之一)早出版了;《八月的乡村》(奴隶丛书之二)也已经于六月间出版了,对于《生死场》公开出版的可能性我不再存有幻想了。弄到一点钱,决定把它作为《奴隶丛书》之三来自己出版了。

由萧红自己写信,也请鲁迅先生给写了一篇《序言》……。

尽管这本书出版在最后,为了划一,也把它作为"八月"和《八月的乡村》同月份来出版了。

从此这三本《奴隶丛书》作为"姊妹篇"通过各种渠道就行销于上海和全国各地了。

鲁迅先生在《序言》里写着:

"这本稿子的到了我的桌上,已是今年的春天……

"听说文学社曾经愿意给她付印,稿子呈到中央宣传部书报检查委员会那里去,搁了半年,结果是不许可。人常常会事后才聪明,回想起来,这正是当然的事:对于生的坚强和死的挣扎,恐怕也确是大背'训政'之道的。……"

由于这书有背于当时国民党所施行的"训政之道",碰了检查委员会"老爷"的钉子,"事后才聪明"我才把它作为《奴隶丛书》之三来"非法"自印了。

鲁迅先生给这书写《序言》时已经是在一九三五年十一月十四日的夜里了;《八月的乡村》《序言》却是写于一九三五年三月二十八日之夜,这时间已经有了七个月的距离。

鲁迅先生对于《生死场》的评价

"……但却看到了五年以前,以及更早的哈尔滨。这自然还不过是略图,叙事和写景,胜于人物的描写,然而北方人民的对于生的坚强,对于死的挣扎,却往往已经力透纸背;女性作者的细致的观察和越轨的笔致,又增加了不少明丽和新鲜。……"(《序言》)

版　本

在过去我自己经手出版时,每次的印期和印数总是和《八月的乡村》同期、同数的。一九四七年四月间曾由哈尔滨"鲁迅文化出版社"发行过一万本。至于其他方面所出的版本情况和数量,我就无从知道了。

我在这次重版《前记》中要写的,也就是这些事实的过程而已。

一九七八年十二月二十六晴雪之夜

于京都(银锭桥西海北楼)寓所

《生死场》的文本解读①

陈思和②

原始的生气和生命的体验

《生死场》创作于一九三四年。萧红跟萧军结合后,一人写了一本长篇小说,萧军写的是《八月的乡村》,萧红是《生死场》。当年的四月二十日至五月十七日,《生死场》曾以《麦场》《菜圃》为题在哈尔滨《国际协报》副刊发表了前两章,后来萧红、萧军从大连逃到青岛,在青岛完成了这部作品,并将原稿寄给了远在上海的鲁迅,那时他们也不认识鲁迅。同年十一月,他们也到了上海,生活没有着落,作品也发表不出去,只好求助于鲁迅。因国民党图书检查委员会审查未被通过,鲁迅只好以"奴隶丛书"的名目自费出版,其中只有三部书稿:叶

---

① 选自《中国现当代文学名篇十五讲》,有删节。
② 陈思和(1954—):复旦大学人文学院教授、博士生导师,中国现代文学研究会副会长。著有《中国现当代文学名篇十五讲》《笔走龙蛇》《鸡鸣风雨》《犬耕集》《谈虎谈兔》《草心集》《海藻集》等。

紫的《丰收》，萧军的《八月的乡村》，萧红的《生死场》。鲁迅分别为它们写了序言，对于《生死场》似乎特别重视，还请胡风为它写了《读后记》。他们高度评价了萧红的创作，一下子就奠定了她和萧军在上海文坛的地位。

萧红后来还写过一部长篇小说《呼兰河传》，一个短篇《小城三月》，都是非常精致的小说，但我对还不太成熟的《生死场》格外关注。并不是说我不喜欢《小城三月》和《呼兰河传》，其实《呼兰河传》是萧红的一个精品，艺术上几乎达到了炉火纯青的状态，而《小城三月》是一个迷你的《呼兰河传》。但是，我更喜欢《生死场》，主要是看重它给中国文学带来的冲击。这个作品很不成熟，但是它有原始的生气，有整个生命在跳动，有对残酷的生活现实毫不回避的生命体验。

《生死场》写了东北一个小村庄中一群人生生死死的生命状态，写法上可能会让人挑出很多粗糙的毛病，但作品中惊心动魄的力量也直逼人心。比如第七章《罪恶的五月节》中写到的王婆服毒自杀，棺材买了，坟也挖好了，剩下最后一点气息了，"嘴里吐出一点点的白沫"，这时候几年没有见到的女儿回来了，她不知道母亲这个样子，她本来是生活不下去，投奔母亲而来的，看到这个情景，感情有一个巨大的逆转："那个孩子手中提了小包袱，慢慢慢慢走到妈妈面前。她细看一看，她的脸孔快要接触到妈妈脸孔的时候，一阵清脆的暴裂的声浪嘶叫开来。"这种哭声是迸发出来的，带着一种埋在心底的力量，非常有穿透力。男人们却在嚷叫："抬呀！该抬了。收拾妥当再哭！"好像人死了根本不当一回事儿，他们完全没有感情，只是在完成一件工作，所以要"收拾妥当再哭"，这也不是那种细腻的情感，而是粗糙的，没有一点软绵绵的温情。女儿的到来让大家弄清楚王婆自杀的原因，原来是当胡子的儿子死了。大家在心理上已经接受了王婆的死，可谁知道事情却突然又有了变化："忽然从她的嘴角流出一些黑血，并且她的嘴唇有点像是起动,终于她大吼两声……"于是有人慌忙喊死尸还魂,怎么办?拿扁担去压!"赵三用他的大红手贪婪着把扁担压过去。扎实的刀一般的切在王婆的腰间。她的肚子和胸膛突然增涨,像是鱼泡似的。她立刻眼睛圆起来,像发着电光。她的黑嘴角也动了起来,好像说话,可是没有说话,血从口腔直喷,射了赵三的满单衫。"血都喷了人一身,写得够恶心的,但在垂死挣扎中人的顽强的、坚忍的生命力也可见一斑。写到这里,大家觉得她必死无疑了,人也装进棺材里面了,要钉棺材盖了,但是"王婆终于没有死,她感到寒凉,感到口渴",她说了句"我要喝水",就活过来了。前面非常夸张地写到了死前的挣扎,可是这么平静的几句叙述中她又活过来了,如果我们从理性的角度说,至少前面应该有一个铺垫,她没有死,可是前面写到她那么像死的样子,怎么又会活过来?当然一定要找理由也是可以找到的,赵三拿扁担一压,黑的血吐出来,就把毒的东西都吐出来。但是我觉得,萧红的小说里,好多这类场景中对生命的那种体会、那种感受,都写到了极致。生命不是按照我们正常逻辑在那儿慢慢演化,她写到人死的时候,就把死的状况写到了极点,好像生命已经死灭,可是突然一个转变,生命又活过来,爆发出一个新的迹象。在这种极端的状况下生命中本质的东西才显露出来。如果是进入到文明状态,她不会这样写,这种极端的状态属于另外一套话语系统。再比如里面写到金枝怀孕以后非常痛苦,她摘柿子,把青色的柿子摘下来,她妈妈一看到这个情景非常生气,就用脚踢她,然后她就说,"母亲一向是这样,很爱护女儿,可是当女儿败坏了菜棵,母亲便去爱护菜棵了。农家无论是菜棵,或是一株茅草也要超过人的价值"。看到这里,我就想到萧红的《呼兰河传》中所写到的"在我三岁的时候,我记得我的祖母用针刺过我的手指","她拿了一个大针就到窗子外边去等我去了,我刚一伸出手去,手指就痛得厉害"。估计这是萧红小时候真实的经历,在生命非常粗糙的环境当中，野蛮已经成为习惯，甚至弥散在亲人之间了。萧红有这种惨痛的经验，她才会写出金枝和她母亲的这种关系。

《生死场》写得很残酷，都是带血带毛的东西，是一个年轻的生命在冲撞、在呼喊。我觉得这样的东西才真是珍品！她的生命力是在一种压抑不住的情况下迸发出来的，就像尼采所说的"血写的文学"。这样的作品，在文学史上具有至高无上的价值。这不能用一般的美学观念去讨论，它要用生命的观念去讨论。所以，这部《生死场》是一部生命之书。

关于民间理论，我曾写过很多文章，但是，我一直没有写出一篇谈民间的美学理想的文章。民间的美是什么？很难一下子说得清，但它有这种能力，把一切污秽的东西，转换为一种生命的力量。这样一种东西，很难说美，美不美就看生命充沛不充沛。而生命充沛总是美的，它带来一种原始的血气、一种粗犷、一种力量，这样的东西在美学上，我认为是最高的境界。第一义的美一定是来自于原始生活，来自于朴素的大地，是健康的，与大自然是沟通的。至于残缺的美、病态的美、生肺病的美，这是第二义的，第二境界的。就好像我们在讨论人物，像林黛玉当然是很美的，但这是一种病态的美，病态实际上不美，它里面有心理层面，有感情层面，很多东西配上去才是美。好像一片原始森林浩浩瀚瀚，郁郁葱葱，才是美的，总是比一个盆景，一棵松树树枝弯来弯去的要美。你把树枝弯了十二道弯，手工很巧，但这不是树本身美，是你做出来的。但是另一方面，自然本身又是可怕的，残酷的，当我们在讨论这个美的时候，绝对不能忘记它残酷的一面。中国的古诗、西方的名画在表现大自然的时候，总是表现恬静的静止的东西，它只选取一个场面，把某个大自然的景象定格下来，这当然非常美。但是，如果你进入到生活场里，到大自然本身当中去，它根本就不是静止的、定格的，它是生生不息的；它美，就是因为它有生命。当我们在讨论自然美的时候，静止的美是第二义的，更高的美是一种动态的美，永远在涌动的这样一种生命的东西才是真正的美。这样一种美的东西，它一定不是纯净的、纯粹的。所以我想用一个词，这个词其实很不好，我把它活用了，就是"藏污纳垢"。藏污纳垢是很可怕的，污和垢都是生命当中淘汰出来的东西，但问题是，大自然一定是藏污纳垢的。我们仔细看看空气，空气里都是细菌、肮脏的东西，大地也是这样，生命也是这样。死的东西，它转化为腐蚀质来肥沃土地，就转化出另外一种生命。你走进原始森林，首先闻到的就是一股腐烂的味道，大量的树叶都掉下来腐烂，然后它形成一个新的有生命的世界。

《生死场》中所描绘的世界就是一个"藏污纳垢"的民间世界。这个作品的开场似乎是很诗意的田园图景。作者笔下的榆树、山羊、大道、菜田、高粱地、农夫，这是东北特有的风光，但你马上就会发现它跟沈从文笔下的场景截然不同。《边城》在言说自然美之后，接下来是写民风的淳朴，连妓女都带着情义，但《生死场》首先出场的是"罗圈腿"，他的羊丢了，就没头没脑地去找羊，又因踩了邻人的菜而打架。即使是农民劳动之后的休息时间，大家坐在一起闲谈，内容也毫不温馨，与沈从文笔下的老爷爷给翠翠讲的故事不能比拟。这里王婆讲的故事是充满血腥的，是讲她怎么把三岁的孩子摔死，这完全是一个混乱的、肮脏的甚至令人恐怖的世界。小说中几次写到了坟场，那种弥漫着死亡气息的地方，是当地人生命状态的一种形象的展示，这个场景也充满着隐喻性。先是小金枝被父亲摔死后，所展现的乱葬岗的情景：孩子已经"被狗扯得什么也没有"，"成业他看到一堆草染了血，他幻想是捆小金枝的草吧！他俩背向着流过眼泪"。"成业又看见一个坟窟，头骨在那里重见天日。""走出坟场，一些棺材，坟堆，死寂死寂的印象催迫着他们加快着步速。"生命消失了连个痕迹都留不下，可见生命的价值和分量。这里不是给亡魂们安宁的墓园，它是躁动的、永远也无法安宁下来的世界。在这个世界中,所谓的痛苦和忧愁已经脱离了它本来的意义,变得既不重要但又深入骨髓。在第九章《传染病》中,瘟疫再次将死亡带给了这里的人们,作者写坟场的笔调很低沉,在这低沉的调子背后是一股强调的力量,被压抑得要崩溃的力量,它在展示生命如蚊虫一样低微的同时,也展示了生命的韧性:

> 乱坟岗子,死尸狼藉在那里。无人掩埋,野狗活跃在尸群里。
>
> 太阳血一般昏红;从朝至暮蚊虫混同着蒙雾充塞天空。
>
> ……
>
> 过午二里半的婆子把小孩送到乱坟岗子去! 她看到别的几个小孩有的头发蒙住白脸,有的被野狗拖断了四肢,也有几个好好的睡在那里。
>
> 野狗在远的地方安然的嚼着碎骨发响。狗感到满足,狗不再为着追求食物而疯狂,也不再猎取活人。

完全是一幅生命自生自灭,没有人理会没有人关心的图景,这是民间世界自在的图景。它带着原始的野蛮和血气,就像作品中几次写到的:野狗在咬死尸,"嚼着碎骨发响"。这是生命跟生命之间凶残的吞噬,完全是一种令人战栗的原始状态。作为一个女性作家,萧红能够感受到生活中的这种粗犷和力量,也正是她不同于别人的显得大气的地方。

生的坚强和死的挣扎

接下来的问题也很明显,在这样一个民间世界中,人们之间究竟有没有爱的存在？有人认为，在萧红的作品里，男女之间的爱、父母与子女之间的爱以及对祖国的爱，这三层爱的意义都是一个由肯定到否定的过程，换言之，爱在萧红的作品里都是毁灭性的。我觉得，这个问题实际上涉及对于民间文化现象的一种认知，在我们中国普通的民间，所有爱的萌芽都会被现实生活所毁灭。这种人生是悲哀的。这种悲哀是从"五四"以来启蒙主义者的观点来看的，像鲁迅就说过，中国是一个"无声的中国"，就是说这个民族没有生命力。因为它所有的生命力都被统治阶级压抑住了，那种极端的贫困，那种野蛮的文明，把人的个性全部抹杀了，建立在个体之上的各种各样的心理因素和感情因素都失落了。

那么，我们该怎么看《生死场》？从这个作品的出版到今天已将近七十年过去了，如果里面的小金枝活着，现在已经是老太婆了，为什么一直到今天我们还在讨论它，讨论爱存在不在这些问题？我觉得事隔七十年，农村的现实状况变了什么，还有什么没有变，这不是很重要的问题，重要的是人类的感情生活、人类的生命力的表现，这个问题是超越时空的，而不是以时间为尺度来计算的。这跟科学不一样，科学有一个时间的界定，比如我们用的是什么车，我们可以用动力、速度等要素来加以区分，今天是马车，明天会变成汽车，后天火车，再后天会变成新干线、磁悬浮列车，它总要变，而一旦变了，就可以把前面的东西基本淘汰掉。历史也是有时间界限的，我们谈历史一定要谈时间，公元前是什么，公元后是什么。但是，文学是诉诸人的感情和生命的，而人对自我的感受，对生命的感受，永远是从一个原点出发，它不随着时间的发展而变化，在这个意义上是没有时间的。我们今天读屈原的诗，读唐诗宋词，读《红楼梦》，读西方的一些文学名著的时候，如果我们说这本书只不过是古代的一部伟大著作，跟我们今天已经没关系了，那我觉得这部书就该淘汰了。但真正的文学是不会被淘汰的。我们今天读很多古代作品，不能感动，是因为语言变了，比如《诗经》或《楚辞》，我们先要拿了一本词典查，边查边读就趣味索然了。如果我们没有语言障碍的话，其中还是具有诉诸人的最基本的东西。一部好的文学作品，哪怕它隔了几百年、上千年，到今天，我们读起来仍然会有很多感受，它好像依然活在我们身边。这是文学的魅力。文学之所以一代一代不断地被人咏唱，就是因为它诉诸人的生命、人的感情。但感情是非常不牢固的，因为现实生活要发生变化，它不可能永恒、不可能持久，尤其是要达到非常纯粹的、跟生命相连的状态，只能是在人生中非常短暂的瞬间，它稍纵即逝。最好的例证在《浮士德》(Faust)里，浮士德一生都不满足，直到生命的最后时刻他才说，人生是多么美好啊，时光你停一停。那时候他的眼睛已经瞎掉了，他感受到的是幻觉，但这个幻觉当他真实感受到并吐露出来时，他的灵魂就被魔鬼抓去了。因为他跟魔鬼签定了协定，不能满足，不能感受生活的美好。也就是说，即使在西方基督教文化里边，美好也只是一瞬间的，当你感受到这种美好的生活，灵魂已经被上帝或者被魔鬼带走了。但人类存在一天便会不停顿地去追求它、去迷恋它、去感受它，对这样一种情感或生命状态的叙述和表达就是文学，所以我们才会有一代一代的文学。一代一代的文学作品反映咏唱的永远是一个主题，即我们人类生命最本体、最本原的东西，无论用音乐、用绘画、用文字，甚至于现在用现代化的电影。人类在不同的时间，用不同的手段，他所表现的永远是稍纵即逝的东西。如果这个东西像一块石头一样存在在那儿，那就不需要人类一代一代去咏唱，只要有一块石头就够了。而恰恰它不是永恒存在的，是稍纵即逝的，所以，爱情是没法证明的，你所有被证明的已经不是爱情，是另外的东西了，它真正存在你心中，也就是一瞬间。那就是人对于美好、对于完美、对于爱这样一系列人类精神生活的永恒探索。文学就是人类一代一代去探索的这样一个永远不能达到、但永远要追求的东西。

萧红的《生死场》首先就是把自己所有的生命感受跟生活经验毫无保留地、赤裸裸地写给大家看,所以,我相信,《生死场》就是萧红家乡的一个描绘,如果没有这种生活经验就不可能写到这个程度。比如她如果没有自己体会到生孩子的痛苦,她就写不出那么恐怖的生孩子的经验。同样,没有母亲那么残酷地对待子女,她就写不出金枝和她母亲之间的关系。① 我们在冰心的小说里是读不出这些东西的,冰心整天在说"梦话":什么天上下雨了,鸟躲到树里,是一种力量,一种真心的袒露。现在有很多作家,心理比较阴暗,老是去找一些肮脏的东西给人看。但是,萧红这个作品非常坦率地把她对生活的感受和生活的真相都告诉大家,她并没有刻意去强化它,她的有些议论是内心自然、真诚的流露。比如金枝的母亲打女儿,她就说:"母亲一向是这样,很爱护女儿,可是当女儿败坏了菜棵,母亲便去爱护菜棵了。农家无论是菜棵,或是一株茅草也要超过人的价值。"她这些话中没有那种知识分子高于民众、对民众的愚昧的嘲笑或者愤恨,而且正是在这种表现当中,萧红把自己的爱心也表现出来了。尽管她描写的所有的人都是野蛮的,都是我们今天看来不能忍受的,可是,所有这些人又恰恰是我们生活当中最最宝贵的生命,每个人都是有尊严的。就像麻面婆,她是一个低能的女人,可是这样的女人也知道努力,知道要引起人

---

① 一九三二年八月的一个黑夜,萧红在洪水中的哈尔滨被急送到医院待产,后在极其痛苦的情况下产下一女婴。萧红后来曾在散文《弃儿》中记下自己这一痛苦的经历:"芹肚子痛得不知人事,在土炕上滚得不成人样了,脸和白纸一个样……""这种痛法简直是绞着肠子,肠子像被抽断一样。她流着汗,也流着眼泪。"关于她跟生母和继母的关系大体是这样的:她出生在一个重男轻女的家庭中,三岁的时候,弟弟出世,后夭亡;六岁的时候,次弟出生,母亲把更多精力和爱心都倾注到弟弟身上,对她感情逐渐淡漠。九岁的时候,生母去世,不到三个月,父亲即续弦。"这个母亲很客气,不打我,就是骂,也是指着桌子或椅子来骂我。客气是越客气了,但是冷淡了,疏远了,生人一样。"(萧红《祖父死了的时候》)

家注意,她"听说羊丢,她去扬翻柴堆,她记得有一次羊是钻过柴堆。但,那在冬天,羊为着取暖。她没有想一想,六月天气,只有和她一样傻的羊才要钻柴堆取暖。她翻着,她没有想。全头发洒着一些细草,她丈夫想止住她,问她什么理由,她始终不说。她为着要作出一点奇迹,为着从这奇迹,今后要人看重她。表明她不傻,表明她的智慧是在必要的时节出现,于是像狗在柴堆上耍得疲乏了!手在扒着发间的草杆,她坐下来,她意外的感到自己的聪明不够用,她意外的向自己失望。"一看就很好笑,傻傻的,笨笨的,但作者的笔调却非常严肃,麻面婆一直想努力把事情做得好一点,这就是人活着的尊严。包括金枝,也包括王婆的丈夫赵三,还有二里半,都是很委琐的人,可是,到最后真正关键的时候,那种顶天立地的豪情也都迸发出来了。赵三在抗击日本人的宣誓中流着泪说:"国……国亡了! 我……我也……老了! 你们还年青,你们去救国吧! 我的老骨头再……再也不中用了! 我是个老亡国奴,我不会眼见你们把日本旗撕碎,等着我埋在坟里……也要把中国旗子插在坟顶,我是中国人! ……我要中国旗子,我不当亡国奴,生是中国人,死是中国鬼……"他年轻的时候反抗地主没有成功,窝囊了一辈子,这个时候豪气又被激发出来了。二里半最后不也是在打听"'人民革命军'在哪里"吗?萧红写了一群不像人的人,可是萧红没有说,这种不像人的人就没有生存的权利。这些人过的都不是正常人的生活,可是,就在这种生活当中,人也有尊严。正如胡风在《读后记》中所说:在一个神圣的时刻,"蚁子似的为死而生的他们现在是巨人似的为生而死了"。

由此来理解中国民间社会"爱"的问题,很多问题可能会更明朗。爱本来是一个很抽象的名词,它只有跟情连在一起,并转换为一种感情,作为感情当中的一种因素,我们才能把它说到实处。在西方,爱的界定,我认为最早是跟宗教、跟神的概念连在一起的,爱首先是从对上帝的爱开始,把自己完全奉献给上帝,是献身。献身,就是把自己交给别人,或者说,把我的身体或一切奉献给一个抽象的东西,那就是上帝或者神。这个过程叫爱。这个感情后来世俗化,变成人的爱情、情欲、欲望等等,但是在世俗化里面,人们在界定爱情的时候,一定有个概念。比如,有人说,他们结合不是为爱情,她是为了一座房子,这种说法很多的,那就是人家看出这个爱里面有功利,你是有索取的,有索取的不是爱,爱是一种献身,是一种奉献。当你因为一种喜欢,而不是被迫的,愿意把自己一切交给对方,或者愿意为对方做出自己力所能及的,甚至是力不能及也要去做,这样一种动力叫爱。

那么,这种动力是哪里来的?这是一个感情的因素,但是同时,我认为也有生命的因素。回到伦理学上来说,这是人的一种本能。在人的生命本能里面,有一种东西是要求牺牲自己的。因为人的生命没有永恒,生命从生出来开始,每一分钟、每一秒钟都在死去,生命能量就是不断地在耗费。就是说,生命的过程不是一个生长过程,而是一个消耗的过程,就好像一盆火,火不会永远烧下去的,火点燃了以后,它就是在消耗燃料,到最后,燃料没有了,火就熄灭了。宇宙、地球,实际上都是一个消耗的过程,人的生命过程也是一个消耗的过程,这是最本质的,生命就是这种状态。但是,生命跟其他东西不一样,一本书你把它撕坏,就没了,一个动物或者一个人,他虽然老了死了,可是他有再生殖的能力,会再生出另外一种生命力量。比如说,他通过结合生孩子,那么他把生命又移交给孩子,他死掉了,可是孩子还能够活着。我们说某人的精神永垂不朽,如果这个精神没人问了,那早就死掉了;如果他的思想学说、能量能够传播给别人,别人继承下去,这叫永垂不朽。整个人类也是这样。生命不仅有消耗的本能,还有再生的本能。这是生命的基本状态。这样一个过程,是生命运动的过程。而爱,我认为,是一个人的生命本质的感情,它符合两个标准,一个是消耗的过程,所谓的爱一定要把自己的东西消耗出去。另外,爱是有再生能力的,比如我这个爱给予了她,她可以再生出爱。不是说一生只有两分钟的爱情,比如结合以后,爱的形式变了,会更爱,它会一直生存下去,那么这就是再生的力量。所以我觉得,如果人类没有爱,这个种族就不会延续下去,种族需要通过繁殖,通过生存来使生命延续。这个延续过程中,爱是一种凝聚力量。爱又是一个比较抽象的概念,如果我们分解到原始的感情,那就是自我牺牲的感情。种族为了使生命保留下来,需要这种自我牺牲,他会牺牲掉某种东西来维护一个群体的东西。我认为,我们在讨论爱的时候,这是一个最根本的问题。

可是,随着我们进入了文明时代以后,特别是进入到资本主义时代,人们的宗教意识已经非常淡漠。说西方人的爱是建立在上帝之上,这在两千年以前大概是这样,现在就很难说了。随着资本主义的发展,人对于物质利益的无限制的贪婪和追寻,人类原始的生命的东西已经渐渐消失,被遮蔽掉了。此后,对爱的意识和理解,已不是本质的东西,是再生出各种各样的意识形态,包括哲学,包括文学,包括很多东西,它在那里演绎什么是爱,然后就会出现各种各样被各种利益所渗透和篡改的爱的意义。这种意义现在已经被普遍接受,所以当大家讨论到爱的时候,比如说什么是爱,首先想到的,爱应该是在一个很幸福的地方,家庭是非常和睦的,大家已经幻想出现代文明标准下面的爱。反过来按照这样一个在一定的物质条件、文明环境下面被修正过的爱的定义,大家就感到,超出文明圈的范围就没有爱。比如我们不能想象,像萧红这样的文学作品还有什么爱,里面到处都是打啊骂啊,都是吵啊闹啊,生命那么容易被消灭,哪里有爱?因此我觉得,我们读文学作品要有这种能量,即穿透今天遮蔽在我们眼前的种种文明世界给我们的障碍,深入到生命的本原当中去把握,人的生命是怎么来体现爱的。比如农民在萧红的笔下,首先表现为对土地的爱、对羊的爱、对马的爱。二里半为找一头羊可以发疯一样，王婆牵了一头马要去上屠宰场，这个时候那种深沉的感情，我认为这就是爱，这就是人类生命本原的表现，因为这是跟土地、跟生存、跟生命的原始状态连成一片的，所以它会有一种出自本能的爱。

我们不妨看一看第三章《老马走进屠场》中所写的人与牲畜的情感。作者首先写出了一个落叶飘零的深秋凄凉的情景："深秋带来的黄叶，赶走了夏季的蝴蝶。一张叶子落到王婆的头上，叶子是安静的伏贴在那里。王婆驱着她的老马，头上顶着飘落的黄叶；老马，老人，配着一张老的叶子，他们走在进城的大道。"深秋的落叶，是生命终结的象征，老人、老马、老叶子，既是实景，又是互有联系的生命。这正是内心最虚弱的时候，偏偏又在路上遇到二里半，问她凌晨赶马进城干什么，王婆的表情和动作非常准确地体现出她内心的震动和悲痛：

> 振一振袖子，把耳边的头发向后抚弄一下，王婆的手颤抖着说："到日子了呢！下汤锅去吧！"王婆什么心情也没有，她看着马在吃道旁的叶子，她用短枝驱着又前进了。
>
> 二里半感到非常悲痛。他痉挛着了。过了一个时刻转过身来，他赶上去说："下汤锅是下不得的，……下汤锅是下不得……"但是怎样办呢？二里半连半句语言也没有了！他扭歪着身子跨到前面，用手摸一摸马儿的鬃发。老马立刻响着鼻子了！它的眼睛哭着一般，湿润而模糊。悲伤立刻掠过王婆的心孔。哑着嗓子，王婆说："算了吧！算了吧！不下汤锅，还不是等着饿死吗？"

我们看到王婆的动作已经变得很机械："振一振""抚弄""颤抖"，到"什么心情也没有"，这是内心在震颤。而这马也不是二里半家的，跟他应当没有什么关系，但我们看到他听到要送去屠宰后的第一反应，不仅是"非常悲痛"，而且是"痉挛着"，慌得不得了。这完全是一个农人对牲畜的天然的情感，这种情感丝毫不矫情，看他用手去摸马的鬃发就能感到真诚。在这里，牲畜是人赖以谋生的工具，但它们不是简单的工具，而是无所傍依的农人们的伴侣、家庭成员，他们用对待自己孩子样的感情去对待它们。接下来处处在渲染老马的最后的情景，是用王婆悲悯的眼光，又痛惜、自责的心情来看的：

> 老马不见了！它到前面小水沟的地方喝水去了！这是它最末一次饮水吧！老马需要饮水，它也需要休息，在水沟旁倒卧下了！它慢慢呼吸着。王婆用低音，慈和的音调呼唤着："起来吧！走进城去吧，有什么法子呢？"

细声细气地恳求老马这番话，也是说给自己听的，她在减轻自己内心的负疚感，从某种程度上看，王婆也从老马的命运中看到了自己的命运，是自己生命耗尽后所不得不面对的结局，下面这段话更清晰地道出了这一层意思："五年前它也是一匹年青的马，为了耕种，伤害得只有毛皮蒙遮着骨架。现在它是老了！秋末了！收割完了！没有用处了！只为一张马皮，主人忍心把它送进屠场。就是一张马皮的价值，地主又要从王婆的手里夺去。"最为让人感到心酸的是王婆经历了对可怕的刑场的种种场面的回忆与折磨，终于将马送到了屠宰场要逃开的时候，马是什么也不知道的，它只想跟主人回去，所以又跟着她走了出来，"无法，王婆又走回院中，马也跟回院中。她给马搔着头顶，它渐渐卧在地面了！渐渐想睡着了！忽然王婆站起来向大门奔走。在道口听见一阵关门声"。最后王婆是送葬一样地回到家中。这像无声电影中的一个画面，生离死别的场面。如果说他们的生活是极其粗糙的话,那么在这种生活中,同样有细腻的、动人的情感存在。

　　从生命的本能来看,人是要生存的。生命在一秒一秒地消失,在这个消耗过程中,人类有一种本能的抗衡,这就出现了一个相反的概念,就是生存。生存就成为人类的伦理的第一任务,我们经常讲"生存第一",因为它是生命最本原的,他明明知道自己生命一天一天在消失,但是,他必须要有一种意识把它拉住,其实是拉不住的,那你不拉住,生下来就死掉了,他还是要拉住。所以这里就出现了人的生命的张力,这个张力就是人跟自身的消耗之间,一场无情的非常艰巨的斗争,我想这个斗争的张力是人类生命当中的第一因素。这种张力在作品中就是鲁迅所说的"对于生的坚强,对于死的挣扎"。这是在死亡、饥饿、疾病等各种阴影的压迫下,人们默默生存的一种力量,一种坚持下来不被打倒的力量,像作品中一句话所说的那样:"死人死了!活人计算着怎样活下去。冬天女人们预备夏季的衣裳;男人们计虑着怎样开始明年的耕种。"不是说他们没有感情,而是在强大的生存压力下,他们的感情容不得从容地表达,只能以极端的形式表现出来。成业摔死了小金枝,如果完全是个铁石心肠的人,为什么还要到坟场去看?王婆摔死了自己的孩子,如果一点感情没有,为什么要不断讲起?他们的心上都是有伤痛的,他们这是不断地在挤出自己的脓血来疗治伤痛。《生死场》中没有太多温情脉脉的东西,它所展示的乃是人生最为残酷的也是最为真实的一面,而在这里蕴含的情感则是人类的大爱、大恨和大痛。

挣脱泥淖后的萧红

梁　鸿①

　　三月八日，传记电影《萧红》开始公映，中国文艺界又起了一股萧红热。我们谈论电影中人物塑造的"民间范儿"，谈画面的"文艺"和"唯美"，谈萧红和几个男人的纠缠——萧红、萧军和端木蕻良同卧一张床的暧昧，萧红与鲁迅的"绯闻"。这些成了电影的噱头，怎么说呢，增加了一点色情的、解放的味道。至于萧红是谁？我们不想知道。

　　我们热衷于谈论萧红的情事和情史，虽有悲剧之感，却也夹杂着些微的"轻侮"和"鄙夷"。这"轻侮"和"鄙夷"伴随着萧红的一生，一直到现在。

　　萧红有中国二十世纪三十年代"文学洛神"之称。她一九一一年生于黑龙江呼兰。一九三二年至一九三七年与作家萧军同居，合作出版作品合集《跋涉》。一九三五年，在鲁迅的支持下，发表了成名作

---

① 梁鸿（1973—　）：学者、作家，中国人民大学文学院教授，代表作《中国在梁庄》《出梁庄记》等。

《生死场》。一九三六年，为摆脱精神上的苦恼东渡日本，并写下了散文《孤独的生活》，长篇组诗《砂粒》等。一九三八年与作家端木蕻良结婚，一九四〇年二人同抵香港，之后发表了中篇小说《马伯乐》和长篇小说《呼兰河传》。

萧红的人生是以"出走"为关键词的。为了反对包办婚姻，为了能够上学，她抗婚，出走，流浪，被软禁，最后，却又与当初她反对的那个"未婚夫"同居。但是，"未婚夫"却以在法庭上的公开背叛羞辱了萧红。是的，会写文章、会舞剑的萧军侠情万丈，把萧红"营救"出去。她和萧军成了著名的"革命情侣"。她时时为萧军的不忠、大男子主义所愤怒，却又因为女性羸弱的存在和身体而委曲求全。在萧红面前，萧军是磊落的，但也是傲慢的。因傲慢而产生了"鄙夷"。

有一段时间，萧红几乎天天到上海大陆新村九号的鲁迅家里。她写的《回忆鲁迅先生》，不是战士的、革命的、思想的鲁迅，而是人间的鲁迅，充满着温暖和人情。那文字如此自然、跳脱、温柔，仿佛来自于最有爱的灵魂。于是，又有许多人肯定地说，萧红和鲁迅怎样怎样。这是又一层"轻侮"。

根据季红真撰写的《呼兰河的女儿：萧红全传》，一九三七年十月间，在武汉水陆前街小金龙巷二十一号，她、萧军、端木蕻良、蒋锡金几个年轻人同居两室，谈文学，谈理想，过着恣意的文艺生活。有那么几天，因为有朋友来，无法安置，他们甚至三人同床，端木在最里面，萧军中间，萧红最外边，当时他们就担心会有"闲话"传出。

但他们没有想到，这"闲话"一直流传至今，仍然津津有味。

很难想象，一九三八年的萧红和萧军分手，并决定和端木蕻良结婚时，她所遭遇的是怎样的一种氛围？那时，几乎所有左翼作家，包括老朋友胡风都不理解她，并多少有些排斥她，特别是端木又是那样一个自由主义的和资产阶级形象的人。那时，抗日战争正在如火如荼地进行。那个曾经写出《莎菲女士的日记》的感伤的、个性主义的丁玲正在蜕变为一个"不爱红装爱武装"的女战士,然而萧红却还是"苍白的脸,紧紧闭着的嘴唇,敏捷的动作和神经质的笑声"(丁玲语)。

萧红与那个火热的时代是越来越远了。没有人在意萧红究竟想要什么,更没有人发现萧红身上那股一定要挣脱的强大的"力"。封建家长的父亲无从发现,大男子的萧军无从发现,比较开明、温柔的端木蕻良也意识不到,虽然萧红是以爱他之名而出走的。萧红要的不只是他这个男人,而是她的独立,她的空间,她的个人性——她作为一个独立的个体的生命所应该拥有的价值、尊严。还有,尊重。

萧红的一生都在抗争,但她抗争的方式只能是逃离。不断地逃离。不断地漂泊。一九四二年一月二十二日上午十点多钟,萧红在香港去世。享年三十一岁。"女性的天空是低的,羽翼是稀薄的,而身边的累赘又是笨重的……不错,我要飞,但同时觉得……我会掉下来。"(聂绀弩语)这句话成了谶言。最终,她还是没有要到她想要的男人、自由、尊重和一个"安静的写作空间"。

除却她传奇的人生,萧红究竟是怎样一个作家? 学者刘禾在她那篇著名的文章《文本、批评与民族国家文学》中认为,评论者所持有的"民族国家主义"视角遮蔽了萧红作品中的复杂场域和多重意义空间。鲁迅为萧红的《生死场》作序时认为它体现了"北方人民的对于生的坚强,对于死的挣扎",但是,根据刘禾的论述,鲁迅却"未曾考虑这样一种可能性,即《生死场》表现的也许还有女性的身体体验,特别是与农村妇女生活密切相关的两种体验——生育以及由疾病、虐待和自残导致的死亡"。胡风在后记中认为《生死场》体现了抗日精神和中国农民爱国意识的觉醒,但是实际上,《生死场》前十章,足有全文三分之二的文字,写的都是乡村妇女生活经验,而剩余那三分之一

"爱国意识的觉醒",与前面那切骨的疼与痛相比,显得非常虚浮。

在左翼序列里,萧红也并非是一个合格的战士。在武汉、临汾、西安,抗日战争轰轰烈烈,每一个人都面临着迫切选择的时候,萧红的逆向选择很让人意外(无论爱情的选择、文章的风格,还是个人的去向)。她的文章虽然被作为"左翼文学"的旗帜和标本,却也经常被认为太过晦暗、脆弱,缺乏萧军《八月的乡村》那种开朗和英雄主义情结。救亡的迫切要求淹没了一切个人与自我的要求,并且,成为一种道德律令被大家自觉遵守。那逸出的人总是那么怪异、不合时宜。

这些"缺点""弱点"和异质的选择恰恰体现了萧红及其作品另外的重要空间和品质,即女性主义的和个人主义的特点。

小说《生死场》中女人的生育和窗下的猪一块儿进行着,怀孕的女人,形象丑陋,肉体处于一种可怕的变形和撕裂之中,那意识流般的、跳跃的叙述,仿佛让我们感受到女性那恐慌的、无助的生命。对于被男人诱惑怀孕又被抛弃,进城做工却被污辱的金枝而言,在日本人进来之前,她也没有过家,"从前恨男人,现在恨小日本子"。女性飘零的命运,被寄存的第二性状态,并不因为民族国家的被入侵而有更多的改变。这一意义空间完全逸出了"民族国家"的视角和"左翼"视野。

《生死场》充满了生命中不能承受之"重",它是"狠"的,把女性的身体撕裂给人看,也让那看的人感到那身体的疼与痛。但是小说《呼兰河传》却是如此的"轻",轻盈、轻清,悠远、梦幻,尽管这梦并不都是美好。它就像一条河,缓缓流淌而来,河边的生活,那有着大泥坑的街道,那被折磨致死的小团圆媳妇,那要上吊的、"站起来就被父亲打倒下去,他再站起来,又被父亲打倒下去"的有二伯,从大地上漫延而来,又消失在远方,无穷无尽。

萧红为现代小说开创了另外一个空间。很少有一个作家能如此完美地把"轻"与"重""美"与"悲"结合在一起。呼兰河的生活充满悲哀、黑暗和痛苦,但是,呈现给我们的是难以言尽的美。仅仅是那文字的儿童化和句式的散文化吗?仅仅是那随性的、灵活的结构吗?仅仅是那种追忆的情感吗?都不尽然。让《呼兰河传》浸润着"美"的东西是作者的一种情感:纯真。它是人类的最高情感。纯真是赤子之心,是永不放弃的童年最初的记忆,永不放弃的儿童的世界和追求。纯真是一种宽阔的平等,能够给任何人生和生命以同样的关注和认同。纯真是一种悲悯,它具有过滤的特质,让我们意识到那污浊生活背后最值得珍惜的东西。

在生活中,"纯真"是萧红生命性格的自然流露。所有人都注意到生活中的萧红的"孩子气"(鲁迅语),她"不谙世故","容易抱有纯洁和幻想",也注意到《呼兰河传》的散文化风格和无情节特点。但是,几乎所有人都把这些看作萧红的缺点。因此,人们对待作家萧红,也都带着点遗憾,带着点纵容,甚至,带着点轻视。

萧红甚至也并非是一个女性主义者。我们总是喜欢用一个巢窠来代替另一个巢窠。如果一定要给萧红冠上什么"主义"的话,那么,萧红就是一个经验主义者、个人主义者,是一个天然的自由主义者(与理论的"自由主义"完全不相干)。她还是一个另类的启蒙主义者,让我们这个习惯于集体主义话语的民族看到"生命"本身存在的意义,个体的存在、生命的光华和疼痛要超越于任何的理想和主义。

在泥淖里辗转,被这泥淖所污、所累、所伤,最终,却从这泥淖中挣脱起来,闪出光辉。这光是纯净的,同时又带着重量和质感,带着挣脱之时的血与泪、黑暗与阴影,包容着世界万千的色彩和光辉。世间的事往往都是这样。经过时间的冲刷,那恒久的美一点点放射出光辉,人们才惊觉自己的迟钝。然而,这"惊觉",在电影《萧红》中并没有出现,甚至说,我们所处的这个时代,都没有能力意识到这种"惊觉"。我们还在用那层层污垢包裹萧红。